LA REINE DE LA CHANCE

LES MYSTÈRES DE MOLLY SUTTON
TOME II

NELL GODDIN

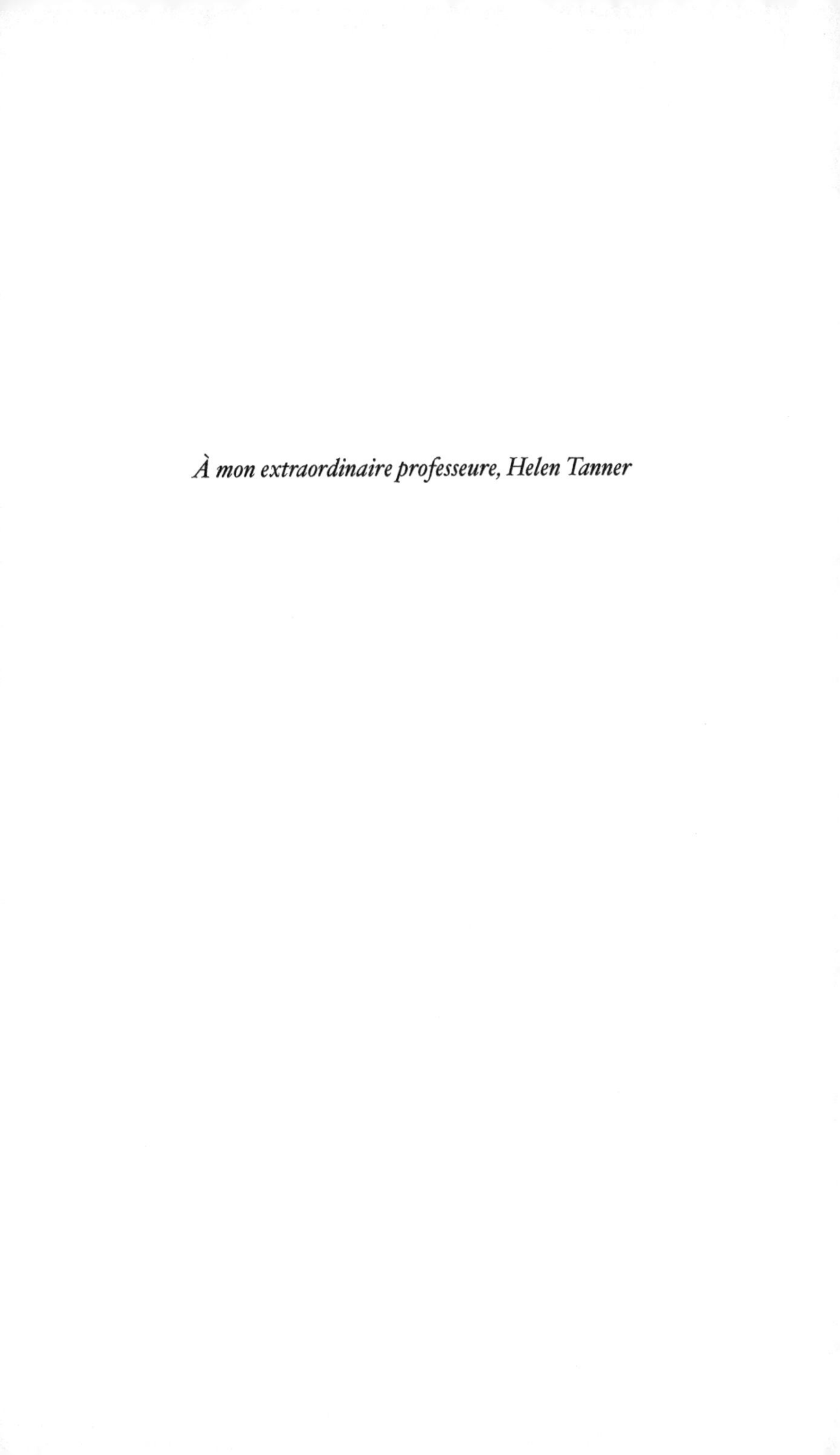

À mon extraordinaire professeure, Helen Tanner

❧   I   ❧

Dans le grand manoir de la rue Simenon, au centre de Castillac, assise sur un profond fauteuil recouvert d'un tissu si couteux qu'il aurait pu payer une petite voiture, Joséphine Desrosiers regardait un jeu télévisé. Elle portait une chemise de nuit que son mari, décédé depuis longtemps, lui avait achetée à Paris trente ans plus tôt. Elle cligna des yeux tandis que l'animateur parlait rapidement d'un ton jovial forcé, les lumières du plateau clignotant alors qu'un concurrent parvenait à marmonner la bonne réponse.

Mme Desrosiers avait soixante-et-onze ans, et son ouïe était toujours aussi fine. Elle entendit la porte de la cuisine se fermer trois étages plus bas, bien que Sabrina, la femme de ménage qui venait chaque matin, fût une fille discrète, et pas du tout du genre à claquer les portes. Joséphine se leva et éteignit brusquement le téléviseur, puis lissa le coussin du fauteuil pour qu'il paraisse frais et non utilisé. Ensuite, elle grimpa agilement dans son immense lit aux colonnes ornées et à la tête de lit sculptée, puis ferma les yeux avec force.

Sabrina ne pouvait pas nettoyer toute la maison de quatre étages en une journée, même si elle était jeune et travailleuse. Ce jour-là, elle fit tout le premier étage et la majeure partie du deuxième, mais ne monta pas jusqu'à la chambre de Mme Desrosiers. Mme Desrosiers lui avait dit qu'elle était très malade et qu'elle n'avait pas la force de recevoir des visiteurs, y compris Sabrina, alors on la laissa tranquille. Elle avait une boite de crackers sous son lit et un morceau de Brie qui avait dépassé sa date limite — largement assez de nourriture, merci — alors elle ne sonnait jamais la cloche des domestiques.

À la fin de la journée, quand Mme Desrosiers entendit la porte se fermer doucement, elle glissa hors du lit et ralluma la télévision. Puis elle fit ses exercices devant un énorme miroir à cadre doré, comptant ses mouvements, se penchant à droite puis à gauche, respirant lourdement dans l'effort d'essayer de toucher ses orteils. Elle se préparait pour le meilleur moment de la journée, quand elle s'assiérait à son bureau pour écrire des lettres. Chacune était une lettre de harcèlement, de dénigrement et d'instruction, et chacune d'entre elles, une fois ouverte, était accueillie par le même sentiment de déflation et même de honte chez son destinataire, exactement comme Joséphine le souhaitait.

Joséphine Desrosiers avait été une femme chanceuse, sur le plan matériel. Sa famille n'avait pas été riche, mais son mari avait inventé quelque chose qui lui avait rapporté des millions. (Elle ne savait pas exactement quoi — quelque chose d'électrique, pensait-elle.) Et désormais, elle pouvait jouer le rôle crucial de Riche Veuve devant les jeunes membres de sa famille, tous à ses pieds, espérant qu'une miette tombe de sa table.

Enfin, il y avait un membre de la famille qui faisait ça en tout cas : Michel, son neveu. Il passerait probablement ce soir-là, comme il le faisait habituellement en fin de semaine, avec l'intention de la flatter. Très rarement, elle lui écrivait un petit chèque. Elle aimait parfois se considérer comme généreuse, et, avec un impressionnant contrôle de soi, elle arrivait à nier tout lien dans son esprit entre l'attention de Michel et l'argent qu'elle lui donnait. Alors qu'elle pensait à Michel, la sonnette retentit et elle l'entendit entrer. Elle n'était pas tout à fait habillée et elle aimait le faire attendre. Joséphine aimait l'idée du jeune homme assis dans son salon, se tournant les pouces, n'ayant rien d'autre à faire qu'attendre le moment où elle apparaitrait en haut du large escalier en colimaçon.

Une coiffeuse trônait dans un coin de la vaste salle de bain attenante à sa chambre, couverte de flacons de parfum en cristal et de vieilles boites d'eyeliner et de fond de teint. Elle s'assit en se regardant dans le miroir, brossant ses mèches de cheveux blancs vers le haut. Elle trempa le bout de ses doigts dans un pot de rouge à lèvres et colora ses joues ridées. Elle appliqua du rouge à lèvres et le tamponna avec du papier buvard spécial. Il lui vint à l'esprit, pas pour la première fois, qu'un peu de musique serait agréable à écouter pendant qu'elle se préparait, mais le tourne-disque s'était cassé des décennies auparavant et elle ne voulait rien de laid et de moderne dans la maison.

Finalement, avec une vaporisation de parfum, Joséphine Desrosiers était prête à accueillir son neveu. Elle était vive pour son âge et les escaliers ne lui posaient aucun problème. Elle faillit fredonner en descendant, mais s'arrêta, car elle considérait que fredonner était une occupation de basse classe. Son neveu, mâchonnant un ongle, était assis sur le bord du coussin du canapé, ses cheveux bruns tombant sur un œil.

— Ah, Michel, comment vas-tu ?

Michel se leva d'un bond du canapé et embrassa sa tante sur les deux joues, murmurant les formules de politesse les plus distinguées qu'il put trouver.

Il détestait sa tante.

Il la trouvait méchante et narcissique, ce qui était plutôt évident.

— Que voudriez-vous faire ce soir, ma chère? lui demanda-t-il si prévenant, qu'il se croyait presque lui-même.

— Que diriez-vous d'un peu de télévision? J'ai entendu dire qu'il y a un nouveau...

— La télévision est vulgaire, dit madame Desrosiers.

— Ah. Eh bien, dois-je vous emmener diner alors? Avez-vous faim?

Elle réfléchit. Elle aimait bien entrer dans un restaurant et voir les gens qu'elle connaissait se lever pour venir la saluer. Mais d'un autre côté, quel service fastidieux! Quelle dépense excessive! Elle avait perdu l'appétit depuis des années, et elle ne voyait pas l'intérêt de passer autant de temps et dépenser autant d'argent pour quelque chose qui ne l'intéressait pas particulièrement.

— Si tu pouvais me préparer ma boisson habituelle, dit-elle.

Michel soupira intérieurement et se dirigea vers un buffet. Il prit un verre à liqueur dangereusement fragile à l'intérieur du meuble et le plaça sur un plateau en argent. Puis, il versa un peu de Dubonnet d'une carafe en cristal et apporta le verre à sa tante. La boisson sentait le renfermé comme le reste de la maison et il ne respira pas jusqu'à ce qu'elle le prenne.

Il aurait lui-même apprécié un verre, mais il avait appris que se servir, ou, même demander poliment s'il pouvait se joindre à elle était une erreur. Et avec Tante Joséphine Desrosiers, on ne voulait pas faire d'erreurs. Pas si on voulait échapper à une cruelle réprimande.

Et certainement pas si on voulait hériter de son argent.

MOLLY SUTTON FROTTA sa manche sur la fenêtre en essayant d'essuyer la condensation qui bloquait sa vue sur la prairie, mais en fait, ce n'était pas de la buée qu'il y avait sur la vitre, mais de la glace. À l'intérieur! Son premier hiver en France, et oh, qu'il était froid. Les températures les plus basses depuis des décennies, et

La Baraque — sa belle, étrange et vieille maison — n'était pas isolée.

Elle avait emménagé dans le village de Castillac à la fin de l'été. Un nouveau départ dans un endroit magnifique : une vie de jardinage, de repas fabuleux, de gestion d'un gite et de conversations avec des éleveurs de chèvres ; voilà ce qu'elle avait imaginé. Au lieu de cela, elle avait découvert un cadavre dans les bois et s'était retrouvée impliquée dans une enquête de meurtre, ce qui ne correspondait pas exactement à la paix et la sérénité qu'elle recherchait.

Mais dans l'ensemble, Castillac était encore mieux que ce dont elle avait rêvé : elle s'était fait des amis, même de bons amis ; la beauté du village et de ses environs ne cessait jamais de lui couper le souffle ; et les pâtisseries étaient sublimes.

Molly était prête à affirmer que toute journée commençant par un croissant aux amandes de la Pâtisserie Bujold était, au moins, un début de succès. Bien sûr, ils étaient à leur apogée quand ils étaient tout frais, ce qui impliquait de marcher un kilomètre et demi jusqu'au village pour en acheter un de bon matin, encore chaud du four. Et le Café de la Place n'était qu'à deux pas de la pâtisserie, après tout, pourquoi ne pas s'y arrêter pour un café crème et dire bonjour à ce serveur éblouissant, Pascal.

Elle ne flirtait pas avec lui, pas vraiment. Elle était trop vieille pour lui de toute façon. Néanmoins, il lui montrait son appréciation réciproque lorsqu'il prenait sa commande, accompagné d'une lueur dans les yeux, comme pour dire : dans un univers parallèle, je m'amuserais bien avec toi, oh oui.

Molly se permettait de lui rendre ce regard pétillant.

Mais tous ces regards pétillants étaient un échange plutôt estival, quand s'assoir dehors avec le soleil dans le dos était si agréable, et que les journées étaient si longues qu'il était parfois difficile de les remplir. L'hiver était une tout autre histoire. Les restaurants fermaient leurs terrasses, et tout le monde s'emmitouflait dans de gros manteaux et des pulls. Ça ne faisait pas très sexy.

Au lieu d'être chaude, décontractée et insouciante, la vie semblait rigide et confinée.

Le meilleur ami de Molly à Castillac était Lawrence Weebly, mais il était parti pour un mois au Maroc, et décembre commençait à trainer un peu. Elle se sentait seule.

Au lieu d'aller au village, elle alluma son ordinateur et vérifia ses e-mails. Aucune demande de réservation pour le gite, ce qui la rendait, en plus de seule, anxieuse à propos de l'argent. Mais au moins, le premier problème était assez facile à résoudre. Elle envoya un e-mail à Frances, sa meilleure amie des États-Unis, et l'invita à venir pour une longue visite. Le gite était vide de toute façon et Molly apprécierait la compagnie.

Frances devait être assise devant son ordinateur au même moment, car en trois secondes elle répondit par e-mail : « JE FAIS MES VALISES. »

Molly sourit, mais ressentit une pointe de regret face à son impulsivité. Certes, Frances était une vieille amie, et très amusante, et Molly l'adorait. Mais, Frances était aussi, eh bien, le genre de personne que les ennuis semblaient suivre. Des maisons qui brulaient, des voitures volées, des malentendus épiques — c'était le quotidien de Frances. Molly ne pouvait qu'espérer que son nuage noir resterait de l'autre côté de l'Atlantique, ou que peut-être Frances ne traine plus ce karma. Elles n'étaient pas loin de la quarantaine, après tout.

Quelqu'un frappa à la porte d'entrée.

— J'arrive ! cria Molly, regrettant, encore une fois, de ne pas avoir de chien. Elle ressentait toujours une pointe d'inquiétude en ouvrant la porte quand elle n'avait aucune idée de qui se trouvait de l'autre côté. Était-elle trop méfiante ? Trop anxieuse ? Elle se fit une note mentale de demander à Frances si elle ressentait la même chose.

Constance, la jeune femme qui venait occasionnellement faire le ménage, se tenait sur le pas de la porte avec un grand sourire. Elle avait ses cheveux tirés en arrière en une queue de cheval haute que Molly reconnaissait comme sa coiffure « prête à travailler ». Elles échangèrent des salutations et Constance entra pour se placer devant le poêle à bois.

— Il fait vraiment froid ici, Molly, dit-elle.

— Tu es sure que tu ne veux pas que Thomas installe des chauffages électriques pour que tu ne meures pas de froid ? Je détesterais venir ici et te trouver toute raide et gelée !

— Bah, ce n'est pas si terrible. Le printemps est presque là de toute façon.

— On est en décembre.

Molly haussa les épaules.

— Je suis désolée, je n'ai rien pour toi aujourd'hui. Je savais que les réservations diminueraient une fois que le temps change-rait, mais c'est pire que ce que je pensais. Je suppose qu'anticiper quelque chose n'est pas la même chose que de le vivre. Personne n'a mis les pieds dans le gite depuis que tu l'as nettoyé la dernière fois.

Constance avait l'air abattue.

— Eh bien, mais... et si je nettoyais ta maison à la place du gite ?

Elle regarda autour du salon et haussa les sourcils en voyant la trainée d'écorces et de brindilles qui s'étaient répandues sur le sol après que Molly ait apporté des tas de bois.

— Désolée, Constance. Sans réservations, je n'ai pas l'argent pour te payer. Tu veux une tasse de café ? Que dirais-tu de t'assoir et de me raconter toutes les nouvelles ? Je *sais* que tu as des nouvelles.

Molly sourit et fit un geste vers le salon.

Constance lissa une mèche de cheveux rebelle derrière son oreille.

— Eh bien, dit-elle, as-tu entendu parler de Madame Luthier ? Tu la connais, elle vit dans cette maison décrépite sur la rue Saterne.

Molly secoua la tête tout en prenant une autre tasse de café.

Constance était une terrible femme de ménage, pas moyen d'y échapper, mais elle avait toujours des nouvelles, et elle n'était pas avare de les partager non plus — des qualités que Molly estimait beaucoup, voire autant que d'être habile avec un aspirateur, au profit de Constance.

— Je crois que je l'ai rencontrée au marché un jour. Habillée tout en noir, avec des collants vraiment épais?

— Ouais, rit Constance.

— Et des chaussures noires avec lesquelles on dirait qu'elle veut, j'ai l'impression, donner des coups de pied à quelqu'un.

— Elle a fait quelque chose de scandaleux?

Molly tendit le café à Constance et s'assit sur le canapé, se penchant en avant en espérant un détail croustillant.

— Ça dépend si tu penses que déshériter sa fille est scandaleux.

— Oh, peut-être pas. Mais méchant. La fille a fait quelque chose d'horrible? Ou Madame Luthier est juste une mégère tyrannique?

Constance gloussa.

— Eh bien, peut-être que je ne devrais pas dire déshériter, parce qu'en France on ne peut pas faire ça. Mais elle ne lui laisse que la portion requise par la loi, ce qui, je pense que tout le monde serait d'accord, si la fille a dû supporter Madame Luthier toutes ces années, elle mérite plus que ça!

— Vous voulez dire qu'il y a des lois sur ce qu'on peut mettre dans son testament?

— Oh, oui, dit Constance.

— Vos enfants héritent automatiquement de la moitié ou quelque chose comme ça. Oh, je ne suis pas douée pour les détails, dit Constance.

— Les maths n'étaient vraiment pas mon fort, et ce n'est pas comme si mes parents allaient me laisser autre chose que des dettes. Mais bref, j'ai entendu dire que la fille — elle s'appelle Prudence et tout le monde avait l'habitude de nous appeler Pru et

Con, bien que personnellement, je ne voie pas ce qu'il y a de si drôle là-dedans —, donc Prudence est supposément furieuse. Mais elle ferait mieux de ne pas tuer sa mère, à moins qu'elle ne change son testament!

Et Constance se jeta en arrière sur le canapé, en riant hystériquement du malheur de son ancienne camarade de classe.

❦   2   ❦

Le lendemain, il faisait encore plus froid. *Je savais que Castillac n'était pas exactement le sud de la France*, pensait Molly, *mais je croyais quand même que c'était plus ou moins au sud.* Elle enfila une veste épaisse et sortit vers le tas de bois, reconnaissante qu'au moins, le bois soit sec. Constance avait gentiment passé l'aspirateur dans le salon hier, et voilà que Molly répandait à nouveau de l'écorce et de la sciure partout sur le sol.

C'est ça, la vie, hein ? Un cycle sans fin de nettoyage du désordre qu'on a créé.

Elle attisa le feu, mit du blues, et s'installa sur le canapé avec une couverture et quelques catalogues de jardinage qu'elle avait apportés d'Amérique. C'était peu pratique d'avoir des catalogues desquels elle ne pourrait pas commander depuis la France, mais Molly adorait regarder les photos et imaginer les plantes dans diverses combinaisons dans les platebandes de sa propriété. Elle ne faisait pas ses courses ; elle cherchait de l'inspiration.

Certaines plantes, elle les aimait profondément : toutes les artemisias, en particulier les baptisias, la plupart des roses. Et pour une raison inconnue, d'autres plantes la rendaient légèrement malade rien qu'à les regarder : les kniphofias, l'amarante, et

surtout les astilbes. Elle ne comprenait pas pourquoi, car la répulsion qu'elle ressentait ne pouvait pas être simplement une question d'esthétique, n'est-ce pas ? Pourtant, l'aversion était assez
puissante. La moitié d'entre elles, elle ne les avait vues que dans
des catalogues de toute façon. Peut-être que si elle les voyait dans
un jardin, elle les verrait différemment.

Une longue heure passa. Elle remit du bois dans le poêle,
tripota les entrées d'air, balaya le désordre. But une autre tasse de
café. Pensa à inviter sa voisine, Mme Sabourin, pour une tasse de
thé. Sauf que Molly n'aimait pas le thé. Elle envisagea d'appeler
Lawrence au Maroc, mais se souvint qu'il avait dit quelque chose à
propos d'éteindre son téléphone, de faire une pause du monde
électronique. Il y avait eu un moment, et une nuit, où elle s'était
demandée s'il n'y avait pas eu une sorte d'étincelle entre elle et
Ben Dufort, le commandant de la gendarmerie, mais le moment
semblait être passé et elle ne savait pas quoi en penser.

Non pas qu'elle cherchait une romance de toute façon.

Elle était venue en France en partie pour se remettre d'un
divorce. Elle n'avait pas été particulièrement heureuse dans son
mariage, et sa fin l'avait assommée. Et cet hiver français, avec tout
le monde cloitré chez soi et le village silencieux comme une
tombe, laissait ressurgir certains de ces sentiments pourris postdivorce, comme une marée haute laissant une ligne de détritus sur la
plage.

Dieu merci, Frances arrive. J'ai désespérément besoin de distraction.

Finalement, elle poussa les catalogues sous le canapé et sortit
pour une promenade autour de sa propriété. Elle avait deux
hectares, un peu moins de cinq acres, avec un petit bosquet et une
prairie en pente, en plus de la pelouse et des jardins autour de la
maison. Il était difficile d'imaginer des jardins luxuriants par ce
temps froid, alors elle pensa plutôt à sa résidence. Pour le
moment, elle n'avait qu'un seul gite à louer, mais, pour s'approcher
de la sécurité financière, elle avait besoin de plus de locaux avec
des lits. Un vieux pigeonnier, où un ancien propriétaire avait élevé

des pigeons pour le diner, commençait à s'effriter, mais ferait un charmant gite à louer, si elle trouvait un bon maçon.

Quand elle retourna chez elle et enleva son manteau et son écharpe, elle réalisa qu'elle avait oublié de remettre du bois dans le poêle avant de sortir, et le salon ressemblait désormais à un congélateur.

C'est ridicule, j'aurais aussi bien pu rester dans le Massachusetts !

Mais elle n'avait pas déménagé en France pour le climat. Elle avait voulu le calme, la paix et la pâtisserie, et elle ne les trouvait pas dans sa banlieue de Boston, où le ratio crime-boulangeries était inacceptable.

Mais la vérité était que maintenant qu'elle avait le calme, elle n'en voulait pas. Elle voulait de la stimulation et de l'excitation. Peut-être pas aussi excitant que de trouver un cadavre dans les bois.

Mais *quelque chose*.

JOSÉPHINE N'ARRIVAIT PAS à dormir. C'était l'un des affronts de la vieillesse, et elle ne le prenait pas bien. Elle sortit du lit, enleva la chemise de nuit que son mari lui avait rapportée de Paris, la laissa tomber au sol, et erra nue dans la maison. Le chauffage était allumé à fond, donc elle n'avait pas froid, et les volets étaient fermés, donc elle avait son intimité, avec, seulement, une lueur très faible de lune filtrant à travers les lattes, pour y voir.

Elle cherchait quelque chose, mais elle n'avait aucune idée de ce que c'était.

Personne n'appelle jamais. Tous ces cousins qui vivent à Paris, ne viennent-ils jamais me rendre visite ? Non. Ma sœur m'appelle à peine, maintenant. Tout ce qu'il me reste, c'est ce plaignard en guise de neveu qui n'a jamais rien fait de sa vie.

Elle entra dans un salon au deuxième étage, une pièce où son mari, Albert, travaillait autrefois sur ses inventions. À l'époque, c'était un grand désordre d'outils, de pièces et de boites de choses étranges qu'il avait commandés quelque part, et une tour de livres et papiers empilés, menaçant d'étouffer cet homme.

Quel ennui avait été Albert, pensait-elle. *Toujours en train de travailler. Toujours la tête dans un manuel ou quelque chose. Ne me prêtant jamais, à moi, sa* femme, *l'attention que je méritais.*

Après sa mort — surgie de nulle part, une crise cardiaque qui l'a tué sur le champ, elle n'avait eu aucun avertissement ou de temps pour se préparer —, Joséphine avait ordonné que toutes ses babioles soient retirées de la pièce. Jusqu'au dernier fil, jusqu'au dernier écrou, jusqu'au dernier boulon. Et elle avait acheté une paire de sompteux canapés et une autruche empaillée, mis des candélabres sur la cheminée et les tables, et accroché d'épais rideaux en brocart aux fenêtres. Après la transformation, elle avait trouvé que c'était un endroit agréable où elle aimait s'assoir et jouer à la tragédie de la jeune veuve.

Elle avait cinquante-deux ans quand son mari était tombé raide mort, pas exactement une jeune ingénue, mais il est vrai que désormais, cet âge-là semblait remonter a très loin.

Joséphine alla vers un petit bureau antique, acheté longtemps après la mort d'Albert. Elle ouvrit le tiroir du bas et en sortit trois lettres attachées avec un ruban de satin rose. Elles étaient glissées dans des enveloppes qui jaunissaient, sans nom ni adresse. Elle sortit la lettre du dessus et commença à lire :

Ma belle,

Je ne suis pas poète et les mots ne me viennent pas facilement, mais j'ai tellement envie de te dire à quel point notre temps passé ensemble compte pour moi. Tu es si charmante et je me surprends à penser à toi quand je devrais être en train d'étudier.

Tout mon amour,

A.

Les yeux de la vieille femme brulaient de larmes. Elle remit la lettre dans son enveloppe jaunie, renoua le ruban de satin et replaça le paquet dans le tiroir du bas du bureau. Bien que des larmes coulaient sur ses joues ridées, ses yeux lançaient des éclairs et sa bouche se tordait. En quittant la pièce, elle caressa le cou de l'autruche empaillée, qui montrait quelques signes d'usure. Elle aurait souhaité que les bougies soient allumées, mais ne voulait pas chercher d'allumettes.

Elle ne pouvait pas dormir.

Soudain, elle frappa dans ses mains et descendit à la cuisine. Il était quatre heures du matin. Elle n'avait pas mis les pieds dans la cuisine depuis plusieurs années, alors au début, elle dut allumer la lumière et fouiller au fond du garde-manger jusqu'à ce qu'elle trouve ce qu'elle cherchait.

Ah ! Je savais bien qu'elles devaient encore être là !

Et puis elle resta dans la cuisine, les doigts frottant son menton, réfléchissant à l'endroit où placer le piège à rats pour que Sabrina s'y coince les doigts.

❦ 3 ❦

— C'est tellement, mais tellement génial que tu l'as vraiment fait ! s'écria Frances en dansant autour du salon de Molly et en regardant partout à la fois.

— Tu as déménagé en *France* !

Elle saisit les mains de Molly et la fit tourner.

— Hé, tu veux mettre de la musique ? On pourrait danser ensemble comme au bon vieux temps de notre folle jeunesse !

Molly rit, mais ne fit aucun geste pour mettre de la musique.

— Tu veux que je te fasse visiter ? On commence par la maison ?

— Oui, chef ! Je veux tout voir ! C'est tellement pittoresque que je pourrais presque en mourir. Regarde ces toutes petites fenêtres, on dirait qu'elles sortent d'un conte de fées.

Frances tendit la main vers une petite fenêtre à vitraux dans l'entrée et passa sa main à travers le verre.

— Oh mon Dieu, Molly !

— Bon sang, attends, Frances... ne retire pas ta main brusquement, tu vas te taillader !

Le sang coulait déjà le long du verre.

— Ne bouge pas, je vais chercher un bandage...

Une trousse de premiers secours figurait sur une liste que Molly avait fait des choses dont elle avait besoin pour la maison. Elle était quelque part. Elle prit un chiffon propre sous l'évier de la cuisine et revint en trottinant vers son amie.

— Ce n'est rien, vraiment, dit Frances. Je me suis coupé la main un million de fois, tu le sais bien. Je suis juste... je suis vraiment désolée pour ta fenêtre.

— Ne t'inquiète pas pour ça, dit Molly.

Elle aida Frances à retirer sa main de la fenêtre sans la couper davantage, la conduisit à la salle de bains et rinça la coupure. Puis elle enroula le chiffon autour et dit à Frances d'appuyer dessus.

— Oh, crois-moi, je sais comment arrêter une hémorragie, dit Frances en riant.

— Je serais encore plus pâle que je ne le suis déjà si je n'avais pas appris ça assez vite.

Ensuite, à cause du froid glacial, elle découpa un morceau de carton et le fixa sur la fenêtre, en scotchant soigneusement les bords pour empêcher les courants d'air, privilégiant la chaleur à l'esthétique, au moins jusqu'à ce qu'elle puisse faire remplacer la vitre.

Molly et Frances s'étaient rencontrées à l'école primaire. Elles étaient toutes deux connues pour leur teint pâle — Molly, rousse aux taches de rousseur, et Frances, brune aux longues jambes avec une peau exceptionnellement blanche. Elles faisaient tout ensemble et on les avait surnommées *Les Pâlottes*.

Frances était déterminée à visiter le moindre recoin de La Baraque, alors Molly l'emmena par l'escalier principal, dans chaque chambre, puis par l'escalier de service dans le cellier, la buanderie, et une petite pièce bizarre où l'ancien propriétaire avait laissé quelques restes de tissu et une pelote d'épingles en forme de souris.

— J'adore ce côté délabré, ne le prends pas mal, dit Frances.

— Je veux dire... comme c'est asymétrique, comme si un jour le propriétaire s'était réveillé en se disant « Tiens, j'ai vraiment besoin d'une autre pièce, au boulot ! » et que ça s'était répété pendant des décennies, tu vois ?

— J'aime aussi cet aspect, dit Molly.

— J'aimerais connaitre son histoire, mais le couple à qui je l'ai achetée ne semblait rien savoir. Je ne pense pas qu'ils l'aient possédée longtemps.

— Tu pourrais probablement trouver beaucoup d'informations au tribunal, ou bien là où ils conservent les registres des ventes immobilières, les actes, tout ça.

— Probablement. Mais, euh, il y a de grandes chances que je ne le fasse jamais.

— Tout à fait ! dit Frances.

— Maintenant, mettons nos bottes et allons explorer ta *propriété*.

— Ce n'est pas vraiment une *propriété*, dit Molly en riant.

— Ça représente juste un peu plus de deux hectares.

— Oh, ça compte ! Ça compte vraiment. Tu es une châtelaine, Molly ! Est-ce que je t'ai dit à quel point j'adore que tu aies déménagé ici ? Je parie que ta famille est furieuse, non ?

— Ils... n'étaient pas pour.

— C'est la cerise sur le gâteau, dit Frances avec un grand sourire, et elle ouvrit la porte de la cuisine en enfilant son manteau.

❧

Jusqu'à présent, *la journée a été satisfaisante*, pensa Joséphine Desrosiers avec beaucoup de complaisance. Cette idiote de Sabrina avait mis sa main au mauvais endroit et s'était fait prendre dans un piège à rats. Un doigt certainement fracturé, peut-être deux. Joséphine avait attendu en haut de l'escalier, à l'écoute. Elle s'était préparée à attendre longtemps, mais Sabrina était rapidement tombée sur le piège, placé dans un seau qu'elle utilisait pour laver le sol de la cuisine.

La vieille dame avait fermé les yeux et écouté les hurlements avec un sourire serein au visage. *Quelle idiote, de ne pas regarder où elle mettait les mains.*

L'après-midi passa d'une émission de télévision à l'autre, principalement des jeux télévisés. Elle se sentait plus énergique que d'habitude et alla se promener dans une pièce où étaient conservés plusieurs grands coffres de ses vieilles affaires. Robe de soirée après robe de soirée, de la dentelle, du taffetas! *Et à quoi bon?* pensa-t-elle avec morosité, en passant ses doigts sur les beaux tissus. *Ce n'est plus rien maintenant, inutile.*

Elle sortit une robe de la pile et la tint devant elle. C'était une robe en dentelle noire, avec un fourreau de soie en dessous. Un travail de couture époustouflant. Elle se souvenait vivement du plaisir qu'elle avait à dépenser l'argent de son mari, sans se soucier des comptes en banque, des découverts ou de quoi que ce soit d'autre. Et comment, quand elle sortait de son dressing, vêtue d'une robe comme celle-ci, tout était pardonné.

Joséphine décida que ce serait la robe parfaite pour être enterrée, même si elle n'avait pas l'intention de partir de sitôt. Mais il lui semblait inapproprié de l'essayer. Porter une robe de soirée toute seule dans la maison? C'est ridicule. Pourtant, elle ramena la robe dans sa chambre et se tint devant le miroir, la regardant. Elle tombait juste au-dessus du genou, une longueur non scandaleuse pour une femme de son âge si elle avait les jambes pour la porter.

Et je les ai, pensa-t-elle en hochant la tête devant son reflet. *Michel vient ce soir de toute façon, peut-être que je vais la mettre. Montrer à ce patte-pelu comment s'habille une femme sophistiquée.*

La robe lui allait toujours, bien qu'elle soit serrée à des endroits différents de quand elle avait trente ans. Elle choisit des boucles d'oreilles en diamant pour l'accompagner, car le noir et les diamants vont si naturellement ensemble.

Ses cheveux et son maquillage étaient terminés avant l'arrivée de Michel, elle fut donc obligée de feuilleter un vieux numéro de

Paris Match pendant qu'il attendait au rez-de-chaussée, mais elle finit par s'en lasser et fit son entrée dans le grand escalier.

— Eh bien, ma tante... Michel était sans voix.

Il avait désespérément envie de rire de ce spectre ridicule qui descendait les escaliers comme si elle était la vedette d'une première hollywoodienne, ses cheveux dressés sur sa tête avec Dieu sait combien de laque, son eyeliner terriblement raté, et son corps moulé dans une robe qui aurait dû se trouver dans un musée.

— ... vous êtes magnifique.

— Merci, Michel. Parfois, je me lasse de simplement enfiler n'importe quoi.

— Vous devez avoir une garde-robe pleine de trésors. L'oncle Albert vous laissait-il acheter toute la haute couture que vous vouliez ?

Joséphine sourit d'un air enfantin et rit :

— Presque ! Parfois, il pouvait être tatillon avec l'argent. Mais la plupart du temps... la plupart du temps, il était enfermé dans sa chambre à bricoler de petites choses, ou au téléphone à parler avec l'un de ses collègues. Quel ennui, ajouta-t-elle.

— Mais ce bricolage comme vous l'appelez, c'est grâce à cela que vous pouviez vous offrir une robe comme celle-ci, dit Michel, qui se souvenait à peine de son oncle, mais sentait que quelqu'un devait prendre sa défense.

Joséphine lança un regard noir à son neveu.

— Qu'est-ce que tu en sais ? railla-t-elle.

— As-tu déjà gagné plus de cinquante francs en tout, dans toute ta pitoyable existence ?

Michel soupira intérieurement. Sa pique ne l'atteignait pas, car il avait compris depuis longtemps que son venin n'avait rien à voir avec ceux à qui elle le destinait, et parce qu'elle était si ridicule, debout dans l'escalier dans ce qu'elle imaginait être une pose élégante, lui lançant des éclairs.

C'était une vieille sorcière ennuyeuse et toxique.

— Oh, ma chère tante, vous avez des standards si admirablement élevés. Je vais redoubler d'efforts pour essayer de les atteindre.

Il baissa la tête pour cacher son sourire ironique.

Joséphine fut momentanément apaisée. Elle entama sa descente, s'agrippant fermement à la rampe, ses talons claquant sur les marches de pierre et résonnant comme un petit poney. Michel se dirigea vers le buffet pour servir à sa tante son Dubonnet habituel, qu'elle but en entier, en deux gorgées.

— Alors ce soir, ma chérie. Voulez-vous que je vous emmène diner ? J'ai fait des réservations à La Métairie, si cela vous convient.

Madame Desrosiers pinça les lèvres. D'un côté, elle appréciait qu'il ait fait un effort, à l'avance, pour lui faire plaisir. De l'autre, elle voulait prendre elle-même les décisions concernant le diner, pas suivre ce que Michel voulait faire.

— Hm. Eh bien, quel genre de nourriture est-ce ? Ce n'est rien de moderne, n'est-ce pas ? Pas... pas *ethnique* ?

Michel rit de la façon dont sa tante cracha le mot, comme si elle venait de réaliser qu'elle avait de la *merde* dans la bouche.

— Non, Joséphine, La Métairie est entièrement français. Ils sont spécialisés dans le canard, en fait. Je n'ai pas eu le plaisir d'y manger moi-même, mais tous les retours sont extrêmement positifs.

— Tu veux dire que tu ne peux pas te le permettre par toi-même.

Michel inclina la tête et se força à ne pas lever les yeux au ciel.

— Non, ma tante, c'est vrai.

Finalement, Mme Desrosiers accepta, et elle laissa Michel aller chercher son manteau de fourrure et l'installer dans la voiture bon marché qu'elle lui avait achetée, afin qu'ils puissent parcourir les six pâtés de maisons jusqu'au restaurant. Elle aurait certainement refusé son offre si elle avait su ce qui se produirait après son arrivée, mais c'est la vie.

Et la mort.

＊ 4 ＊

Claudette Mercier prenait toujours du thé au petit-déjeuner, avec un peu de pain rassis de la veille, tartiné de confiture de fraises. C'était sa routine depuis près de vingt ans, depuis le décès de son mari, et elle n'avait plus à préparer le petit-déjeuner très copieux qu'il préférait. En attendant que l'eau bouille, elle resta en chemise de nuit et brossa ses longs cheveux blancs avant de les tresser. La plupart des matins, elle se souvenait comment son mari, Declan (sa mère était irlandaise), lui disait souvent que la longue tresse blanche était la coiffure d'une vieille femme. Et elle répondait qu'elle *était* une vieille femme.

Cela la faisait sourire de penser qu'elle n'avait alors, que la cinquantaine, à peine vieille comparé à ses plus de soixante-dix ans actuels. Tant d'années s'étaient écoulées depuis le décès de Declan, mais elle sentait encore sa présence. Même fortement, de temps en temps, et elle croyait qu'une partie de lui était toujours là avec elle, bien qu'elle ne puisse expliquer de quelle manière cela était possible.

Après son thé et son pain à la confiture, elle se mettait au travail dans la cuisine, ce qui lui prenait la majeure partie de la matinée. Il y avait de la confiture à faire, du chutney, et de l'argenterie à polir. Le travail ne finissait jamais et elle appréciait la routine et le sentiment d'accomplissement. Son père avait possédé une quincaillerie prospère, et sa famille avait été aisée, selon les standards de Castillac soixante-dix ans auparavant. Ses parents avaient essayé de la tenir éloignée de la cuisine et de laisser les domestiques s'occuper de ces corvées, mais Claudette n'avait pas écouté. Il lui semblait qu'elle avait passé la majeure partie de sa vie à cuisiner et à nettoyer, et, à l'exception du manque de Declan, cette vie avait été plutôt heureuse.

Du moins, jusqu'à ce que les lettres commencent à arriver.

Vers 11 h 30, elle pliait le dernier torchon et était prête à aller chercher le courrier, avant de préparer son déjeuner. Dans les années passées, le courrier avait été une telle source de plaisir ! Ses amis envoyaient des cartes postales et des lettres quand ils voyageaient, et elle avait des cousins qui vivaient en Bretagne, qui envoyaient une carte d'anniversaire chaque année. Mais les gens n'écrivaient plus de lettres. Elle recevait encore quelques cartes d'anniversaire, mais le courrier n'était, désormais, presque plus que des publicités. Sauf ces lettres, écrites sur du papier couteux, qui arrivaient tous les quelques mois. Des lettres vicieuses, haineuses, avec la seule intention de blesser.

Quand la première était arrivée, Claudette avait été excitée de voir le beau papier à lettres ; cela faisait si longtemps qu'elle n'avait pas reçu une vraie lettre. Elle l'avait ouverte debout, près de son portail, sans attendre de rentrer dans la maison, et avait commencé à trembler puis à pleurer en voyant ce qu'elle lisait. Plus tard, quand d'autres sont apparues dans sa boite aux lettres et qu'elle avait reconnu le papier et l'écriture, elle savait que la chose prudente à faire était de les jeter directement à la poubelle, mais elle ne pouvait s'y résoudre.

Cinq lettres jusque-là. Chaque mot gravé dans son cerveau comme une cicatrice.

Tout le monde a des faiblesses, ou peut-être pouvons-nous les appeler des zones de sensibilité, où nous luttons si on nous pousse trop brusquement. Pour Claudette, le désir de son cœur était aussi sa faiblesse. Tout ce qu'elle avait toujours voulu était une vie simple, à faire à manger et être avec sa famille, et c'était ce que l'auteur des lettres attaquait, lui disant qu'elle avait été adoptée et n'était pas l'enfant biologique de ses parents, et qu'elle avait de la chance de ne pas être une fille de cuisine, la seule chose qu'elle était capable d'être.

Claudette n'avait rien contre les enfants adoptés, ni même, d'être adoptée elle-même, mais l'idée que ses parents lui aient menti, ne lui aient jamais dit la vérité, mourant avec le secret ? Ils devaient avoir pensé que les circonstances de sa naissance étaient terriblement honteuses. C'était incroyablement douloureux à envisager.

Elle n'était pas une femme particulièrement crédule ou stupide, ni prompte à s'offenser. C'était seulement que l'auteur des lettres avait été capable de deviner exactement quoi dire pour Claudette ne puisse pas se défendre, trouvant le seul morceau de chair tendre visible sous l'armure sociale que nous mettons tous chaque jour, et y enfonçant le stylet précisément à cet endroit. Désormais, Claudette comptait les jours depuis la dernière lettre, se demandant si la prochaine arriverait dans les mêmes temps que la précédente, ou si, peut-être, il n'y en aurait plus et que tout serait fini. Mais elle sentait que l'auteur des lettres continuerait aussi longtemps que possible, et Claudette n'avait pas tort à ce sujet.

Ce matin-là, il n'y avait pas de courrier, et elle se sentait bousculée entre le soulagement et le souhait qu'une lettre ait été là, juste pour en finir, car l'anticipation de la douleur était devenue presque aussi mauvaise que la douleur elle-même.

Elle gardait les lettres, pour des raisons qu'elle ne pouvait expliquer. Les cinq étaient placées dans une boite en fer blanc, niché dans le tiroir de sa commode, sous ses chaussettes d'hiver. Les lettres n'étaient pas signées, sans adresse de retour, et sans marques révélatrices ou monogramme sur le papier fantaisie. Mais

Claudette avait une assez bonne idée de qui les envoyait, et elle n'avait pas tort non plus à ce sujet.

MOLLY ET FRANCES avaient l'intention de faire une visite approfondie de Castillac avant d'aller diner, mais le temps ne coopérait pas, et leurs pieds se plaignaient avant qu'elles n'aient beaucoup avancé.

— Nous avons perdu notre chauffeur de taxi, longue histoire, donc nous devons marcher, dit Molly à son amie en quittant La Baraque.

Elles étaient habillées et portaient des talons, et attendaient avec impatience un repas à La Métairie. Molly n'avait jamais été dans ce restaurant qui avait presque une étoile Michelin, mais pensait que la visite de son amie était l'occasion parfaite de l'essayer.

— Je ne sais pas pour un restaurant chic, dit Frances, boitant un peu à cause d'une ampoule naissante sur son talon droit.

— Si tu te souviens, mon palais penche plutôt vers l'extrémité du spectre, vers les Cheetos.

— Mais tu n'as pas envie, rien qu'une fois, de manger dans un vrai restaurant français, où la nourriture est un art ? Et oui, je regrette aussi les chaussures. Explorons Castillac demain, s'il fait un peu plus chaud. Tu n'es pas obligée de rentrer chez toi tout de suite, n'est-ce pas ? Je pensais t'avoir dit que c'était une invitation ouverte. Je n'ai pas de réservations, donc le gite est à toi. Et si par miracle quelqu'un le veut, tu peux toujours venir dans la grande maison avec moi. J'ai une chambre hantée à l'étage qui serait parfaite pour toi.

Frances secoua rapidement la tête, ses cheveux noirs et raides fouettant son visage.

— Hantée ? Non, pas pour moi, merci. Je suis superstitieuse, Molls. Non, non.

Molly sourit.

— Peut-être que le restaurant a un bar où on pourra attendre... notre réservation n'est pas avant 20 h 30.

— Tu essaies de me souler ?

— Ouais. Ensuite, je vais profiter de toi.

Elles rirent et claudiquèrent, bras dessus bras dessous, le reste du chemin, jusqu'à La Métairie.

— Bon sang, ce barman pourrait être sur la couverture de GQ !

— Ah, oui, c'est Pascal. Il est habituellement au Café de la Place, je ne savais pas qu'il travaillait ici aussi.

— Tu le *connais* ? Tu es amie avec ce spécimen de perfection masculine ?

— Eh bien, en quelque sorte. On se dit bonjour et on se fait la bise, comme tout le monde au village. Mais on n'a jamais vraiment eu de conversation ou quoi que ce soit.

— J'aimerais bien converser avec lui tout de suite.

Molly rit. Elle était si contente d'avoir pensé à inviter Frances ; elle se sentait comme si elle avait à nouveau vingt ans.

La fille du vestiaire prit leurs manteaux, et Frances et Molly entrèrent dans le monde éthéré de La Métairie. Les murs étaient peints d'un gris taupe apaisant, et il y avait des peintures impressionnistes de la mer dans le hall d'entrée. Un petit bar avec quatre chaises hautes se trouvait sur la droite, tenu par Pascal, qui était vraiment presque trop beau pour être décrit.

— Je parie qu'il est gay, chuchota Frances, un peu trop fort.

Molly secoua la tête.

— Non, c'est pas possible ! Quand est-ce que tu as rencontré pour la dernière fois un homme aussi beau qui était hétéro ?

Molly pensa que si elle ne répondait pas, peut-être que son amie se tairait.

— *Jamais*, voilà quand ! dit Frances, sa voix résonnant dans la petite pièce.

Molly lui lança un regard et Frances haussa les épaules.

— Je dis ça comme ça, marmonna-t-elle.

— Salut, Molly, dit Pascal, avec un sourire éblouissant.

— Salut, Pascal, dit Molly, se penchant par-dessus le bar pour qu'ils puissent se faire la bise.

En français, elle dit :

— Permets-moi de te présenter mon amie, Frances. Elle ne parle pas français, ce qui est une bénédiction, crois-moi.

Pascal rit et fit un clin d'œil à Frances. Frances serra le bras de Molly si fort qu'elle y laissa des marques. Elles commandèrent toutes les deux des kirs et se tournèrent sur leurs chaises pour regarder la salle à manger et les autres clients.

— On dirait le Early Bird Special en Floride là-bas, dit Frances, sa voix heureusement plus basse.

C'était vrai que presque tous les clients avaient les cheveux gris. Molly remarqua une vieille dame dans une robe en dentelle noire qui ressemblait à quelque chose qu'on pourrait porter aux funérailles d'un chanteur d'opéra. Ses cheveux blancs se dressaient sur sa tête et elle tenait la main d'un homme beaucoup plus jeune. Elle faisait plus que le tenir, elle l'agrippait comme un rapace, enfonçant ses serres.

— Tu crois qu'ils sont en couple ? dit Molly à Frances à voix basse, faisant un signe de tête vers la vieille dame en dentelle.

— Pas moyen, répondit Frances.

Elle s'était retournée et faisait des yeux doux embarrassants à Pascal, qui lui souriait avec charme.

La femme chic qui les avait accueillies à la porte apparut au coude de Molly.

— J'espère que ça ne vous dérange pas, dit-elle, une expression inquiète sur le visage, mais une partie de la salle à manger va être utilisée pour une fête privée. Si cela devient trop bruyant et que vous n'êtes pas satisfaites de votre service, nous serons heureux de vous accueillir à nouveau à La Métairie, gratuitement. Je suis désolée, mais c'est une circonstance inhabituelle de mauvaise communication et j'espère que vous apprécierez quand même votre diner.

Le restaurant était si calme, si serein, qu'il était difficile d'imaginer une fête devenant si sauvage qu'elle poserait un quelconque problème. De toute façon, Molly aimait plutôt bien les fêtes sauvages. Elle et Frances assurèrent à la femme que tout allait bien, et la femme parut visiblement soulagée et retourna à la porte d'entrée.

Pas cinq minutes plus tard, une troupe de cinq personnes entra en chantant *bon anniversaire*, chantant certaines fausses notes hilarantes. Ils entourèrent la vieille dame en dentelle, tous sourires, bien que la vieille dame ne souriait pas du tout.

— Peut-être qu'ils *sont* ensemble, et que c'est leur anniversaire de mariage, mais il a oublié de lui acheter un cadeau, dit Frances, parlant de sa voix normale parce que personne ne pourrait l'entendre par-dessus le bruit des fêtards.

— *Bon anniversaire* veut dire *happy birthday*, dit Molly. Bonne théorie, cependant !

La femme chic passa avec les compliments du chef, un petit plateau d'*amuse-bouches* : plusieurs sortes de palourdes, et quelque chose de vert, que ni Molly ni Frances ne pouvaient identifier. Mais elles ont tout dévoré, Molly essayant d'écouter les conversations les plus bruyantes de la soirée et faisant des suppositions encore plus folles sur leurs liens de parenté. Une autre vieille dame était assise à l'autre bout de la table, en face de la première ; Molly mourait d'envie de connaitre leur relation. Étaient-elles amies ? Sœurs ? La seconde vieille dame avait des cheveux très blancs coiffés en chignon tressé, une coiffure que Molly adorait.

Elle se demandait s'il serait impoli de se pencher pour le lui dire. Elle savait qu'en général, les Français avaient des limites plus strictes que les Américains. Mais quelle femme n'aime pas recevoir un compliment ?

5

Molly et Frances étaient assises assez près de la fête, assez pour presque sentir en faire partie. Frances déclara qu'elle avait l'intention de se servir du gâteau, si les gâteaux d'anniversaire existaient en France. Le groupe se pressait autour de la vieille dame, se penchant pour embrasser ses joues ; ils bavardaient entre eux à voix basse, et, pour Molly, il était évident que tout le monde n'était pas particulièrement heureux. Le sentiment de devoir était palpable, et la vieille dame avait l'air maussade, comme si elle avait un mauvais gout en bouche. La femme avec le chignon blanc, à l'autre bout de la table, semblait alerte et méfiante, comme un oiseau perché sur une branche précaire.

Une femme blonde qui boitait arriva en dernier ; elle semblait avoir une trentaine d'années, à peu près l'âge de Molly. Elle embrassa une femme plus âgée qui ne portait pas de maquillage (Molly crut entendre « Maman »), puis elle fit le tour de la table pour saluer la vieille dame, qui n'avait pas l'air du tout heureuse de la voir.

L'une des choses préférées de Molly était d'écouter aux portes, et elle ne perdit pas de temps.

— Chère tante, vous devez admettre que je vous ai surprise

cette fois ! dit l'homme beaucoup plus jeune dont la vieille dame tenait encore la main.

— Oh, j'ai été surprise, en effet, croassa la vieille dame, l'air d'avoir mordu dans une chenille, ou pire encore.

Une femme aux cheveux noirs avec un bandage à la main observait la scène avec une expression douloureuse. Son mari se tenait à côté d'elle, le bras autour d'elle, de manière protectrice. *Est-ce une petite-fille*, se demanda Molly, *incapable de dire non à une obligation familiale même si c'est une femme adulte ? Pas de ressemblance familiale cependant.* Molly décida qu'il s'agissait d'une amie, même si elle n'avait rien d'amical.

— Bien sûr qu'elle est heureuse, tout le monde lui prête attention ! chuchota la blonde à sa mère, qui se tenait près de la table de Molly et Frances.

Elle était bien habillée et portait un joli sac à main. La femme plus âgée hocha la tête et elles levèrent toutes deux les yeux au ciel. Voilà donc deux personnes de plus qui ne semblaient pas être fans de l'invitée d'honneur.

Mais fans ou pas, elles avaient apporté des cadeaux. Ils étaient disposés devant la reine du jour comme des offrandes, principalement de petites boites avec des rubans extravagants, et une grande boite que Molly devinait contenir une sorte de vêtement.

— Allo, Molly ! dit Frances.

— Je devrais peut-être prendre mon assiette au bar et manger en compagnie de Pascal ? En fait, ça ne me dérangerait pas du tout.

— Désolée.

Molly se pencha et chuchota :

— C'est juste fascinant de voir comment cette famille interagit. Tant d'histoire qui remonte à la surface, tu sais ?

— Tu connais mon opinion sur les familles. La plupart d'entre elles craignent. Mais ce poisson ? dit-elle en pointant avec sa fourchette.

— Je jure devant le Seigneur Jésus que je n'ai jamais rien gouté d'aussi bon. Je vais peut-être devoir renoncer aux Cheetos et manger ça pour le reste de ma vie.

Molly réalisa qu'elle avait à peine touché à son entrée. Les membres de la fête s'installaient à la longue table et elle ne pouvait plus distinguer grand-chose de leur conversation, alors elle reporta son attention sur son repas. Ses ris de veau étaient grillés, avec une fine couche de chapelure croustillante et une sauce si complexe et merveilleuse qu'elle ferma les yeux pour la savourer.

— Mais c'est quoi exactement, les ris de veau? demanda Frances.

— J'ai l'impression que le nom est un peu trompeur.

Molly rit.

— Le thymus, je crois.

— Donc, genre, des tripes. Tu es là à mettre volontairement des tripes dans ta bouche.

— En fait, les tripes, c'est l'estomac. Plus ou moins.

— C'est du pareil au même.

Le serveur passa et déposa un autre petit pain sur chaque assiette à pain avec des pinces. Un autre serveur passa et leur resservit du vin.

— Je pourrais m'y habituer, dit Molly.

— Je parie que la moitié des gens qui viennent ici disent la même chose. Et je suis d'accord avec eux tous.

— Et dire que ce restaurant n'a même pas une étoile! Comment doivent être les restaurants qui en ont trois?

Frances se contenta de secouer la tête.

— Je n'ose pas imaginer. On dirait que tout ça est de trop pour la vieille dame, dit Frances, jetant un coup d'œil à la table de la fête.

Le visage de Joséphine Desrosiers était rouge vif sous son fard à joues croûté. Elle dit quelque chose au jeune homme que ni Molly ni Frances ne purent entendre, mais elles virent l'homme s'écarter d'elle, et devinèrent que ce qu'elle avait dit n'avait pas été bien accueilli.

— Elle a l'air d'une vraie garce, dit Frances, un peu trop fort.

— Frances, il faut que je te dise... les Français, en général... ils ne sont pas bruyants. Ils ne crient pas dans les lieux publics. Alors tu peux baisser la voix? Au moins quand tu insultes les gens ou que tu fais des suppositions sur leur sexualité?

Agacée au début de sa phrase, elle ria et secoua la tête à la fin. C'était amusant d'avoir Frances en visite, et intéressant de voir Castillac à travers les yeux de quelqu'un d'autre. Même si ces yeux étaient à moitié fous, probablement à cause de tous ces Cheetos.

Les amies passèrent ensuite à une délicieuse soupe de châtaignes qu'elles pouvaient à peine siroter sans gémir de façon inappropriée. Puis à des assiettes de canard rôti avec plusieurs sauces pour y tremper les tranches parfaitement cuites, accompagnées d'une portion de champignons sautés, si bons, que Molly était convaincue qu'une sorte de magie véritable était impliquée. Elles finirent leur bouteille de Médoc, se remémorèrent leurs frasques de jeunesse et profitèrent pleinement de leur folie.

— Je suis trop pleine pour le dessert.

— Bien sûr. Mais on ne va pas laisser ça nous arrêter.

— Non. Passe-moi le menu, tu veux?

— Je vais aux toilettes, dit Molly.

— Je reviens tout de suite. Je pense que la crème brulée à la lavande pourrait être dans mon avenir.

— Miam, dit Frances.

Les pieds de Molly protestèrent un peu quand elle les remit dans ses talons, mais La Métairie n'était pas le genre de restaurant où l'on pouvait se rendre aux toilettes pieds nus. Molly se fraya un chemin sur le tapis gris taupe jusqu'au petit couloir où se trouvaient les toilettes.

Ah, quel repas fantastique! Ça valait le coup de déménager à Castillac, ne serait-ce que pour ce diner parfait.

La porte semblait un peu coincée. Molly poussa plus fort.

Puis, avec un coup encore plus vigoureux, elle trébucha dans la pièce pour découvrir que c'était la vieille dame, celle qui fêtait son anniversaire, qui bloquait la porte. Elle était allongée sur le côté sur le carrelage des toilettes, les yeux fermés, comme si elle avait décidé de choisir cet endroit parmi toutes les possibilités pour faire une sieste.

6

Le commandant de la gendarmerie du village, Benjamin Dufort, arriva à La Métairie en moins de dix minutes. Il habitait à la périphérie du village, mais Castillac n'était pas grand, et, à dix heures du soir, il y avait peu de circulation pour le ralentir.

Il embrassa la femme responsable sur les deux joues, la saluant chaleureusement.

— Je suis vraiment désolé pour cela, Nathalie.

— Personne n'a été autorisé à entrer aux toilettes, j'espère ? Tu es bien sure que la femme est morte ?

— J'en ai bien peur, dit Nathalie, l'air plutôt pâle.

— Une des convives l'a trouvée. Elle est venue directement me voir en disant qu'il y avait un corps sans vie, aux toilettes, et j'ai commencé par vous appeler, puis je suis allée voir si je pouvais lui faire les premiers secours. Malheureusement, il n'y avait plus rien à faire pour elle.

— Était-elle venue avec quelqu'un ?

— Oh oui, tout un groupe. Ils fêtaient son anniversaire de soixante-douze ans, je crois.

— Ils sont toujours là ?

— Je pense que oui, tous. Nous essayons de servir le dessert si cela ne vous gêne pas.

— Pas du tout. Pas besoin d'interrompre votre service. Et merci, Nathalie. Je vais aller la voir maintenant.

— Tout droit dans le couloir à gauche, dit Nathalie.

— Je suis juste... c'est bouleversant que cela arrive. La mort fait partie de la vie, je le sais. Mais qui a envie qu'on le lui rappelle ?

Dufort hocha la tête et descendit le couloir gris taupe, jusqu'aux toilettes. En chemin, il jeta un coup d'œil dans la salle à manger et vit au moins une personne qu'il connaissait.

— Molly ! dit-il avec surprise.

Elle lui fit un petit signe de la main. Un mois à peine après son arrivée à Castillac, elle avait découvert le corps d'une femme disparue. Elle était gênée d'être tombée sur un deuxième cadavre à peine deux mois plus tard.

Dufort continua jusqu'aux toilettes et poussa la porte. Comme ni Molly ni Nathalie ne l'avaient déplacée, Joséphine Desrosiers bloquait toujours le passage et il dut la pousser un peu pour pouvoir entrer. Dufort avait trente-cinq ans et était dans la police depuis plus de dix ans ; il avait vu son quota de morts. Mais contrairement à la plupart de ses collègues, il ne s'y habituait jamais.

Il prit une série de respirations lentes par le nez, en gonflant son ventre, puis expulsa l'air avec force par la bouche. Ensuite, il sortit un petit flacon en verre bleu de sa poche de pantalon et déposa quelques gouttes d'une teinture aux herbes sous sa langue. Son anxiété mieux maitrisée, il s'agenouilla à côté de la vieille dame. Il appuya deux doigts contre son artère carotide à la recherche d'un pouls, bien qu'il n'ait eu aucun doute qu'elle était morte dès le premier regard. Dufort n'avait pas l'expertise du médecin légiste, mais il avait une fine intuition de la vie, et il pouvait voir que la femme allongée sur le carrelage n'était plus des vivants.

Il est vrai qu'elle n'avait pas la pâleur qu'il voyait habituellement chez une personne morte ; ses joues étaient presque rosées, comme si elle avait été exposée à un vent vivifiant. Elle n'était pas encore froide au toucher. Sa robe en dentelle noire était remontée au-dessus de ses genoux, mais c'était le seul signe de désordre. Dufort supposa qu'elle s'était effondrée aux toilettes, seule. Ce n'était peut-être pas la façon la plus digne de partir, mais au moins ç'avait été rapide, ce que chacun de nous peut espérer.

Il se leva et fit le tour de Joséphine Desrosiers, regardant avec curiosité, notant les détails de sa position, ses bijoux, ses chaussures. Quelque chose à propos de ses pieds, vêtus de bas foncés, et de ses chaussures à talons bas, semblait poignant. Dufort frotta sa main d'avant en arrière sur l'arrière de sa tête, sentant les picotements de sa coupe en brosse. Il appela le médecin légiste sur son portable, puis alla chercher Molly Sutton.

❦

— Tu as l'air un peu pâle, même pour toi, dit Frances, penchant la tête vers Molly.

Le serveur était passé avec de petits verres de cognac pour tout le monde dans la salle à manger, comme pour reconnaitre la difficulté qu'ils traversaient tous. Personne ne fait une réservation dans le restaurant le plus cher de la ville en s'attendant à ce que l'endroit soit envahi de gendarmes et de cadavres.

— Je... ouais. Que puis-je dire ? Au moins, elle est probablement morte d'une crise cardiaque. Quoique...

— Je peux voir les rouages rouillés de ton cerveau tourner. Quoique quoi ?

— Très drôle. C'est juste que... Molly se pencha par-dessus la table et baissa la voix, tu n'as pas eu l'impression que presque tout le monde à la fête détestait cette femme ? Genre, la détestait *vraiment* ?

— Je me concentrais sur la nourriture, Molly. Cette nourriture divine et horriblement chère. Mais d'accord, j'ai vu qu'il y avait quelques visages pas très heureux, une fois que tu me l'as fait remarquer.

— Je ne pense pas qu'ils plaisantaient, dit Molly.

— Ça ne m'étonnerait pas du tout d'apprendre que l'un d'entre eux l'a tuée.

Frances pencha la tête.

— Allez, Molly, tu le penses vraiment ? Je veux dire, des gens qui ne s'entendent pas dans une famille, ce n'est pas exactement un scoop.

Molly haussa les épaules.

— C'est juste une impression, dit-elle.

Et instantanément, elle eut un flash de son ex-mari lui criant dessus.

— Donnie avait l'habitude de se mettre tellement en colère contre moi. Il hurlait « Les impressions ne sont pas des faits ! » comme si quelque chose qui n'était pas un fait ne méritait aucune attention.

— Donnie était un crétin, dit Frances, en faisant tourner une gorgée de cognac dans sa bouche avant de l'avaler.

— Je vais te dire une chose, cependant : je suis plutôt en colère contre cette vieille dame aussi, parce que je pense qu'elle m'a peut-être couté cette mousse au chocolat blanc que je convoitais.

Molly se retourna pour chercher le serveur, se demandant si l'arrivée de Dufort avait mis un frein au service ou si le restaurant allait essayer de continuer tant bien que mal.

— Une crise cardiaque soudaine, c'est comme ma mort de rêve, disait le jeune homme qui avait amené la vieille dame.

— Elle a toujours eu beaucoup de chance, dit la femme aux cheveux noirs.

Molly se leva.

— Je reviens tout de suite, dit-elle à Frances.

Elle tapota le bras du jeune homme.

— Excusez-moi de vous déranger, dit-elle, dans son français

nettement meilleur. Mais je voulais simplement vous dire que je suis vraiment désolée pour ce qui s'est passé, et vous présenter mes condoléances.

L'homme fut clairement pris de court, mais il se ressaisit et dit :

— Merci, madame. Je suis Michel Faure, son neveu.

— Molly Sutton, enchantée de vous rencontrer. Et je suis d'accord avec vous — j'ai entendu ce que vous avez dit à propos d'une crise cardiaque soudaine comme étant votre rêve — je veux dire, pas que je rêve de mourir, Dieu merci, mais seulement, oui, puisqu'on doit tous y passer un jour, ça semble être l'une des meilleures options.

La femme blonde s'approcha, trainant un pied. Elle fit un signe de tête à Molly et dit à Michel :

— Y a-t-il une raison pour que je reste ? Je peux penser à un million d'endroits où je préfèrerais être en ce moment.

— Je suppose qu'il serait de mauvais gout de nous assoir et de prendre un dessert, avec quelques verres de cognac en plus ? Le diner est sur la note de Joséphine, après tout.

— Michel, dit la femme blonde d'un ton d'avertissement, en faisant un signe de tête vers Molly.

— Oh. C'est vrai. Désolé ! dit-il à Molly.

— Je vous prie de m'excuser.

— Je suis Molly Sutton, dit Molly, en tendant sa main à la blonde, qui saisit ses doigts délicatement et les secoua doucement.

Molly n'avait jamais vraiment compris comment saluer quelqu'un qu'on ne connaissait pas assez bien pour faire la bise. Elle s'était tellement habituée à faire la bise que ne pas toucher quelqu'un en le saluant lui semblait bizarre.

— Adèle Faure, dit la blonde.

— Ce *crétin* est mon frère. Toutes nos excuses pour avoir étalé nos affaires de famille en public, là où ce n'est pas leur place.

Molly sourit et se retint à peine de dire : « Non, étalez-les, s'il vous plait ! Je veux tout savoir ! Encore, s'il vous plait ! », mais, au lieu de cela, elle lâcha :

— Ne vous en faites pas, Adèle. J'espère que vous ne penserez pas que c'est le mauvais moment pour dire que j'adore votre sac, et qu'il va parfaitement avec votre teint.

Adèle surprit Molly en lui adressant un sourire reconnaissant.

— Merci ! dit-elle, l'air surpris et un peu déstabilisé.

— Molly ! siffla Frances depuis sa place.

— Il y a une crème brulée qui t'attend ici avec ton nom dessus ! Et je t'ai commandé un café.

— À bientôt ! dit Molly à Adèle en retournant à sa place.

— Je meurs d'envie d'un café, bonne idée. Quoique...

— Oh, arrête avec tes *quoique* ! Frances enfourna une cuillerée de mousse au chocolat blanc dans sa bouche et agrippa ensuite les bords de la table en se pâmant.

— Je voulais rencontrer la famille, pour voir s'il y avait, eh bien, quelque chose à déterrer.

— C'est une famille. Bien sûr qu'il y a quelque chose à déterrer.

— Ce n'est probablement pas une bonne idée que je m'en mêle. Ce n'est pas comme si je n'avais pas une tonne de travail à faire à La Baraque, pour préparer le nouveau gite.

— Eh bien, à strictement parler, ce n'est pas toi qui fais le travail, mais les gars que tu vas embaucher. Mais peu importe. Le flic ne fait pas du bon boulot ? Il est plutôt sexy, dit-elle en grognant.

Molly rit, les yeux fixés sur Adèle et Michel, qui s'étaient rassis et buvaient du café, plongés dans une conversation. Le reste du groupe était parti, et il ne restait plus qu'eux quatre dans le restaurant.

— Dufort ? Ouais, il est correct. Probablement plus que correct. Il a eu la malchance d'être commandant dans un village où les choses semblent mal tourner plus souvent qu'il ne parait juste.

— Qu'est-ce que ça veut dire, « les choses tournent mal » ?

— Amy Bennett, la femme que j'ai trouvée… c'était la troisième femme à disparaitre. Les deux autres n'ont jamais été retrouvées.

— Et le type que tu as coincé ? Il n'a pas fait ça aux autres ?

— Apparemment, il n'y a aucune preuve qui pointe dans cette direction. Il dit qu'il n'a pas touché aux autres. Donc je ne sais pas. Peut-être qu'il l'a fait. Peut-être pas.

— Tu penses que le flic est un *looser*.

— Non ! Non, vraiment pas. C'est un type intelligent. Et pas mal du tout…

— Ça ne m'a pas échappé.

— Je m'en doutais. Et c'est vraiment un homme gentil. Je pouvais voir que son cœur se brisait pour les parents d'Amy. Vraiment, je n'ai rien du tout à dire contre lui.

— Sauf qu'il est nul dans son boulot.

— Frances ! Je ne dis pas ça.

— Je pense que je vais aller voir le duo frère-sœur là-bas, et leur dire que mon amie Lady Détective dit que le gars local est nul et que s'ils veulent découvrir ce qui est vraiment arrivé à mamie, ils devraient t'engager.

Molly rit.

— Rentrons à la maison. Je jure que je prends ma retraite de détective amateur et que je me concentre sur ma maison et mon jardin à partir de maintenant.

— Bien sûr, murmura Frances, souriant dans le dos de Molly alors qu'elles faisaient un signe de remerciement à Nathalie et claudiquaient sur le chemin du retour vers La Baraque dans le froid et l'obscurité.

7

Thérèse Perrault était la première à arriver au poste le vendredi matin. Elle était presque toujours la première. Jeune et enthousiaste, elle essayait de faire bonne impression auprès du commandant Dufort, et était très heureuse d'avoir un travail qui l'intéressait, où elle pouvait faire une différence dans la vie des gens. Même si, à Castillac, cela signifiait souvent ramener le chien de Mme Bonnay ou le mari de Mme Vargas, tous deux ayant tendance à s'égarer.

— Bonjour, Thérèse ! lança Dufort en entrant d'un pas énergique. Il courait tous les matins, plus longtemps en hiver qu'en été, car il aimait s'entrainer dans le froid. Sa peau était encore rosie par l'effort, et lui aussi était content de venir travailler, heureux d'avoir un emploi où il n'avait pas à rester assis derrière un bureau, mais pouvait passer la majeure partie de la journée dans les rues, à parler aux habitants du village et à écouter leurs préoccupations, et il l'espérait, à les aider avec leurs difficultés.

Le troisième officier de la police de Castillac était Gilles Maron. Il avait grandi dans le nord, près de Lille, et avait travaillé à Paris pendant plusieurs années avant d'être muté à Castillac. Dufort appréciait son travail, bien qu'ils ne se soient pas liés d'amitié. Perrault n'avait pas encore décidé ce qu'elle pensait de Maron. Il n'était pas comme les hommes auxquels elle était habituée — plus renfermé, plus sévère, plus sérieux.

Les trois se réunissaient habituellement dans le bureau de Dufort en début de matinée, où Dufort distribuait les tâches qui s'étaient présentées.

— Eh bien, nous voilà, en cette morne journée de décembre, dit-il.

— Le village est calme et je n'ai absolument rien sur mon bureau. Apparemment, les habitants de Castillac n'ont aucun problème ce matin.

Perrault gloussa et Maron ne changea pas d'expression.

— Attendez, et qu'en est-il de Madame Desrosiers qui est morte subitement à La Métairie hier soir ? demanda Perrault.

— C'est effectivement le cas, dit Dufort.

— J'ai reçu un appel du restaurant vers vingt-deux heures. Je m'y suis rendu et j'ai parlé à Nathalie — vous connaissez tous les deux Nathalie Marchand ? — bref, oui, la vieille dame était morte aux toilettes. J'ai appelé le médecin légiste et je suis rentré chez moi.

— Une crise cardiaque ?

— Je n'ai pas encore eu de nouvelles de Monsieur Nagrand, mais je le pense. Elle avait soixante-douze ans, c'était d'ailleurs son anniversaire hier. Aucune raison de suspecter un acte criminel.

— Sauf qu'elle était une vraie sorcière, marmonna Perrault.

— Dans quel sens ? demanda Maron, semblant éveillé pour la première fois ce matin-là. Une garce ordinaire, ou le genre de garce qui donne aux gens envie de vous tuer ?

— J'ai dit « sorcière », dit Perrault. Mais je parierais sur la deuxième option.

Dufort secoua la tête.

—Je sais que vous préférez tous les deux que notre travail soit intéressant, mais je ne crois pas qu'il y ait quoi que ce soit de la sorte. Les personnes de soixante-douze ans meurent parfois. C'est la vie.

Perrault hocha la tête et ne laissa pas paraitre qu'elle avait l'intention d'appeler Adèle, la nièce de Desrosiers. La sœur ainée de Perrault avait été camarade de classe d'Adèle, et Perrault se souvenait avoir entendu des histoires assez surprenantes sur les coups que cette femme faisait. Pas exactement le type de grand-mère bienveillante, mais une vraie vipère. *Ça ne ferait pas de mal de discuter un peu avec Adèle, voir si elle avait quelque chose d'intéressant à dire,* pensa Perrault.

— Donc pour aujourd'hui, sortons, couvrons le village, regardons autour de nous, parlons à quiconque voudrait discuter. Je considère une journée calme comme celle-ci comme une opportunité de prendre le pouls de notre village, et de voir s'il y a quelque chose que nous avons négligé qui nécessiterait notre attention. Je vous reverrai tous les deux ici après le déjeuner, sauf si j'ai de vos nouvelles entretemps.

— Oui, Commandant, dirent Perrault et Maron à l'unisson.

Tous les trois enfilèrent leurs manteaux et écharpes et partirent dans des directions différentes.

DUFORT MARCHA le court pâté de maisons jusqu'à la place, le square au centre de la ville. En plein milieu, un ordinaire monument aux morts de la Première Guerre mondiale se dressait, entouré d'un parterre de fleurs, en été, désormais un sol nu. La place était ceinturée de restaurants, de la Presse où l'on pouvait acheter journaux, magazines et cigarettes, ainsi que de plusieurs banques et de nombreux commerces. C'était le cœur de Castillac, où les gens se rassemblaient les jours de marché et autres jours, mais, par une froide journée d'hiver, elle semblait désolée et fermée.

Dufort entra Chez Papa, un bistrot tenu par son vieil ami

Alphonse. Personne n'était au bar. En fait, le restaurant semblait totalement vide de personnel comme de clients, bien que Dufort pût entendre de la musique swing venant de l'arrière.

— Alphonse ! cria-t-il.

— Tu es là ?

Le barman Nico passa la tête par l'encadrement d'une porte.

— Salut Ben, dit-il.

— Attends, j'arrive tout de suite.

Dufort s'assit sur un tabouret de bar et regarda autour de lui. Il ne put s'empêcher de fixer un moment, la table près de la porte, où Vincent s'asseyait d'habitude. Il secoua la tête, en pensant, non pour la première fois, que les gens étaient extrêmement difficiles à comprendre. On ne sait jamais ce qui se trame sous la surface, même chez des personnes qui semblent tout à fait agréables et raisonnables vues de l'extérieur.

— Bonjour, dit Nico, passant derrière le bar et s'essuyant les mains avec un torchon. Désolé, personne ne venait alors j'étais à l'arrière, en train d'essayer d'organiser le garde-manger. Un café ?

Dufort hésita.

— D'accord, oui, dit-il.

— Petit, s'il te plait.

Nico s'affaira avec la machine, servit à Dufort sa tasse d'expresso, puis s'en fit une pour lui-même.

— Pas beaucoup d'activité ce mois-ci ? demanda Dufort.

Nico haussa les épaules.

— Tu sais comment c'est. En décembre, tout le monde est blotti près de son poêle à bois, rêvant du printemps. Alphonse a parlé de fermer l'établissement en janvier, peut-être partir en voyage quelque part au chaud.

Dufort secoua la tête.

— Castillac, sans Chez Papa ? Même pour un mois, c'est difficile à imaginer.

La porte s'ouvrit dans un courant d'air froid, et un groupe de trois personnes entra, suivi d'un couple.

— Peut-être qu'Alphonse se précipite, dit Dufort avec un sourire, tandis que Nico allait distribuer les menus.

Il croyait reconnaitre les trois comme étant apparenté à Desrosiers, bien qu'il ne fût pas tout à fait au clair sur l'arbre généalogique.

— Je ne peux pas dire que j'ai le cœur brisé. Elle était une véritable horreur, et je le dis parce que c'est vrai et tant pis si c'est ma tante, déclara le jeune homme aux cheveux bruns qui lui tombaient sur le visage.

— Allons, Michel, dit affectueusement une femme plus âgée, peut-être sa mère.

— Certaines choses ne se disent pas.

Dufort glissa de son tabouret et se dirigea vers leur table.

— Bonjour, madame, dit-il à la femme plus âgée.

— Je suis Benjamin Dufort de la gendarmerie de Castillac. Je suis désolé de m'imposer, mais je crois que vous êtes apparentée à la défunte Madame Desrosiers?

— C'était ma sœur. Je suis Murielle Faure, dit-elle avec un léger hochement de tête.

— Toutes mes condoléances, dit Dufort.

— Merci, Commandant Dufort. Permettez-moi de vous présenter mon fils, Michel, et ma fille, Adèle, dit Murielle.

Michel et Adèle montrèrent leurs bonnes manières en disant au commandant qu'ils étaient ravis de le rencontrer.

— Votre sœur avait-elle été malade? Bien sûr, c'est toujours un choc, quel que soit l'âge d'une personne. Je me demandais simplement s'il y avait eu une indication que quelque chose n'allait pas, du point de vue de la santé?

— Oh non, dit Madame Faure, s'animant.

— Nous avons toujours pensé que Joséphine vivrait éternellement, n'est-ce pas les enfants? En pleine forme. Alors oui, nous sommes tous assez choqués.

L'auriculaire de Michel avait un ongle long, et il le faisait glisser le long du bord du menu, l'effilochant légèrement. Dufort crut voir Adèle donner un coup de pied à son frère sous la table, un comportement plutôt étrange pour un adulte.

— Eh bien, encore une fois, toutes mes condoléances. Ce n'est jamais facile de perdre quelqu'un, quel que soit l'âge.

Dufort retourna au bar et sirota son expresso. Il pensa à Mme Desrosiers, allongée sur le carrelage aux toilettes à La Métairie, sur le côté comme si elle faisait une sieste. Il sentit sa gorge commencer à se serrer.

Mais ensuite, il se souvint que quelqu'un lui avait dit un jour que « faire un somme éternel » était une expression pour désigner la mort, et il laissa échapper un rire bruyant avant de se ressaisir et de laisser quelques euros sur le bar, puis retourna dans le froid.

❧   8   ☙

Molly était une lève-tôt et Frances une couche-tard, alors, Molly se leva et prit son petit-déjeuner seule. Elle rassembla son courage pour passer un coup de fil, un obstacle encore difficile même si son français s'était considérablement amélioré au cours des mois passés à Castillac. Il y avait quelque chose dans cette voix désincarnée au téléphone, sans expression faciale ni langage corporel pour faciliter la communication. La crainte n'était pas un mot assez fort pour décrire ce que Molly ressentait à l'égard des appels téléphoniques en France.

Elle appela un maçon, recommandé par sa voisine Mme Sabourin, qui, elle l'espérait, pourrait réparer le mur extérieur du pigeonnier dans le verger, la première étape nécessaire pour transformer ce bâtiment annexe en habitation qu'elle pourrait louer.

— Bonjour, Monsieur Gault. J'ai eu votre nom par mon quartier, pardon, ma voisine, Madame Sabourin. Je me demandais si... si... vous aviez un moment pour me parler ? Je pense à un projet.

Elle secoua la tête. Molly *aimait* parler aux gens — adultes, enfants, étrangers, peu importait — et cela la mettait très mal à l'aise de sortir des phrases aussi guindées. Mais le maçon comprit suffisamment et dit qu'il passerait en fin d'après-midi, si cela lui convenait.

Ouf, contente que ce soit fait.

— Molly! cria Frances en entrant par la porte d'entrée.

— J'ai besoin de café, vite!

— Tu sais quoi? dit Molly en regardant la grande horloge murale qui indiquait midi moins le quart.

— Pourquoi n'irions-nous pas en ville manger Chez Papa? Le café y est meilleur que le mien, c'est sûr, et je te présenterai un autre beau barman. Ça te dit?

— Bien sûr, dit Frances.

— Je devrais probablement prendre une journée, ou au moins quelques heures, pour travailler, à un moment donné de toute façon. Je ne pense pas que ça devrait être maintenant. Tu as un piano?

— En fait, dit Molly, avec un sourire légèrement gêné, j'ai une salle de musique. Je vais te la montrer.

Frances suivit Molly dans la direction opposée au salon et entra dans une pièce qui ne contenait qu'un piano poussiéreux et quelques chaises.

— Je me sens bête d'avoir ça, parce que je n'en joue pas. Mais le piano est venu avec la maison, et je n'ai pas besoin de cette pièce pour autre chose, alors il reste là.

— Génial! dit Frances.

Elle écrivait des jingles pour gagner sa vie — très bien sa vie — et avait besoin de pouvoir bricoler sur un piano pour que les idées lui viennent. Elle s'approcha et joua quelques accords, déclara qu'il était accordé, et dit qu'elle était prête à aller au village.

— Je meurs de faim. Le diner d'hier soir me semble remonter à un million d'années. Et tu sais, dit-elle d'un air pensif, je suis un peu déçue de ne pas avoir pu voir le corps de la vieille dame aux toilettes. Je n'ai jamais vraiment vu de vrai mort vivant avant.

Molly éclata de rire et rit si fort qu'elle dut s'appuyer contre le mur pour se soutenir, haletant pour reprendre son souffle. Frances

était perplexe jusqu'à ce que Molly parvienne à articuler, « Vrai...
mort... vivant... » entre deux éclats de rire.

— Ce n'est pas si drôle, dit Frances, en donnant un dernier
coup de peigne à ses cheveux avant d'aller au village.

— Parfois, tu peux être si terre à terre.

Molly se reprit et enfila un manteau. Les deux femmes se
regardèrent dans un long miroir horizontal accroché au mur du
vestibule tout en nouant leurs écharpes.

— J'ai vu un ami de mon père quand j'étais adolescente, dit
Molly.

— Cercueil ouvert aux funérailles. Mais ce corps mort ressemblait un peu à une poupée, même si c'était un vieil homme. Son
visage était tout cireux et il portait plus de maquillage que moi.
Madame Desrosiers... eh bien, la façon dont son corps était posi-
tionné, recroquevillée sur le côté, j'ai d'abord pensé qu'elle
dormait ou qu'elle s'était évanouie ou quelque chose comme ça.
Mais quand j'ai regardé son visage...

— Tu as su qu'elle était morte.

— À peu près. Quelque chose dans ses yeux... ils n'avaient tout
simplement pas l'air de pouvoir s'ouvrir à nouveau.

La journée était lumineuse et froide. Frances et Molly
clignèrent des yeux face au soleil et regrettèrent de ne pas avoir
mis de lunettes de soleil. De l'autre côté de la rue des Chênes,
presque dans le village, il y avait un petit cimetière, et Frances
ralentit le pas, regardant par-dessus le mur les mausolées en pierre
et la ferronnerie compliquée du portail.

— Que veut dire « Priez pour vos morts ? »

— « *Pray for your dead* », répondit Molly.

Elles continuèrent à marcher en silence, l'estomac
gargouillant.

En entrant Chez Papa, Molly inspira profondément, appréciant toujours l'odeur de café et d'humanité qui y régnait. Nico fit
un signe de la main depuis le bar et quelques tables étaient occu-

pées, rien à voir avec la foule et la gaité de l'été, mais c'était toujours un endroit accueillant et chaleureux.

— Nico, voici mon amie américaine, Frances Milton.

— Enchanté, dit Nico.

Frances sourit à Nico puis donna un coup de coude dans les côtes de Molly.

— Regarde, Molls, c'est la famille d'hier soir...

Et en effet, Michel et Adèle, le neveu et la nièce de la défunte Mme Desrosiers, étaient là, plongés dans une conversation à une table voisine.

— La bombe !

— Oh, non, dit Molly.

Lapin Broussard fit irruption dans la pièce, saluant Nico et faisant un clin d'œil à Molly.

— J'adorerais rester bavarder, mais j'ai des affaires à régler, dit-il avant de continuer vers l'arrière-salle.

— Qui est-ce ? Et c'est quoi une bombe ? demanda Frances.

— Si tu ne veux pas le découvrir, garde juste tes bras croisés sur ta poitrine.

— Ah, un de ceux-là. Alors, qui est ce type, au fait ?

— Longue histoire. À moitié correct, à moitié pénible. C'est un brocanteur.

— Quel blasphème ! Je suis un négociant en antiquités originales, Molly ! dit Nico, imitant Lapin.

Frances commanda un *café grand*, et Molly avait pris un expresso, parce que, pourquoi pas, mais elle avait arrêté de parler à Frances et Nico, espérant entendre ce que Michel et Adèle disaient. Assise sur son tabouret, elle espérait que ce n'était pas évident que ses antennes étaient complètement dirigées sur le couple à la table, et elle tourna la tête pour qu'une oreille soit directement orientée vers eux.

— ... ce qu'elle a fait à cette femme de ménage il y a quelques années ? Elle n'a plus jamais été la même après ça, je te jure Michel. Je crois qu'elle a dû retourner vivre chez ses parents et n'a plus eu de travail depuis. Ses nerfs étaient complètement brisés.

Michel hocha la tête.

— Je ne sais pas ce qui rend une personne aussi tordue, dit-il, puis la suite fut confuse et Molly ne put plus suivre.

— Oh hé, Molly Sutton ! dit Frances, agacée.

— Je te parle, Nico te parle, et tu restes assise là, les yeux dans le vide, sans répondre.

Il y avait quelque chose qui clochait avec cette vieille dame, c'était ce que pensait Molly. Et maintenant qu'elle avait eu cette pensée, elle ne pouvait plus la lâcher.

MURIELLE FAURE SE LEVA TÔT, comme d'habitude, et enfila un pantalon de toile résistant et une lourde chemise de flanelle d'homme. Par-dessus, elle mit une veste de travail, puis un foulard en laine couvrant sa tête et noué autour de son cou. Il faisait froid à nouveau, mais elle avait hâte d'être dans son jardin. Elle s'assit sur un banc à côté de sa porte d'entrée et souleva une longue jambe dégingandée pour lacer sa botte, puis l'autre.

C'était magnifique dehors. Le soleil commençait tout juste à éclairer au-dessus des arbres et projetait une lueur vive là où il frappait : les branches folles et tortueuses d'un Corylus avellana « Contorta » ; un Vitex agnus-castus de deux mètres avec quelques feuilles éparses s'accrochant encore ; un massif d'hortensias, les feuilles disparues depuis longtemps, mais quelques têtes de fleurs mortes et scintillantes de givre. Murielle tapa des pieds pour y faire circuler le sang et descendit un sentier du jardin, fait de morceaux d'ardoise brisés qu'elle avait obtenus à prix réduit dans un magasin de matériaux de construction, pour se rendre à l'arrière du jardin où se dressaient les arbres fruitiers.

Eux aussi étaient brillants sous le soleil matinal, chaque brindille soulignée d'or. Elle vérifia machinalement l'écorce, à la recherche de dommages causés par les insectes, bien qu'elle l'eut fait presque quotidiennement et que ce ne fût pas la saison des insectes de toute façon. Elle tapota leurs troncs, réfléchit aux endroits où elle devrait tailler au printemps, puis, comme c'était à peine l'aube et qu'aucun de ses voisins ne se levait tôt, elle parla aux arbres à voix haute.

— Vous êtes mes amis, dit Murielle, en tendant les bras et en enveloppant ses paumes nues autour d'une branche froide.

Maintenant que ses enfants étaient grands et avaient quitté la maison, elle se sentait seule et il lui était plus difficile que jamais de traverser l'hiver pendant que le jardin était endormi. C'était comme avoir son mari qui dormait pendant quatre mois d'affilée, sans jamais dire un mot, mais allongé à côté d'elle dans le lit, le dos tourné, le corps froid.

Elle frappa ses mains l'une contre l'autre pour se réchauffer et se dirigea vers la maison, pensant pour la énième fois que, si seulement elle avait une serre, elle pourrait accomplir un travail incroyable. À côté de la petite maison se trouvait un minuscule abri contenant ses outils de jardinage, et niché contre le mur sud, il y avait un châssis froid où elle soignait plusieurs expériences botaniques. Dans une rangée bien ordonnée se trouvait une série de greffes de roses, des combinaisons de ses semis et d'une racine plus forte, qui, elle l'espérait, feraient sensation si elles se développaient comme elle s'y attendait.

C'était le lendemain de la mort de Joséphine aux toilettes de La Métairie. Murielle ne regrettait pas sa sœur. Elle était un peu surprise de ne pas le faire, car elle imaginait que les sœurs étaient censées se manquer mutuellement quand l'une d'elles mourait, même si elles ne s'entendaient pas, mais c'était ce qu'elle ressentait et elle ne s'y attarda pas.

❦   9   ❦

Le lendemain de la mort de sa tante, Michel Faure était assis dans un café en face de son manoir, buvant un café et faisant semblant de lire un roman. Sans emploi depuis des mois, le prix modique du café était une dépense qu'il n'aurait pas dû se permettre, mais il chassa cette pensée d'un haussement d'épaules et dépensa l'argent quand même, agacé.

Castillac en hiver, était différent des mois plus chauds. Il n'avait aucune idée de ce que faisaient les gens de son âge, mais ils n'étaient certainement pas dans les rues. Observer les passants, un passetemps de certains, au café, était plus ou moins nul, les seuls passants étant une vieille dame qui marchait très lentement avec une canne, que Michel pensait être la grand-mère d'un camarade de classe, et le facteur.

Il aurait voulu une assiette de biscuits, ce café était connu pour ça, après tout, mais il avait des règles : il s'autorisait à acheter le café qu'il ne pouvait pas se permettre, mais pas les biscuits.

Quarante minutes écoulées, et personne d'autre qu'une mamie et le facteur.

Le manoir était imposant. S'élevant derrière une grille ornée, mais rouillée. La maison avait quatre étages plus une cave, et une porte en bois sculpté, peinte d'un bleu violet profond, avec des pots de topiaires de chaque côté. Les longues fenêtres étaient fermées, et Michel savait que les rideaux étaient tirés à l'intérieur, d'épais rideaux en brocart, si épais qu'ils l'étouffaient à moitié, rien qu'à y penser.

Il attendait de voir quelqu'un, guettant, mais elle ne vint pas. *Peut-être que je me suis trompé à son sujet*, pensa Michel. *Mais je ne crois pas.*

Il se rongeait un ongle, les yeux rivés sur le grand bâtiment. Son estomac n'était pas au mieux.

Il se demandait quand le testament serait lu. Combien de temps cela prendrait avant que les affaires de sa tante ne soient distribuées à ceux qu'elle avait désignés pour les recevoir. Si ses efforts avaient porté leurs fruits.

Michel Faure ne regrettait pas sa tante. Il aurait ri à l'idée qu'il puisse le faire, car il la considérait comme l'une des créatures les plus viles qu'il avait jamais rencontrées. Il avait souffert d'elle, étant enfant, car c'était le genre de tante qui pinçait les joues assez fort pour y laisser des bleus. Le genre de tante qui insistait pour qu'il apprenne des poèmes par cœur et qui, s'il trébuchait sur un vers, lui fouettait l'arrière des jambes avec une canne.

Sale garce, pensa-t-il. Il fit signe au serveur pour une autre tasse, sachant que ça ne ferait pas de bien à son estomac, mais il voulait dépenser de l'argent ne serait-ce que parce qu'il ne devait pas, et parce que tante Joséphine lui aurait fait la leçon sur la responsabilité financière, et — Dieu merci, heureusement, glorieusement — elle n'était plus en mesure de le faire.

MOLLY HÉSITA. Elle pensait que Frances aimerait probablement voir le marché du samedi, mais devait-elle la réveiller pour ça? Il faisait froid, après tout, et Frances semblait assez désireuse de faire une vraiment bonne nuit de sommeil. Molly s'habilla pour le temps qu'il faisait, mit son panier sous le bras et partit seule.

Elle vivait à La Baraque depuis presque quatre mois. Pas assez longtemps pour avoir le sentiment que c'était, ou que la France était, complètement chez elle. Et pas assez longtemps pour que chaque promenade dans la rue des Chênes en direction de Castillac ne lui coupe pas le souffle d'une façon ou d'une autre. Ce jour-là, le monde semblait étouffé. Le ciel était nuageux et le calcaire des bâtiments n'avait pas cette caractéristique de lueur jaune, ou, du moins, la couleur était terne. De fins filets de fumée s'élevaient des cheminées. Un chien aboya.

La rue était vide, à l'exception d'une camionnette qui la dépassa en s'éloignant du village. Quand elle arriva au cimetière, Molly parcourut des yeux l'inscription « Priez pour vos morts », et elle se demanda si quelqu'un priait pour Joséphine Desrosiers.

Elle pensait que non.

Elle ne pouvait pas dire exactement pourquoi, et si Dufort essayait de la coincer elle n'aurait aucun moyen de le décrire... mais quelque chose dans le ton de la conversation qu'elle avait surprise à La Métairie lui faisait penser qu'il était possible que la mort de la vieille dame ne soit pas aussi simple que Dufort semblait le croire. Ce n'étaient pas les mots que quiconque avait dits, et honnêtement, bien que son français se soit largement amélioré, elle n'avait pas pu en comprendre un bon nombre, mais c'était le ton. Acide. Amer. Plus le sentiment que les invités à la fête souriaient quand ils faisaient face à Mme Desrosiers, mais que, sous leur souffle, des murmures de ressentiment bouillonnaient.

D'un autre côté, pensa-t-elle en donnant un coup de pied dans un caillou en marchant... *comme Frances l'avait dit, beaucoup de familles ne s'entendent pas. Ça ne veut pas dire que quelqu'un finit assassiné.* Et d'ailleurs, elle n'avait vu personne accompagner la vieille femme aux toilettes ni la suivre non plus. Mais bien sûr, étant donné qu'elle profitait d'un repas superbe avec sa bonne amie, elle aurait facilement pu être distraite assez longtemps pour que quelqu'un quitte la salle à manger sans qu'elle s'en aperçoive.

Et il y a surement des façons de tuer où le meurtrier n'a pas besoin d'être présent au moment exact de la mort. Le poison vient rapidement à l'esprit.

Oh, s'il te plait. Est-ce que je ne peux pas simplement profiter d'une simple promenade dans le village sans chercher des monstres sous le lit ?

Elle tourna au coin et le marché du samedi était là, dans sa gloire hivernale bien réduite. Environ la moitié des vendeurs habituels étaient présents, tous, semblant avoir froid, et plutôt déprimés par le nombre restreint de clients.

— Manette ! dit Molly, s'approchant de son amie la marchande de légumes et lui faisant la bise.

— Bonjour, Molly ! Contente de te voir. Je me demandais si tu n'avais pas fui, une fois le temps changé.

— Oh non, je n'ai nulle part où aller ! dit Molly en riant.

— Je ne suis officiellement pas une vacancière, pas une estivante. Bien que j'avoue, je trouve le temps un peu difficile.

— Pas isolée, n'est-ce pas ?

— J'en ai peur.

Manette coupa une orange en quartiers et en tendit un morceau à Molly.

— Alors, raconte-moi les nouvelles, j'ai été confinée à faire la cuisine pour ma belle-mère malade et je n'ai aucune idée de ce qui se passe.

Molly était si flattée qu'on lui demande son avis, qu'une rougeur lui monta au cou et s'épanouit sur ses joues.

— Eh bien, dit-elle, savourant le moment puisqu'elle avait été pratiquement témoin oculaire, connaissais-tu Madame Desrosiers ? J'étais en train de diner à La Métairie l'autre soir, et elle est morte subitement, aux toilettes.

— Vraiment ! s'exclama Manette.

— Je dois être la dernière à l'apprendre. De quoi est-elle morte ?

Molly fit une pause. Avec un certain effort, elle choisit de ne pas s'étendre sur sa théorie d'empoisonnement.

— Probablement une crise cardiaque.

Manette hocha la tête.

— Une grande dame du village, ou du moins, c'est ainsi qu'elle se considérait. En réalité, elle avait des origines tout à fait modestes, c'était la fille d'un épicier, elle vivait près des voies ferrées. Mais elle a épousé un inventeur qui a fini par gagner des tonnes d'argent grâce à une sorte de transistor qu'il a conçu.

— Intéressant. Donc elle était vraiment riche ? Avait-elle des enfants ?

— Non, pas d'enfants. Attends, je crois qu'elle en a eu un, mais mort-né. Toujours triste. Sa sœur est Murielle Faure, qui enseigne au lycée. Elle a deux enfants, adultes maintenant. Je ne peux pas dire que je les connaisse, bien qu'ils m'achètent occasionnellement une ou deux aubergines.

Manette fit un clin d'œil à Molly et désigna une jolie pyramide de légumes violets.

— Bien sûr, elles sont importées, on est en décembre ! Mais c'est très bon, coupé en fines lamelles et frit, avec une sauce marinara.

Molly en acheta deux. Elle était impuissante face aux techniques de vente de Manette, mais cela ne la dérangeait guère puisque Manette faisait le travail de réfléchir à ce qu'il fallait préparer pour le diner.

— Oh, regarde, dit Manette à voix basse.

— Quand on parle du loup...

— Bonjour ! lança Murielle Faure à Manette.

— *Hello*, Molly, dit Adèle, s'exerçant à l'anglais.

— *It's nice to see you.*

Molly sourit. Il y avait quelque chose chez Adèle, qui lui plaisait, bien qu'elle ne puisse pas mettre le doigt dessus. Elle s'habillait indéniablement bien. Son manteau en poil de chameau semblait fraichement brossé, et ses bottes en cuir étaient classiques, sans être le moins du monde démodées.

— Joli sac, dit Molly, remarquant qu'il était différent de celui qu'Adèle portait à La Métairie.

— Merci ! dit Adèle joyeusement.

— Je viens de l'avoir. J'avoue avoir un faible pour les beaux sacs. Je ne comprends pas, je n'ai pourtant rien de si important à transporter avec moi, mais j'ai l'air de beaucoup tenir à la possibilité de pouvoir transporter toutes sortes de choses.

— Peut-être que vous avez l'âme d'une exploratrice, dit Molly.

— Tu veux être prête à tout moment, si on t'appelle pour partir vers l'Arctique.

Adèle rit.

— C'est généreux de votre part. La vérité est probablement que je veux simplement porter quelque chose de beau, que les gens admireront.

Molly pencha la tête. Elle était impressionnée par la volonté d'Adèle de dire une vérité qui ne la mettait pas sous un jour flatteur.

— Comment va ta famille ? demanda-t-elle.

— Je suis sure que l'autre soir a dû être un tel choc.

— Oui, en effet, dit Adèle.

— Je ne sais pas si vous avez des personnes profondément impopulaires dans ta famille, Molly, mais je pense que nous imaginions tous que tante Joséphine vivrait éternellement. Un tyran immortel. Aucun de nous n'arrive vraiment à croire qu'elle n'est plus là. Et aucun de nous n'est le moins du monde triste.

— Ah, dit Molly, je vois ce que vous voulez dire. Était-elle horrible avec vous tous ?

— Eh bien, c'est une chose à dire en sa faveur, rit Adèle.

— Elle était plus ou moins également horrible avec tout le monde, amis ou famille, gens dans la rue, n'importe qui. Une insulteuse égalitaire. Ça rendait les choses plus faciles à ne pas prendre personnellement.

Molly hocha la tête.

— Et, désolée si je pose trop de questions, mais y a-t-il eu une autopsie ? Est-elle morte d'une crise cardiaque comme le pensait Dufort ?

— Merci et à bientôt, dit Manette à Mme Faure, qui fit un signe de tête à Molly et tira Adèle par le bras.

— À plus tard, dit Adèle, en roulant des yeux à sa mère.

Molly les regarda s'éloigner, Adèle boitant légèrement comme si quelque chose n'allait pas avec sa jambe gauche. Sa mère portait un pantalon informe qui avait connu des jours meilleurs. Molly se demanda si Adèle avait un emploi bien rémunéré qui lui permettait d'acheter de si beaux vêtements et sacs à main, des choses que sa mère ne pouvait pas se permettre.

— Maintenant, parlons de ton menu de Noël, dit Manette.

— S'il y a quelque chose en particulier que tu veux, j'aurai besoin d'être prévenue à l'avance, tu sais. Dis-moi, quelles choses bizarres les gens du Massachusetts mangent-ils pour le diner de Noël ?

Molly regarda à contrecœur les Faure disparaitre au coin de l'église. Elle avait tellement de questions, mais les meilleures étaient bien trop impolies à poser, même à Manette.

Dufort s'asseyait rarement à son bureau s'il pouvait l'éviter, mais c'est là qu'il se trouvait ce samedi matin, rattrapant son retard dans la paperasse, lorsque le médecin légiste appela.

— Bonjour, Ben, dit Florian Nagrand de sa voix grave, rendue rauque par les cigarettes.

— J'ai du nouveau sur Desrosiers. Je me suis dit que tu voudrais le savoir tout de suite. J'attends encore quelques résultats, mais ça ne ressemble pas à une crise cardiaque.

Dufort haussa les sourcils.

— Elle a été empoisonnée. Désolé de te balancer ça le weekend. J'en saurai plus quand le labo m'enverra les résultats.

— Attends, du poison ? Je... je ne m'attendais pas du tout à ça. Tu en es sûr ?

— Non, je n'en serai sûr que lorsque les résultats du labo seront revenus, bien sûr. Mais les signes n'étaient pas cohérents avec une insuffisance cardiaque. Les organes présentaient une lividité cadavérique rosée. Tu n'as pas remarqué que sa peau était rougeâtre, bien plus que tous les autres cadavres que tu m'as envoyés ?

— J'ai remarqué. Je pensais que c'était peut-être parce que j'étais arrivé rapidement… tu as une idée du type de poison ?

— Du cyanure. Mais encore une fois, Ben, patience. On devrait savoir d'ici un jour ou deux, peut-être même plus tard dans la journée.

— Peux-tu me dire quand elle a été empoisonnée ? Juste avant sa mort ? La semaine dernière ? Peux-tu le préciser un peu ?

— Il faut attendre le labo. Désolé.

Ils raccrochèrent. Dufort se leva et fit le tour de son bureau. Pourquoi avait-il insisté sur le fait que la vieille dame était décédée d'une mort naturelle ? Simplement parce qu'il souhaitait que ce soit le cas ? Une erreur de jugement stupéfiante. Il ressentit une vague de honte l'envahir, puis il se redressa, s'éclaircit la gorge et appela Perrault à venir dans son bureau.

— Du nouveau. Nagrand vient d'appeler. Il pense que Joséphine Desrosiers a été empoisonnée.

Les yeux de Perrault s'illuminèrent et elle sourit, puis maitrisa ses émotions, et adopta une expression neutre.

— Y a-t-il une chance que ce soit accidentel ?

— C'est possible. Nous en saurons plus quand le labo nous dira de quel type de poison il s'agit. Mais nous devons agir rapidement même si nous n'avons pas toutes les informations dont nous avons besoin. Je vais envoyer Maron à La Métairie. Perrault, allez au bureau du médecin légiste et harcelez-le pour ce rapport de laboratoire. Je le veux entre nos mains dès qu'il arrive.

Dufort joignit Maron sur son portable et lui annonça la nouvelle.

— Rendez-vous à La Métairie et parlez à Nathalie Marchand. Elle gère l'endroit. C'est un coup de chance, certes, mais demandez si tout — assiettes, couverts, même des nappes et serviettes — a été lavé depuis jeudi soir. Nous devons commencer à tester tout ce que nous pouvons trouver pour des résidus, en remontant à partir du dernier moment où Desrosiers était en vie.

— Si c'était son anniversaire, dit Perrault, il y avait probablement des cadeaux ? Ou peut-être pas. Je sais que ma grand-mère n'aimerait pas ouvrir des choses au restaurant. Mais certaines personnes aiment ça.

Dufort lui adressa un petit sourire et un hochement de tête. Elle s'améliorait, Perrault. Sa réflexion devenait plus claire.

— Merci, dit-il. Maintenant, va chez le médecin légiste. Si on ne le surveille pas, il rentrera chez lui pour un long déjeuner et ne reviendra pas au bureau. Surveille-le jusqu'à ce que tu obtiennes ce rapport.

Perrault acquiesça.

— Oui, Commandant, dit-elle, en attrapant son lourd manteau en se dirigeant vers la porte.

— Commandant ? Y a-t-il une chance que cela soit lié aux affaires Boutillier et Martin ?

— Malheureusement pour ceux d'entre nous qui aiment la logique et la recherche de schémas, les évènements dans le monde ont tendance à être plus désorganisés et déconnectés que nous ne le voudrions. En d'autres termes : c'est fort peu probable.

Perrault hocha la tête et la porte se referma derrière elle.

Un empoisonnement, pensa Dufort, en s'adossant à son fauteuil. Il n'y en avait jamais eu à Castillac, pas dans ses souvenirs d'enfant, et pas depuis qu'il était arrivé à la gendarmerie, trois ans auparavant.

Du moins, pas un dont on ait eu connaissance.

— Tu es rentrée avec des aubergines ? C'est tout ? Bon sang, Molly, je pensais que tu avais le sens des priorités.

— Je sais. Et j'étais à deux pas de la Pâtisserie Bujold, en plus. Pour ma défense, ça ne m'était jamais arrivé avant.

Frances but une longue gorgée de son café. Elle avait l'air maussade et ses cheveux habituellement lisses étaient ébouriffés à l'arrière.

— Ah, désolée Molly. Je suis bloquée sur un jingle, et le deadline est dans deux jours.

Quelqu'un frappa fort à la porte et Frances se leva d'un bond pour répondre.

— C'est le maçon, dit Frances, lui faisant signe d'entrer.

Elle dit bonjour avec un accent épouvantable, puis gesticula d'une manière qu'elle pensait être un salut amical.

— À plus tard, Molly. Je vais bidouiller sur le piano et voir si je peux expédier ce stupide jingle dans l'heure qui vient.

Le maçon semblait confus, sans doute en partie à cause des gestes continus de Frances et de ses mains qui s'agitaient.

— Par ici, dit Molly au maçon, Pierre Gault. Comme je vous le disais, j'aimerais convertir mon pigeonnier en espace habitable. J'ai quelques idées et j'aimerais que vous me disiez si elles sont réalisables.

Pierre hocha la tête, soulagé de pouvoir comprendre le français de l'Américaine qui était un peu décousu, mais faisait passer son message. Sa femme avait plaisanté et joué des scènes au petit-déjeuner dans lesquelles Pierre était complètement perdu tandis que l'Américaine babillait dans un charabia qui ressemblait à du français et entrait ensuite dans une rage folle quand il ne faisait pas ce qu'elle demandait.

Mais Molly ignorait tout à propos de la femme de Pierre et de ses plaisanteries, et marcha avec lui jusqu'au pré où se dressait le pigeonnier, un peu délabré d'un côté, espérant seulement, que Pierre ne facturerait pas trop cher ses services, car les réservations avaient été inexistantes depuis plus d'un mois.

Elle ne pensait pas au cadavre qu'elle avait trouvé aux toilettes de La Métairie ni à Benjamin Dufort, mais cet après-midi-là, dans le pré avec Pierre, fut la dernière fois qu'elle put penser à autre chose pendant un bon moment.

❦ II ❦

Sabrina Lellouche remonta son écharpe pour cacher son visage alors qu'elle parcourait rapidement les derniers pâtés de maisons avant d'atteindre la demeure de Mme Desrosiers. C'était le crépuscule du samedi, et il n'y avait presque personne dans les rues. Il faisait froid. Elle fouilla dans son sac et en sortit une vieille clé avant de s'introduire par la porte de la cuisine.

Les volets étaient fermés et la maison était sombre. Le chauffage fonctionnait toujours, alors il faisait assez chaud — trop chaud, avait toujours pensé Sabrina, mais les personnes âgées avaient probablement froid facilement. Elle se tenait dans la cuisine et inspira profondément l'odeur familière de la maison. C'était étrange d'être seule dans la maison, mais elle y venait depuis plusieurs années et cela ne lui semblait pas juste de ne plus jamais y retourner.

Elle pouvait sentir la présence de la vieille dame. Sentir sa cruauté, sa personnalité envahissante, sa méchanceté, comme si elle était encore en vie, toujours à l'étage en train de méditer son prochain acte de malveillance.

Quiconque achètera cette maison, pensa Sabrina, *sera affecté par ce qui s'est passé ici. Comment pourrait-il en être autrement?*

Elle ne pouvait pas imaginer avoir assez d'argent pour se permettre d'acheter un tel endroit. Castillac n'était pas un village qui attirait beaucoup de touristes ou d'expatriés, et la couche supérieure de la société de Castillac n'était pas aristocratique ni même particulièrement riche, mais même ainsi, elle avait un niveau de richesse au-delà de ce que Sabrina pouvait comprendre. Sa famille avait déménagé d'Algérie près de quinze ans plus tôt et ils avaient à peine réussi à joindre les deux bouts depuis. Le manoir des Desrosiers avec ses quatre étages, son grand vestibule et sa porte bleu-violet — Sabrina pensait qu'il pourrait se vendre un million d'euros.

Un million d'euros.

Elle posa son sac sur la table métallique de la cuisine où elle avait l'habitude de couper les légumes de Mme Desrosiers, et se dirigea vers le vestibule. Regardant vers l'étage, elle chercha le visage de la vieille femme à la rampe, riant d'elle.

Bien sûr qu'elle n'est pas là, elle est morte.

Sabrina savait très bien qu'elle était morte, mais une partie d'elle résistait à cette connaissance, comme si elle avait peur de baisser sa garde. Mais elle commença à monter les escaliers, lentement puis en courant, jusqu'au deuxième étage. Elle avait nettoyé ces pièces pendant des années, mais c'était la première fois qu'elle y entrait la tête haute, prenant son temps, sans trainer un aspirateur ou un seau et une serpillère. Tout semblait différent, la décoration ornée n'était plus une série de tâches de nettoyage qui l'attendaient, elle pouvait regarder et réfléchir aux peintures, à sa guise.

Elle fit semblant de faire partie de la famille, peut-être la fille de Mme Desrosiers, seule dans la maison, pleurant sa mère. En entrant dans le salon avec l'autruche empaillée, Sabrina toucha ses plumes, ce qu'elle n'avait pas osé faire quand la vieille dame était dans la maison. Madame était capable de surgir de nulle part pour vous hurler dessus si vous touchiez quoi que ce soit de travers.

Ses pas faisaient craquer le plancher et elle s'arrêtait constamment pour écouter, comme si elle s'attendait à ce que les cris commencent d'un instant à l'autre, ou à entendre la télévision au troisième étage. Mais la maison était silencieuse, à l'exception d'un soupir occasionnel des radiateurs.

Mme Desrosiers avait toujours payé Sabrina en espèces. Deux fois par mois et sans jamais manquer, ce qui était surprenant d'une certaine manière, étant donné, à quel point la vieille dame aimait mettre les gens mal à l'aise. Sabrina devait lui reconnaitre cela, elle payait à temps. Bien sûr, il n'y avait aucun moyen de savoir où se trouvait la caisse, si c'était une caisse, mais elle devait toujours être dans la maison, n'est-ce pas? Quelque part? Et à part l'argent liquide, il y avait surement d'autres choses... intéressantes?

Sabrina retourna à l'escalier et monta un autre étage jusqu'à la chambre de Mme Desrosiers. Les rares fois où elle avait été autorisée à entrer dans la pièce pour nettoyer, elle avait vu la boite à bijoux sur la commode. Elle était longue et plate et Sabrina devinait qu'il y avait des colliers rares et précieux à l'intérieur.

Albert Desrosiers était célèbre à Castillac, à la fois pour l'invention du transistor spécial (dont personne ne comprenait l'utilisation) et surtout pour le fleuve d'argent que l'invention lui avait rapporté. Elle se souvenait de camarades de classe qui parlaient de lui avec révérence, un homme local qui s'était enrichi juste en ayant une bonne idée! Et dire que cette seule bonne idée avait rendu possibles cette maison et cette boite à bijoux. Elle était posée sur la coiffeuse de madame, longue et plate comme dans ses souvenirs. Sabrina passa sa main sur le dessus en velours. Puis elle la prit dans ses mains et ouvrit le couvercle.

À l'intérieur se trouvait un collier de perles. Assez joli, mais pas ce dont Sabrina avait rêvé. Elle avait cru qu'il y aurait des diamants, des émeraudes, peut-être des saphirs, quelque chose avec de l'éclat. Déçue, elle laissa retomber la boite sur la table et commença à ouvrir tous les tiroirs et boites de la chambre de Mme Desrosiers qu'elle pouvait trouver, à la recherche du trésor qu'elle était sure que la vieille dame y avait caché.

❧

LE DIMANCHE ÉTAIT PLUS CHAUD, mais maussade.

— La grisaille, dit Molly à Frances, en montrant le ciel gris à l'extérieur.

— Peut-être une journée pour lire près du poêle à bois ? Pluie froide. Beurk.

— Si je reste assise près du poêle à bois toute la journée, je vais sombrer dans une dépression, dit Frances.

— Allez, il n'y a pas un endroit où on pourrait aller bruncher ?

— Le brunch n'est pas vraiment une chose française.

— Eh bien, on pourrait aller s'assoir au bar de Chez Papa et regarder Nico.

— Et manger des frites.

— Maintenant ça m'intéresse.

Elles lavèrent leurs tasses à café et enfilèrent manteaux et chapeaux. Une fois dehors, Molly convint que l'air était vivifiant d'une bonne manière, et ne se soucia pas de la légère bruine. Ça faisait du bien de sortir et de respirer.

De loin, elles pouvaient voir plus de circulation que d'habitude sur la rue des Chênes. Des voitures étaient garées sur la route près du cimetière et des parapluies noirs fleurissaient. En s'approchant, elles virent un vieux corbillard Citroën s'arrêter près des grilles.

— Tu crois qu'ils vont planter la vieille dame ? dit Frances, trop fort.

Molly lança un regard à Frances. Elle scruta les gens qui descendaient de leurs voitures et marchaient sous des parapluies, cherchant Adèle et son frère, mais ne les vit pas.

Les amies marchaient lentement, observant le chauffeur du corbillard ouvrir l'arrière du véhicule, qui était une véritable merveille, les lignes élégantes de la Citroën parfaitement appropriées pour un corbillard. Quelques personnes s'arrêtèrent pour regarder le cercueil.

— Je pense que ça devrait dire « Priez pour les vivants », dit

Frances en regardant l'inscription en fer forgé au-dessus du portail.

— Je veux dire, c'est nous qui aurions besoin d'aide. À quoi ça sert de prier quand on est déjà mort ?

— Chut, dit Molly. Parle-m'en quand on sera Chez Papa.

Elle pensait que ce devait être l'enterrement de Mme Desrosiers, et elle ne voulait pas être distraite pendant qu'elle observait, au cas où une information lui apparaitrait sous le nez. Elle aperçut Rémy, l'agriculteur bio, vêtu d'un costume sombre, et se demanda quel était son lien avec la vieille dame. Et il y avait Pierre Gault, le maçon, presque méconnaissable avec son fédora et son costume noir. Il y avait aussi la jeune femme brune qui était à La Métairie, et son petit ami ou mari, le bras serré autour de sa taille, tout comme l'autre soir au diner.

Molly observait. Elle savait que c'était superstitieux, mais elle avait l'idée que puisqu'elle avait trouvé le corps, elle était en quelque sorte responsable de remettre les choses en ordre si, en fait, elles ne l'étaient pas. Elle n'avait pas le moindre indice que quelque chose *n'allait* pas. Desrosiers était très probablement morte d'une crise cardiaque, comme l'avait dit Dufort.

Mais quand même.

L'homme avec son bras autour de la femme brune ne faisait rien, il ne bougeait pas et ne parlait pas, mais Molly avait la nette impression qu'il bouillonnait de colère. Elle pouvait en sentir les vagues à trente mètres de distance.

Pourquoi est-il si furieux ? Et pourquoi tenait-il toujours sa femme comme ça, si protecteur ? Est-il super jaloux et possessif ?

Puis le son d'un rire retentit soudain, comme quelque chose de vivant, libéré d'une cage. Molly et Frances regardèrent vers la route et virent Adèle et Michel marcher vers le cimetière, tête nue sans parapluie, souriant et riant comme s'ils se rendaient au théâtre pour une soirée amusante, presque comme un jeune couple.

Étrange, pensa Molly.

Ne les blâme pas, pensa Frances.

— Ce serait terriblement impoli si on assistait à la cérémonie ? chuchota Molly.

— Tu *veux* aller à un enterrement ?

— Eh bien, celui-ci. Oui.

Frances regarda Molly comme si elle avait deux têtes.

— D'accord. Vas-y, amuse-toi bien, espèce de dingue. Je vais filer Chez Papa et me jeter sur ces frites. Nico me tiendra compagnie.

Molly hocha la tête et Frances partit sans se retourner. Adèle et Michel virent Molly et lui firent signe en s'approchant.

— Bonjour, Molly, dirent-ils chacun leur tour, en lui faisant la bise.

— Je me promenais juste vers le village, dit-elle avec hésitation.

— On va à l'enterrement de notre tante, dit Michel en souriant.

— Oui. Je me demandais... ce serait bizarre ? Ou impoli ? J'aimerais y assister, si ça ne vous dérange pas.

— Pas du tout ! dit Michel.

Adèle le fixa du regard, mais il ne le remarqua pas.

— On serait ravis de ta compagnie, dit-il, toujours souriant.

Il portait un très beau costume noir en laine qui lui allait bien. Une mèche de cheveux tombait sur ses yeux alors qu'ils marchaient. *Si charmant*, pensa Molly. *Adorable, vraiment. Bien que, peut-être, un peu trop enjoué, pour un enterrement ?*

À travers le portail et sous l'inscription, les trois rejoignirent le groupe de personnes près de la tombe. Quatre hommes se détachèrent du groupe et retournèrent au corbillard, soulevèrent le cercueil et revinrent avec Mme Desrosiers. Le cercueil était merveilleusement sculpté, une œuvre d'art que Molly ne pouvait s'empêcher de trouver dommage de mettre en terre. Elle fut surprise de voir que le cercueil allait être enterré et non déposé dans l'un des mausolées éparpillés dans le cimetière, car, d'après tous les dires, Mme Desrosiers avait été une femme aisée.

Rémy croisa son regard et hocha la tête. Une rougeur lui monta au cou, bien que leur unique rendez-vous des mois auparavant n'ait mené à rien. Elle observa d'aussi près que possible les autres personnes en deuil, sans les fixer. La mère de Michel et Adèle était là, tamponnant ses yeux avec un mouchoir. Ses cheveux étaient tirés en arrière en une queue de cheval sobre, une coiffure peu flatteuse et trop sévère. Quelques visages lui semblaient familiers de Castillac, mais elle ne connaissait ni leurs noms ni qui ils étaient.

Quand le prêtre commença à parler, Molly observa les autres. La jeune femme brune enfouit sa tête dans le cou de son mari, et il lança un regard noir au prêtre puis au cercueil.

Michel et Adèle, en revanche... l'émotion que Molly percevait chez eux était toute de légèreté, de soulagement, voire de joie. Michel, en particulier.

Si on avait assassiné quelqu'un, pensait Molly, *irait-on à l'enterrement si c'était quelqu'un qu'on connaissait?* Elle regarda chaque personne en deuil à tour de rôle, essayant de discerner une vérité sur leurs visages ou dans leur posture. Au début, elle pensa que certainement oui, puis elle se dit que ce serait peut-être perçu comme un piège, que se rendre à l'enterrement serait exactement ce qu'un détective attendrait et qu'il serait là avec des menottes.

Elle secoua la tête pour chasser ces pensées. Vraiment, parfois son imagination prenait le dessus et elle agissait comme si elle vivait dans un épisode de New York, Police Judiciaire : en France. La crise cardiaque est le plus logique. C'était très certainement une crise cardiaque.

Absolument.

❧ 12 ❦

Gilles Maron n'avait jamais mangé à La Métairie ; les prix étaient complètement hors de portée pour un jeune gendarme qui ne vivait que de son salaire. Il fut surpris de constater que l'intérieur du restaurant était plutôt sobre. Il s'était attendu à des lustres en cristal et des dorures partout.

Nathalie l'accueillit à la porte. Elle était brune et élancée, pratiquement pas de hanches, tout à fait le type de Maron. Il dut faire un effort pour rester professionnel et ne pas lui lancer Le Regard. Sa peau rayonnait, et ses cheveux presque noirs étaient brillants, tirés en arrière dans une queue de cheval basse qui descendait jusqu'à ses omoplates.

— Je ferai tout pour vous aider, dit-elle lorsque Maron entra.

— Laissez-moi prendre votre manteau.

Maron se débarrassa de son lourd manteau et observa les murs et la moquette gris taupe, ainsi que le tableau représentant la mer. Il ne comprenait pas pourquoi tout était si sobre, et il n'aimait pas ne pas comprendre.

— Cette situation a été très bouleversante pour nous, dit Nathalie, et Maron put voir la tension sur son visage maintenant qu'il l'observait plus attentivement.

— Le chef... Je sais que ça a l'air d'un cliché, bon sang, ça *en est* un, mais c'est un homme sensible. Caractériel. Il travaillait sur un nouveau menu, nous avions tous de grands espoirs, mais maintenant... maintenant il vient pour le service du soir et rentre directement après. Je ne crois pas qu'il pense encore au nouveau menu. Non pas que je veuille dire qu'un menu est plus important que la vie d'une personne, je veux juste dire...

— Je comprends, et j'en suis désolé, dit Maron, et il *était* vraiment désolé, désolé que quoi que ce soit ait pu causer des problèmes à cette magnifique créature.

Il fit un effort pour se ressaisir.

— Je suis ici pour demander, tout d'abord, s'il y a une chance qu'il reste quoi que ce soit de l'autre soir : des verres, des assiettes, ou quelque chose du genre. Je vais vous dire en confidence, dit-il impulsivement, que Madame Desrosiers n'est pas morte d'une crise cardiaque comme le Commandant Dufort l'avait d'abord pensé. Non, c'était un empoisonnement, dit-il à voix basse, bien qu'il n'y ait personne d'autre autour.

Il apprécia pleinement la façon dont les yeux de Nathalie s'écarquillèrent et que sa main vola à sa bouche quand il lui dit.

— Un empoisonnement? dit-elle, n'arrivant pas tout à fait à assimiler l'information.

— Oui. Je suis ici, au cas où, quoi que ce soit, un verre à vin, une assiette, n'importe quoi, aurait pu échapper au lave-vaisselle. Nous essayons de découvrir comment le poison a été administré, ajouta-t-il, en disant une fois de plus qu'il n'aurait pas dû.

— J'ai bien peur qu'il n'y ait aucune chance, dit Nathalie, repoussant une mèche de cheveux de son visage.

— La soirée remonte à plusieurs jours. C'était jeudi soir, n'est-ce pas ? Tout a été lavé plusieurs fois depuis. Nous ne gardons pas de vaisselle sale qui traine dans la cuisine, dit-elle, presque en riant à cette idée.

—Je m'en doutais, dit Maron.

— Mais nous devons poser la question. Pourriez-vous me montrer la salle à manger ?

— Certainement.

Ils marchèrent le long du court corridor jusqu'à la salle à manger avec son monochrome gris apaisant, le petit bar, et la pile de supports pliants que les serveurs utilisaient parfois pour tenir de grands plateaux.

— Puis-je vous offrir un café ? demanda Nathalie.

Maron secoua la tête, concentré sur son travail. Il fit le tour des tables, puis s'accroupit à un moment donné pour regarder tout d'en bas.

— C'était une grande tablée, n'est-ce pas ? Pouvez-vous me montrer comment les tables avaient été disposées, et approximativement où Madame Desrosiers était assise ?

Nathalie fit ce qu'il demanda. Maron voulait avoir une image claire et factuelle dans sa tête, de l'aspect de la salle le soir du meurtre.

— Connaissez-vous les noms des invités ? demanda-t-il.

— J'en ai bien peur que non, et la tablée n'était pas si grande. Cinq, peut-être six personnes ? Son neveu, Michel Faure, a fait la réservation. Il s'est occupé des invitations aussi, bien sûr, puisque c'était une fête surprise. Je dois dire qu'il semblait être un neveu très attentionné, voulant célébrer l'anniversaire de sa tante de cette façon.

— Et Michel a-t-il payé pour la soirée ?

— Eh bien, non. En fait, c'est Madame Desrosiers qui a payé. Je vous avoue que ça m'a fait un peu bizarre de passer sa carte bancaire dans la machine, sachant qu'elle gisait morte aux toilettes. Mais Michel m'avait présenté la carte à leur arrivée, et après ce qui s'est passé, j'ai demandé à la famille si je devais annuler la transaction, mais ils ont dit que non. Assez véhémentement.

Maron hocha la tête, pas surpris.

— Puis-je jeter un coup d'œil aux alentours ?

— Bien sûr. Faites-moi savoir s'il y a quoi que ce soit d'autre pour vous aider.

Maron plongea son regard dans les yeux bruns et chaleureux de Nathalie, remarqua ses joues lisses, et eut soudain l'envie de l'embrasser.

— D'accord, dit-il, merci.

— Vous m'avez été très utile. Une dernière chose : pouvez-vous me montrer où vont les ordures à la fin de la soirée ?

— C'est juste derrière. Il y a une clôture en bois qui les cachent, mais, si vous faites le tour du bâtiment, vous ne pouvez pas les manquer.

Maron lui sourit, et elle retourna à son bureau. Après avoir jeté un dernier coup d'œil à la salle à manger, il marcha sur la moquette douce jusqu'aux toilettes, frappa, et entra aux toilettes pour les femmes. C'était impeccablement propre et ça sentait le gardénia. Il regarda le sol carrelé, mais il n'y avait aucun signe que quoi que ce soit s'y était passé, aucun signe des derniers moments de vie de Joséphine Desrosiers. Avait-elle essayé d'appeler à l'aide ? Savait-elle ce qui lui arrivait ?

Savait-elle qui l'avait empoisonnée ?

MOLLY VENAIT à peine de s'installer sur un tabouret au bar de Chez Papa lorsqu'elle reçut un texto de son ami Lawrence Weebly : *entendu dire JD empoisonnée. Tu es sur l'affaire ? xox*

Molly fixa son téléphone. Elle cligna des yeux.

— Comme d'habitude, Boston ? demanda Nico.

Molly releva brusquement la tête.

— Je ne réponds pas à ça, dit-elle, plus sévèrement qu'elle ne l'avait voulu. Mais qu'est-ce que c'est que ce bordel ? dit-elle à personne en particulier.

— Qu'est-ce qui se passe ? demanda Frances.

— Un ami, mon meilleur ami à Castillac en fait. Je suis désolée que tu ne l'aies pas rencontré, mais il est absent. Le truc, c'est qu'ici au village, Lawrence est toujours au courant de tout. Pas vraiment une commère... juste le genre de personne qui sait toujours ce qui se passe. Comment, je ne saurais dire. Quoi qu'il en soit, il vient de m'envoyer un texto pour me dire que Madame Desrosiers a été empoisonnée.

Les yeux de Molly étaient écarquillés et sa bouche ouverte, sous le choc.

Nico fit glisser le kir de Molly vers elle et s'appuya contre un pilier.

— Alors, comment ça se passe ? Tu apprécies Castillac, Frances ?

— Jusqu'à présent, ce n'a été que cadavres et enterrements. J'adore.

Nico rit.

— As-tu entendu quelque chose en particulier à propos de Madame Desrosiers ? lui demanda Molly.

— Morte. C'est tout ce que je sais. Et que tu l'as trouvée. J'ai entendu parler de mecs qui attirent les nanas, Boston, mais toi, ma vieille, tu es un aimant à cadavres !

Et il s'esclaffa de sa propre blague.

Molly ne riait pas.

— Je viens de recevoir un texto de Lawrence disant qu'elle a été empoisonnée.

— Honnêtement, ça ne me surprendrait pas. Elle était connue pour être une vraie peste, pardonnez mon langage, dit-il en hochant la tête et en faisant un clin d'œil à Frances.

— C'est l'impression que j'ai eue, dit Molly.

Elle but une gorgée de son kir.

— Et si tu nous apportais une grande assiette de frites, beau gosse ? dit Frances à Nico.

Il lui fit un nouveau clin d'œil et disparut dans la cuisine.

— Comment se fait-il que son anglais soit si bon ? demanda-t-elle à Molly.

— Il a étudié aux États-Unis. C'est pratiquement un professeur. Pourquoi il est barman dans un petit village, je ne saurais dire. Je ne connais pas toute l'histoire.

— Je vais le découvrir, dit Frances, nonchalamment.

— Sans aucun doute, dit Molly.

— Mais ne lui brise pas le cœur, d'accord ? Cet endroit est trop petit pour des rancunes.

Chez Papa était vide à l'exception de Molly et Frances. Le village entier était probablement soit en train de déjeuner en famille ce dimanche, soit en train de se remettre des funérailles de Joséphine Desrosiers chez eux. Alphonse gardait l'établissement ouvert le dimanche matin parce qu'il avait un faible pour les gens sans famille qui avaient besoin d'un endroit où aller. Lapin y était habituellement, mais il s'était fait plus discret après l'affaire Amy Bennett.

Frances glissa de son tabouret et retourna vers la cuisine pour parler à Nico. Molly resta assise à boire distraitement son kir et à dessiner des cercles avec une goutte d'eau tombée du fond de son verre. Elle réfléchissait au poison et essayait de faire le tri entre les informations réelles et les bribes peut-être moins substantielles qu'elle avait emmagasinées au fil de ses lectures aléatoires. C'était le genre de sujet qui pouvait capter son attention tard dans la nuit quand elle devait plutôt éteindre son ordinateur et aller se coucher — un parfait terrier de lapin, cet internet, quand on repousse le moment d'aller dormir.

Elle voulait passer au commissariat et demander à Dufort de la mettre au courant, mais, bien sûr, c'était hors de question. Elle se demandait si les contacts de Lawrence étaient assez bons pour découvrir quel type de poison. Parce que sans cela, sans savoir s'il était à action lente ou rapide, elle ne pouvait pas savoir si la liste des suspects se limitait aux invités de La Métairie ou non.

Ça aurait même pu être un serveur, d'ailleurs, pensa-t-elle, en veillant à ne rien présumer, et en prenant des notes dans le nouveau dossier qui prenait forme dans sa tête, intitulé *Desrosiers : Meurtre*.

Il se sentait tellement mieux ces derniers temps. Les longues courses hivernales, le calme relatif à Castillac, ses rendez-vous avec Marie-Claire... Dufort n'avait même pas consulté son herboriste depuis plus d'un mois. Son anxiété était si basse qu'il ne la remarquait plus.

Et désormais, un autre décès, et voilà qu'il tâtait la poche de son pantalon à la recherche de son flacon de teinture, déçu de ne pas le trouver. Cette mort n'avait rien à voir avec les autres. Ce n'était pas une jeune femme fauchée et brutalisée dans la fleur de l'âge, sans rapport avec les affaires non résolues de Boutillier et Martin, mais une femme âgée que personne n'aimait. Néanmoins, l'idée qu'elle gisait sur le côté sur le carrelage des toilettes de La Métairie lui donnait la nausée.

Il devait se demander, même après tant d'années : *suis-je dans le mauvais métier?* Il savait que d'autres gendarmes ayant son expérience s'étaient endurcis bien avant. Qu'ils avaient acquis une certaine résilience, des façons de compartimenter, de plaisanter, n'importe quoi pour rendre la mort plus supportable. Mais d'une manière ou d'une autre, il n'avait pas réussi à acquérir ces compétences même après dix ans de service.

Puis Benjamin Dufort, chef gendarme de Castillac, se ressaisit et fit une promenade autour du village avant l'aube. Il ne se pressa pas, mais observa le village dans l'état solitaire d'un matin glacial de décembre. Des pères Noël, grandeur nature, émergeaient des cheminées, et des arbres décorés se dressaient devant la plupart des magasins. Un énorme flocon de neige dont il se souvenait de son enfance, pendait d'un fil qui traversait la rue principale, semblant un peu effiloché sur les bords.

Florian Nagrand, le médecin légiste, n'avait pas appelé avec les résultats du laboratoire, mais Dufort savait ce qu'ils allaient dire. Ce serait du cyanure, comme il l'avait sans doute su dès qu'il avait vu le visage rougi de Joséphine Desrosiers, sa joue pressée contre le carrelage blanc des toilettes. Il l'avait su, mais n'avait pas voulu y faire face. Pourquoi? Était-ce aussi simple que la peur de ne pas être capable de trouver le meurtrier et d'échouer dans son travail? Ou y avait-il plus que cela?

Il vit les lumières allumées à la gendarmerie alors qu'il était à peine six heures du matin et sut que Perrault était à l'intérieur, essayant de trouver quelque chose à faire. Il enviait son enthousiasme pour son travail et espérait qu'au fur et à mesure que l'enquête avancerait, il s'imprègnerait un peu de son enthousiasme au lieu de se sentir si morose à propos de l'humanité.

Et sur lui-même.

— Salut, Perrault, dit-il en accrochant son lourd manteau à un crochet près de la porte.

Il pouvait facilement cacher son état émotionnel, mais n'était pas sûr que ce soit réellement un progrès.

— Pas encore de résultats, dit-elle, la bouche tournée vers le bas.

— Peu importe, dit Dufort.

— Je pense avoir une assez bonne idée de ce qu'ils vont dire, maintenant que j'y ai réfléchi.

Il voulait parler à Perrault, lui dire qu'il avait évité l'idée du meurtre et ne comprenait pas pourquoi, mais il savait que ce ne serait pas une conversation appropriée à avoir avec un officier subalterne.

— Nous devons commencer à parler à la famille de Desrosiers. Vous avez mentionné connaitre la nièce? Ce serait un excellent point de départ. Et, ajouta-t-il en se dirigeant vers son bureau, le petit matin est souvent le meilleur moment pour parler. Les défenses des gens ne sont pas encore totalement levées. Surtout avant le café, dit-il avec un petit sourire.

— Oui, monsieur! dit Perrault.

Ne voulant pas perdre une minute, elle enfila son manteau et partit pour l'appartement d'Adèle, rue Tartine, prévoyant de rôder dehors et de frapper dès qu'elle verrait les lumières s'allumer.

Dufort s'assit à son bureau, le dos droit, mais l'esprit en tourmente. *Florian a dû me prendre pour un imbécile*, pensa-t-il, sentant le malaise dans son estomac qui signalait la honte.

LE LENDEMAIN MATIN, Molly fut surprise de trouver Frances, déjà levée, et en train de boire du café dans la cuisine.

— Bonjour! dit-elle en attrapant une tasse.

— Je suis réveillée, dit Frances.

— Je vois ça, dit Molly.

Molly portait une épaisse chemise de flanelle doublée d'une polaire, un pantalon de survêtement et des pantoufles confortables de L.L. Bean qu'elle avait depuis des années. Mais elle avait encore froid. Elle prit une grande gorgée de café, contente que Frances le fasse fort, et tourna son attention vers le poêle à bois.

— Je vais chercher plus de bois, dit-elle, et sortit par les portes-fenêtres de la terrasse. La première pensée qu'elle avait eue en se réveillant concernait le meurtre de Desrosiers. Elle avait rêvé que sa nouvelle amie, Adèle, était coupable. Sa deuxième pensée était *non, pas Adèle*. Si elle pouvait faire démarrer le poêle à bois et se réchauffer pour fermer les yeux et réfléchir à tout cela, repasser chaque moment de l'autre soir au restaurant, ainsi que les autres fois où elle avait vu le frère et la sœur.

Le matin était glacial, et elle s'arrêta un instant pour remarquer la beauté des branches et des brins d'herbe aux pointes blanches avant de frissonner et de marcher rapidement vers le tas de bois. Elle empila trois buches sur l'un de ses bras et se retourna vers la maison, se demandant si elle devait empêcher Pierre Gault de travailler sur le pigeonnier pour plutôt dépenser l'argent dans un système de chauffage différent ou de l'isolation dans la maison principale. *Des réservations supplémentaires n'auront pas d'importance si je meurs de froid*, pensa-t-elle.

— Alors, j'ai rêvé la nuit dernière qu'Adèle avait tué sa tante, dit Molly à Frances, tout en poussant une nouvelle buche dans le poêle à bois et en frissonnant.

— Intéressant. Tu penses que tu es médium, ou c'était juste ton cerveau qui faisait des étincelles ?

— Je ne pense pas avoir déjà fait un rêve comme ça auparavant. Mes rêves sont généralement fous, incohérents et absurdes. Peut-être que celui-ci l'était aussi.

Molly se tenait debout, regardant le feu, puis s'accroupit et poussa un autre morceau de petit bois sous la buche.

— Je ne veux pas que ce soit Adèle, c'est sûr.

Frances s'enveloppa dans une couverture et sirota son café.

— Eh bien, on sait que quelque chose de mauvais se passait dans cette famille. La tante était un tyran, d'accord, mais quelle est le reste de l'histoire ?

— Ouais, dit Molly d'une voix plate. Le truc, c'est qu'elle et Michel semblent si normaux quand on traine avec eux. Ils ont l'air... comme des gens que je connais déjà, en quelque sorte. Familiers, d'une certaine manière.

Frances fredonna le thème de *La Quatrième Dimension*.

— Je sais qu'aux États-Unis, on a beaucoup plus de chances d'être tué par un membre de sa famille que par un inconnu, dit Molly.

— Tu penses que c'est vrai en France aussi ?

— Les familles, dit Frances d'un ton dégouté.

— *Beurk*. C'est horrible à dire, mais, d'une certaine façon, tu as de la chance.

Molly se contenta d'acquiescer. Comme famille, elle avait un petit frère et une ribambelle de cousins, mais c'était à peu près tout. Son père était mort dans une maison de retraite l'année avant qu'elle ne déménage en France, mais dans le brouillard d'Alzheimer, il n'avait pas été capable de la reconnaitre durant au moins trois ans avant cela. Sa mère était morte dans un accident de voiture quinze ans auparavant. Les relations de Molly avec eux avaient été correctes, sans être particulièrement proches, et même si son chagrin à leur mort s'était, depuis longtemps, adouci en une autre émotion moins douloureuse, difficile à décrire, elle n'oubliait jamais qu'elle était orpheline.

Et elle savait que les gens qui n'étaient pas orphelins, comme Frances, étaient incapables de comprendre ce que c'était. Peu importe l'âge qu'on avait, ou même à quel point on avait été proche. Peu importe si c'était dans l'ordre naturel des choses de perdre ses parents un jour.

— J'appréhende de passer Noël avec ma famille, dit Frances.

— C'est juste un long évènement morose avec beaucoup de commentaires sur le fait que mes cheveux ne sont pas bien, de « comment j'ai pu divorcer de mon deuxième mari parce qu'il était *si gentil* », et plein d'autres moments spéciaux dignes de Hallmark.

Molly rit.

— Doutes-tu de ma capacité à organiser un Noël qui dépassera tout ce que tu pourrais avoir chez toi ? Franny, écoute : j'ai des pâtisseries, j'ai du canard, j'ai *Pascal*. Quand cette célébration sera terminée, tu ne voudras plus jamais partir.

— Tu as Pascal ? Tu peux être plus précise s'il te plait ?

Molly rit.

— Je veux dire que je peux l'inviter. C'est tout ce dont tu as besoin pour faire ta magie, non ?

Frances leva les yeux au plafond et un lent sourire se dessina.

— Ça fera l'affaire, dit-elle.

— Mince, il fait froid ici ! Tu ne peux pas monter le chauffage ?

— *C'est* le chauffage, dit Molly, en faisant un geste triste vers le poêle à bois, où la nouvelle buche n'avait pas pris. Je vais devoir sortir les buches et recommencer. Tu veux bien me rappeler de rentrer le petit bois le soir pour avoir quelque chose de sec pour démarrer le feu ?

— Hé, ce petit radiateur électrique dans le cottage marche bien, pourquoi on n'irait pas là-bas ?

Molly versa le reste du café dans un thermos, et les deux amies marchèrent bras dessus bras dessous jusqu'au cottage, où Molly parla de ce qu'elle planterait dans le jardin de devant au printemps, et Frances raconta comment elle avait récemment découvert que la limonade l'aidait à écrire de meilleurs jingles, et personne ne mentionna le poison ou les liens familiaux toxiques, ou quoi que ce soit d'autre qui aurait pu faire dérailler leurs humeurs joyeuses.

❇ 14 ❇

— J'ai fait le guet devant chez elle presque toute la journée, racontait Perrault à Dufort.

— Aucun signe d'elle. J'ai pensé qu'elle avait peut-être déménagé, mais j'ai vérifié auprès de quelques amis, et ils m'ont dit qu'Adèle vivait bien là. Un appartement dans une maison convertie, rue Tartine.

— Je t'avais simplement demandé de lui parler, pas de mettre en place une surveillance, dit Dufort avec un léger sourire.

— Tu ne penses pas qu'elle est suspecte ? Je me disais que toute personne liée à Desrosiers était sur la liste jusqu'à ce qu'on puisse l'en rayer. Qui sait combien elle pourrait hériter, non ?

— J'applaudis ta persévérance, dit Dufort.

— Puisque Desrosiers n'avait pas d'enfants, il n'y a pas d'héritiers *légitimes*, la part que la loi impose de donner à chaque enfant. Néanmoins, elle n'aurait pas pu tout léguer à qui elle voulait, la famille élargie recevra quelque chose. Bien sûr, nous devrons trouver le testament, s'il y en a un.

— Nous allons cependant commencer par aborder cette énigme par l'autre bout. Nous ne regarderons pas le mobile en premier lieu, mais l'opportunité, car le moment de sa mort est

93

limité, heureusement pour nous. Le rapport du laboratoire est-il déjà arrivé ?

Perrault parut confuse et courut vérifier.

— Pourquoi diable l'enverraient-ils par courrier postal ? cria-t-elle depuis l'autre pièce, où se trouvaient les bureaux de Maron et le sien, et où était le panier à courrier.

— Peut-être que Monsieur Nagrand pensait m'avoir suffisamment mis au courant, dit Dufort.

Il déchira l'enveloppe et parcourut la note de Florian, puis le rapport du laboratoire.

— Comme je le pensais. Du cyanure. Il était sur le point de poser les papiers sur son bureau quand le dernier élément attira son attention.

— Eh bien, c'est intéressant. Les voies habituelles d'empoisonnement au cyanure sont l'ingestion, ou encore, plus rapidement fatale, l'inhalation de gaz cyanhydrique comme les nazis le savaient bien. J'avais déjà écarté le gaz comme possibilité, car il n'y aurait eu aucun moyen pour que Desrosiers seule l'ait inhalé dans un restaurant bondé. Je supposais que sa nourriture avait été trafiquée, soit à La Métairie, soit plus tôt dans la journée.

— Mais il semble que l'avis du médecin légiste soit que l'exposition au cyanure s'est faite par la peau. Son visage, en fait.

— Hmm, dit Perrault. Quelqu'un lui aurait-il offert une crème pour le visage pour son anniversaire ?

— Perrault, je crois que tu as l'étoffe d'un vrai détective, dit Dufort.

— La crème pour le visage est un excellent point de départ.

Perrault rayonna. Elle pensait aussi qu'elle s'améliorait et c'était merveilleux d'entendre son patron le dire.

— Nagrand serait-il capable de nous dire à quelle vitesse le cyanure dans une crème pour le visage agirait ? Aurait-elle pu l'appliquer avant de venir au restaurant ?

— Je vais l'appeler pour discuter de cela même. Où est Maron maintenant ? J'espère qu'il aura trouvé quelque chose au restaurant. Pas de résidus sur un verre, nous n'aurions jamais la chance de trouver quelque chose comme ça tant de jours plus tard, pas dans un endroit impeccable comme La Métairie. Mais peut-être aura-t-il trouvé des cartes-cadeaux pour que nous puissions savoir qui a apporté des cadeaux, dit Dufort, pensant à voix haute.

— S'il y avait des cadeaux, je me demande ce qu'il en est advenu?

Perrault sortit un petit bloc-notes de sa poche arrière et commença à griffonner des notes sur les choses à demander à Adèle quand elle la trouverait.

Dufort sortit son portable pour vérifier l'heure.

— Allons à la maison des Desrosiers maintenant. Nous devons jeter un coup d'œil avant que la famille n'y entre et ne sème le chaos.

Ils prirent leurs manteaux aux crochets et les enfilèrent en se dirigeant vers l'extérieur. La maison de Mme Desrosiers n'était pas loin du poste, une promenade facile, et Dufort était, comme toujours, heureux de se dégourdir les jambes. Maintenant que l'enquête était en cours et que le cyanure était confirmé, il se sentait robuste et optimiste, comme si ses pieds étaient à nouveau solidement ancrés.

— C'est un peu bizarre de tuer quelqu'un d'aussi âgé, dit Perrault, alors qu'ils descendaient la rue.

— Parce que tu penses qu'elle avait déjà un pied dans la tombe? Voilà qui est parlé comme une jeune personne, dit-il affectueusement.

— Soixante-douze ans, c'est vieux, oui, mais pas très vieux. Il y a des gens à Castillac qui ont des décennies de plus que ça. Madame Gervais, qui vit dans cette minuscule maison, près de la boutique qui vend de vieilles lampes? Elle a bien plus de cent ans. Cent deux, je crois.

Perrault secoua la tête, incapable d'imaginer vivre aussi longtemps.

— Quoi, alors tu préfères penser que tu t'éteindras à ton

apogée, ou une quelconque absurdité romantique du genre? dit Dufort, taquin.

— Non. Et je ne parlais pas tant du fait qu'elle était presque morte que du fait que je considère généralement les vieilles dames comme inoffensives. Je veux dire, *ma grand-mère* fera toute une histoire si tu ne laves pas correctement la salade, tu en entendras parler pendant des semaines si elle mord dans un petit grain de sable. Et je suppose que, parfois, elles racontent la même histoire six-cents fois par jour. Mais évidemment, je n'ai pas été poussée au point du meurtre.

— Perrault, comme je te l'ai déjà dit, ta vie et tes expériences te seront utiles dans ton travail, donc je ne veux pas avoir l'air de les diminuer. Mais en même temps, tu dois t'efforcer d'avoir une certaine objectivité. Ce n'est pas parce que *ta* grand-mère est une personne agréable que toutes les femmes de son âge le sont. Tu ne peux pas généraliser à partir d'un seul exemple spécifique de cette manière.

— Oui, monsieur, dit Perrault, se disant une fois de plus de réfléchir avant de parler.

Ils passèrent le portail et arrivèrent à la porte d'entrée.

— Jolie demeure, dit Dufort, levant les yeux vers l'imposant manoir.

— Tu connais Albert Desrosiers?

— Tout le monde connait Albert Desrosiers. C'est comme la seule personne à moitié célèbre, née à Castillac.

— Une sorte de résistance, ou de transistor? Je ne sais pas ce qu'il y avait de si spécial à ce sujet, la science n'a jamais été l'un de mes points forts.

— Toute l'école n'était pas l'un de mes points forts, rit Perrault.

— Alors, comment pouvons-nous entrer?

— Eh bien, avant que tu ne commences à casser des fenêtres, essayons de frapper. Il y a peut-être une femme de ménage à l'intérieur. Fais ça, et je vais jeter un coup d'œil aux alentours, voir s'il y a un jardinier, ou quelqu'un, dans le jardin arrière.

Perrault pensa que le jardinage ne devait pas être l'un des atouts de Dufort non plus, puisqu'on était en décembre et qu'il gelait, et que les jardiniers étaient probablement à l'intérieur en train de boire quelque chose de chaud plutôt que de trainer dans un jardin gelé sans rien à faire. Elle utilisa le heurtoir en laiton plusieurs fois et tendit l'oreille, mais n'entendit personne à l'intérieur de la maison. Les volets étaient fermés bien que ce fût l'après-midi, donc, si quelqu'un était à l'intérieur, il devrait allumer les lumières pour y voir. Perrault tendit le cou pour essayer de voir si de la lumière filtrait sous le bas des volets, mais elle ne vit rien.

Dufort eut plus de chance. En faisant le tour de la maison, il crut entendre le bruit d'une porte qui se fermait. Il était juste assez grand pour voir par-dessus le mur de pierre entourant le jardin, et aperçut une femme brune qui sortait par la porte de derrière, portant plusieurs grands sacs en plastique.

Dans l'après-midi, Molly laissa Frances, seule au piano, où elle espérait écrire un nouveau jingle lucratif. Tout ce que Frances demanda fut un verre de limonade très acide et une pile de serviettes en papier, qu'elle affirmait être les meilleures pour noter ses idées et des bribes de paroles.

Molly dit à Frances qu'elle allait au village pour acheter quelques croissants aux amandes (bien sûr), ainsi que pour prendre une bouteille de vin à l'épicerie et un steak chez le boucher. Et elle avait effectivement l'intention de faire ces choses, en plus de fouiner autant qu'elle le pourrait pendant que Frances était occupée. Ce n'était pas que Frances désapprouvait sa curiosité, pas exactement ; c'était plutôt qu'elle voulait l'attention de Molly pour elle-même en ce moment, et se fatiguait rapidement d'avoir des conversations avec son amie, pendant lesquelles les yeux de Molly se voilaient alors qu'elle se laissait distraire par des pensées de poison, de motifs et de mort.

Dans la rue des Chênes, Molly releva le col de son manteau contre le vent glacial. Il ne faisait pas aussi froid qu'au Massachusetts, mais elle s'était acclimatée à la Dordogne maintenant, et ses repères de ce qui était froid et ce qui était confortable avaient considérablement changé. En tout cas, il faisait assez froid pour que les villageois soient, pour la plupart, à l'intérieur, à l'exception d'un fermier passant lentement sur un tracteur. Molly pouvait entendre quelqu'un fendre du bois au loin, le rythme régulier de la hache qui se levait puis s'abattait avec un puissant *tchoc* sur la buche.

Première question, pensa-t-elle, organisant ses pensées. *L'empoisonneur avait-il tué Desrosiers pour son argent, ou pour une autre raison?* Ce n'avait certainement pas été une fête d'anniversaire joyeuse. La tension et le ressentiment étaient palpables. Elle se demanda si Dufort allait l'interroger. Surement qu'il voudrait connaitre ses impressions, non? Faisant le tour de la table, place par place, Molly essaya de se souvenir de tous ceux qui étaient présents. Elle s'arrêta et fouilla dans son sac pour prendre son téléphone, et tapa quelques notes :

Desrosiers

Michel

femme brune et son mari en colère

mère d'Adèle

Adèle

une autre vieille dame, chignon blanc

Elle pourrait vérifier auprès de Frances si elle se souvenait de quelqu'un d'autre. Maintenant, tout ce qu'elle avait à faire était de découvrir quelque chose sur chacun des participants et de déterminer lequel avait commis l'acte. Elle réalisa qu'elle agissait comme si tout cela n'était qu'un puzzle intéressant à résoudre, alors qu'en fait une personne était morte. Et le tueur, à moins que le poison ne s'avère être une variété à action lente, avait été dans cette salle à manger, assis près de Molly et Frances, jeudi soir.

Ce n'était pas une émission de télévision. Ce n'était pas une blague.

Molly n'avait jamais pensé avoir un sens de la justice particulièrement fort, du moins pas plus fort que toute autre personne typique respectueuse des lois. Mais peut-être s'était-elle trompée à ce sujet. Elle ressentait une sorte d'indignation quand elle pensait à un meurtrier assis dans la salle à manger gris taupe de La Métairie, décidant pour lui-même qui devait vivre et qui devait mourir. L'arrogance était indicible. Molly voulait voir l'expression prétentieuse sur le visage du meurtrier s'effacer, lorsqu'il, ou elle, serait emmené(e) en prison.

Avec un sursaut, Molly réalisa qu'elle était arrivée jusqu'à l'épicerie sans voir où elle marchait. Elle entra, reconnaissante pour la chaleur, et choisit quelques bouteilles de vin rouge. Elle ajouta une poignée de caramels à la caisse, mais ne conversa pas, car la jeune femme à la caisse avait un drôle d'accent et Molly ne comprenait pas un mot de ce qu'elle disait. Était-ce un trouble de la parole ou un accent régional qui la faisait parler comme si elle avait la bouche pleine de guimauves ?

Ce qu'elle voulait, c'était un villageois à qui parler des invités à la fête. Mais où en trouverait-elle un par un lundi après-midi froid ? Tout Castillac était terré quelque part au chaud, hors de vue. Il n'y avait pas de marché, pas de lieu de rassemblement public en décembre. En attendant une idée, Molly quitta l'épicerie et se dirigea, comme sur des rails, vers la Pâtisserie Bujold. Il faisait chaud à l'intérieur et on aurait dit que les arômes divins étaient presque solides, l'enveloppant dans une délicieuse couverture de vanille.

— Bonjour, monsieur, marmonna-t-elle au propriétaire, qui comme d'habitude fixait avec ravissement sa poitrine au lieu de la regarder dans les yeux.

— Madame Sutton ! Ça me fait très plaisir de vous voir aujourd'hui. Voulez-vous votre habituel ?

Elle ne savait pas si elle devait être heureuse ou triste d'avoir un « habituel » à la pâtisserie. C'est vrai qu'elle se goinfrait, c'était un fait. Mais ces croissants aux amandes, aujourd'hui, étaient strictement médicinaux. Elle avait un meurtre à résoudre, mais aucun moyen de trouver qui que ce soit pour parler. Surement qu'un croissant aux amandes aiderait.

Puis, après tant de pensées décousues, Molly eut un moment de clarté : c'était à Adèle Faure qu'elle devait parler.

Mais comment la trouver ?

❧ 15 ❧

1⁹⁶⁹ Josephine avait étudié attentivement les magazines de mode et s'était longuement entrainée à sa coiffeuse. Elle maitrisait, désormais, parfaitement la technique du trait de liner en œil de chat, la ligne noire s'épaississant et remontant vers l'extérieur de la paupière — une ligne assurée, sans tremblements, l'incarnation même de la modernité. Elle portait une culotte en soie qu'Albert lui avait envoyée lors d'un voyage d'affaires, avec un soutien-gorge assorti, le tout dans une teinte pêche rosée des plus flatteuses. Elle se leva et se dirigea vers la porte de sa chambre, puis pivota pour se regarder dans le miroir de sa coiffeuse — oui, elle ressemblait presque à Jean Shrimpton. Comment pourrait il lui résister ?

Josephine enfila une robe Pucci moulante. Ses pieds étaient nus, et ses cheveux châtains étaient noués en un chignon haut cascadant, exactement comme celui de la mannequin en couverture du Vogue de ce mois-ci. Elle était pieds nus, car elle avait eu l'impression qu'Albert aimait ses pieds. Descendant silencieusement vers son bureau, elle s'arrêta un instant dans l'escalier, s'observant comme si elle était dans un film : se voyant glisser le long des larges marches, ses jambes galbées, son maquillage parfait. Se voyant s'approcher de la porte de son mari, et l'ouvrir lentement.

Captivée par sa vision, elle imaginait Albert bondissant de son bureau, le visage rougissant de désir rien qu'à sa vue, vis et boulons tombant au sol dans sa hâte de la rejoindre.

Josephine s'approcha de son bureau, de ses pas feutrés. C'était comme si une caméra tournait, comme si elle n'était pas une seule personne, mais plusieurs, dont l'une l'observait toujours. Elle était toujours son propre public et jamais pleinement elle-même.

— Albert, dit-elle, aussi doucement que possible.

Albert ne leva pas les yeux.

— Attends une seconde, s'il te plait, dit-il.

Sur son bureau se trouvait un appareil grossissant et il regardait à travers quelque chose d'infiniment petit. Gardant le reste de son corps aussi immobile que possible, il saisit une minuscule paire de pinces et les retira, reposant sa main sur le bord de son bureau, fixant intensément l'appareil.

— Albert! s'exclama Josephine, son fantasme volant en éclats, sentant comme si les morceaux brisés tourbillonnaient autour de sa tête et dans sa bouche, menaçant de l'étouffer.

— Tu ne daignes même pas lever les yeux quand j'entre? Tu ne peux pas arrêter ton travail, ne serait-ce qu'un seul instant?

Pendant un moment, elle resta là, tremblante, la mâchoire serrée. Puis, dans sa rage, elle tendit le bras vers son bureau et saisit un livre à l'odeur de renfermé.

— Voilà ce que je pense de toi et de ton stupide travail!

Elle jeta le livre directement sur l'appareil grossissant, le faisant tomber au sol, bien qu'Albert ait rapidement bougé et protégé de ses mains, les circuits sur lesquels il travaillait, qui restèrent intacts.

Après cela, Josephine fut dans l'incapacité de faire d'autres apparitions impromptues dans le bureau d'Albert, car il verrouilla la porte. Un homme différent aurait peut-être divorcé de sa femme violente, même si, bien sûr, le divorce était beaucoup moins courant à l'époque qu'aujourd'hui, et de plus, cela aurait tué sa mère profondément catholique. Mais Albert Desrosiers était un homme qui honorait ses engagements, même si ces engagements s'avéraient être de terribles erreurs, et ainsi, Josephine et Albert vécurent toutes les années de leur mariage dans des formes distinctes de misère abjecte.

Bien qu'ils *fussent* riches, ce qui, pour Josephine du moins, compensait presque tout le reste.

2005

— Ma Sabrina a travaillé pour elle pendant deux ans. Je te le dis, Desrosiers était un démon, dit Jean-François à son ami au bar de Chez Papa.

L'ami hocha la tête et but sa bière.

— Tu as vu comment ma petite doit porter une attelle à la main ? Cette vieille mégère avait posé des pièges à rats pour essayer de lui faire du mal !

— Peut-être que la maison avait des rats ?

— Non ! Et le piège qui a attrapé Sabrina était dans un seau. Qui met un piège dans un seau ? Je te le dis, ça faisait plaisir à cette harpie de lui faire mal. Elle savait que Sabrina avait vraiment besoin de ce travail. Ce n'est pas facile pour les immigrés de trouver un travail décent, tu le sais bien. Trop de nos femmes finissent par devoir faire le ménage pour les capitalistes !

— Bon, la vieille dame ne fait plus partie du décor de toute façon, dit l'ami, en jetant un regard en coin à Jean-François.

— Alors, tu vas épouser Sabrina maintenant ?

— Pff. Sabrina et moi, nous sommes des âmes sœurs. Les

papiers de l'État ou de l'Église, ça ne compte pas pour nous. C'est quelque chose que tu ne comprends pas.

— Oh, je pense que si. Je sais, je sais, presque plus personne ne se marie de nos jours. Mais tout ce que je dis, Jean-François, c'est que les nanas aiment bien quand on leur demande de se marier. Peu importe à quel point elles sont politisées. Socialistes, communistes, ça ne change rien. Elles peuvent être anarchistes jusqu'à la moelle, elles aiment quand même ça.

— Tu dis ça uniquement parce que ta mère est plus religieuse que la Vierge Marie.

— Pas du tout, Jean-François. Je le dis parce que c'est vrai.

— Et tu parles d'après ta longue expérience à demander les femmes en mariage ? Tu es célibataire, crétin !

L'ami eut un sourire narquois et but sa bière.

— Une autre ? demanda Nico, en s'approchant de leur bout du bar.

— Il est déjà soul, dit Jean-François, en pointant son ami du doigt.

— Il raconte plus de bêtises que tu ne peux l'imaginer.

Nico s'éloigna vers l'autre bout, où une jolie Hollandaise flirtait avec lui.

Le visage de Jean-François s'assombrit.

—J'aime Sabrina plus que ma propre vie, dit-il.

— Pourquoi crois-tu que je travaille si dur pour la cause ? C'est parce que je veux une vie meilleure pour ma chérie. C'est ça, l'amour, non ?

— Eh bien, non, pas à mon avis. Mais bon, dit l'ami en haussant les épaules et en lui jetant un nouveau regard en coin.

Jean-François adorait débattre de politique depuis toujours et pouvait s'en servir pour justifier tout ce qu'il voulait faire ou ne pas faire.

— Quoi qu'il en soit, Desrosiers a claqué d'une crise cardiaque, c'est ce que j'ai entendu. Alors, chez qui Sabrina va-t-elle travailler maintenant ? Un mauvais boulot vaut toujours mieux que pas de boulot du tout.

— Ah, non, dit Nico depuis l'autre bout du bar, ayant entendu cette dernière remarque. Ce que j'ai entendu, c'est du poison. Pas une crise cardiaque finalement.

Jean-François n'avait pas l'air surpris.

— Eh bien, le poison est une arme de femme. Je peux te dire tout de suite qu'aucun homme qui a des couilles ne va empoisonner quelqu'un, surtout pas une vieille femme faible.

Il réfléchit un moment.

— Pas qu'elle ne le méritait pas.

MOLLY SORTAIT TOUT juste de la Pâtisserie Bujold avec un peu de sucre glace sur la lèvre supérieure quand elle aperçut au loin une femme dans un élégant trenchcoat, boitant légèrement. *Ça doit être Adèle*, pensa-t-elle, et elle se dépêcha, reconnaissante que dans un village où les gens marchaient presque partout, il était possible de tomber sur quelqu'un qu'on cherchait. Les jambes de Molly n'étaient pas longues, mais Adèle marchait lentement, presque de façon méditative, et Molly n'eut aucun mal à la rattraper.

— Oh la la, dit Molly, essoufflée.

— Je vous ai vue...

— Salut, dit Adèle, amusée de voir Molly haleter.

— Vous vous entrainez pour une compétition ?

— Oui. Le sprint de cinquante mètres en tenant un sac de croissants aux amandes, dit-elle.

Adèle sourit, mais Molly s'arrêta, les yeux écarquillés.

— D'accord, je sais que ce n'était pas la meilleure blague du monde. Ce n'était même pas drôle. Mais je pense que c'est peut-être la première blague que je n'ai jamais faite en français, sans y réfléchir. Je veux dire, les mots sont sortis tout seuls comme le font les mots en anglais. Ou comme ils le faisaient, je trouve que je ne parle plus très bien anglais maintenant, mais c'est une autre histoire.

Adèle applaudit légèrement et dit :

— Félicitations ! Mon anglais n'est pas le meilleur et je suis d'accord que les blagues sont les plus difficiles. Ce qui est bien dommage, puisque les blagues — je veux dire, vous savez, rire ensemble, l'humour — c'est la joie de vivre, n'est-ce pas ?

— C'est vrai, acquiesça Molly.

Elles marchèrent une partie d'un pâté de maisons en silence, Molly essayant de trouver un moyen de demander à Adèle des informations sur les invités à la fête d'anniversaire de sa tante sans avoir l'air d'une terrible commère. Même si elle s'avouait que c'était exactement ce qu'elle était.

— Alors, Adèle, je sais qu'on se connait à peine, et c'est un sujet un peu délicat, mais j'ai entendu la nouvelle à propos de votre tante.

Adèle regarda Molly avec surprise.

— Quoi ? dit-elle, confuse.

— Je sais, on dirait qu'il y a un système de communication souterrain ou même magique à Castillac où les gens apprennent instantanément les nouvelles de tout le monde. Je n'en fais pas vraiment partie moi-même, mais j'ai un ami... enfin, je suis sure que votre famille est sous le choc. Je sais que je l'étais, ajouta-t-elle, de manière peu sincère.

Elle se sentait assez fière d'avoir pensé au poison avant d'en entendre parler, mais elle ne pouvait pas vraiment le dire à Adèle.

Adèle s'arrêta.

— Je suis désolée. Je ne vous comprends pas. Je... je veux dire, je comprends les mots que vous dites, mais pas leur sens ?

— Je devrais peut-être parler en anglais alors ?

— Je ne pense pas que cela arrangerait les choses, dit Adèle.

Elle se remit à marcher.

— Oh, regarde, j'adore cette petite boutique. La femme qui la tient a un gout impeccable, ne trouvez-vous pas? Regardez ces chapeaux! dit-elle en montrant du doigt la vitrine.

Molly ne savait pas si elle avait été éconduite ou si elle n'avait pas été claire. Les deux étaient tout aussi possibles. À cet instant, Adèle semblait être la réponse à tout, elle connaitrait l'histoire et les détails de chacun à la fête. Mais comment la faire parler?

Molly émit des sons d'approbation à propos des chapeaux sans vraiment y prêter attention. Puis elle sortit son téléphone pour vérifier l'heure.

— Oh, regardez, il est plus de cinq heures. Attendez, laissez-moi réfléchir... il est plus de dix-sept heures. C'est bien ça?

Adèle sourit. Elle appréciait cette femme qui essayait si fort d'adopter tous les aspects de la vie française — regardez-la avec son panier de marché, son foulard, et maintenant, utilisant le format 24 heures. Le pantalon de survêtement, pas tellement, mais Adèle était prête à lui pardonner pour cette fois.

— Voudriez-vous aller quelque part pour boire un kir? demanda Molly.

— Bon, dit Adèle avec un hochement de tête, et elle guida Molly dans une rue qu'elle n'avait jamais vue auparavant, puis dans un petit bar sans enseigne à l'extérieur.

— C'est un peu mystérieux, dit Molly, intéressant.

Ce qui voulait dire : *Mais dans quel genre d'endroit m'a-t-elle emmenée?*

L'endroit était sombre avec un éclairage violet. Les tables, le bar, même les serviettes, étaient noirs. Cela avait un air rebelle et jeune et, selon Molly, ne correspondait pas du tout à l'Adèle mature et bien habillée. Clairement elle avait besoin d'apprendre à mieux la connaitre.

— Voici une question typique d'Américaine, dit-elle tandis qu'elles attendaient leurs boissons.

— Mais je ne veux pas paraitre impolie. Quel genre de travail faites-vous?

— Ah oui, dit Adèle, en faisant signe au barman.

— Attendez, non, laissez-moi deviner. Est-ce que ça a un rapport avec la mode ?

Adèle rit.

— Pas le moins du monde. Pourquoi diable penseriez-vous cela ?

Molly haussa les épaules.

— Vous êtes toujours si bien apprêtée. Vos vêtements sont, vraiment, vraiment beaux.

— C'est plus une habitude qu'autre chose. C'était important pour ma mère, quand je grandissais, que mon apparence soit... qu'elle ait un certain raffinement. Ce qui est un peu étrange, en fait, parce qu'elle ne se soucie pas le moins du monde des vêtements ou de son propre look. Comme vous avez pu le remarquer ! ajouta-t-elle en riant.

Molly rit aussi, un peu nerveusement, car, à quel stade d'une amitié peut-on rire de bon cœur de l'allure négligée de la mère de l'autre ? Aux États-Unis, elle aurait su, mais ici à Castillac, elle n'en était pas si sure.

— Eh bien, quelle qu'en soit la raison, chaque fois que je vous vois, j'adore votre tenue.

Mon Dieu, est-ce que je n'ai pas l'air d'une lèche-botte ridicule ?

— Je suis confuse par ce que vous avez dit plus tôt, dit Adèle.

Elle lissa sa jupe en laine avec ses deux mains. Vous avez mentionné quelque chose à propos d'avoir des nouvelles de ma tante. Que voulez-vous dire ? C'est vous qui l'avez découverte, après tout.

— Oh, je veux dire les nouvelles informations, dit Molly, se demandant comment Adèle n'avait pas entendu parler de l'empoisonnement.

Dufort n'avait-il même pas encore informé la famille ? Ou la famille ne se parlait-elle pas ?

— Euh, personne n'a rien dit à propos de... ? Molly lança un regard suppliant à la barmaid pour qu'elle se dépêche avec les kirs, mais elle était plongée dans une profonde conversation avec un homme avec six piercings à l'oreille.

— D'accord, eh bien, c'est gênant. Mais j'ai entendu dire que votre tante avait été empoisonnée.

Adèle resta parfaitement immobile. Ses yeux s'écarquillèrent et elle détourna le regard de Molly. Molly vit qu'elle respirait rapidement et que ses narines frémissaient.

Il semblait certain qu'Adèle était surprise, mais le sentiment principal que Molly percevait chez sa nouvelle amie était la peur.

17

— E*mpoisonnée ?* dit Adèle, presque trop doucement pour que Molly l'entende.

Molly hocha la tête.

— Oui. Je suis… je suis vraiment désolée. C'est assez effrayant de penser que celui qui a fait ça était probablement à cette fête d'anniversaire. Votre tante semblait aller bien, plus tôt dans la soirée, non ?

— On disait toujours qu'elle nous enterrerait tous. Adèle s'agrippait au bar des deux mains. Je suis désolée, dit-elle. Je suis… je suis sous le choc, pour être honnête. Vous avez bien dit, empoisonnée ?

— Je sais ! Je veux dire, qui voudrait tuer une petite vieille dame ?

— C'est ça le problème, Molly. Avec tante Joséphine… probablement beaucoup de gens.

— Pas la plus populaire ?

— Non. Je ne pense pas qu'elle avait d'amis. Michel a dit qu'il avait eu du mal à trouver des invités pour sa fête surprise. En ce qui concerne la famille, Maman est sa seule sœur et elles ne pouvaient pas être plus différentes. Maman est travailleuse et ne se plaint jamais. Elle n'a pas été une mère parfaite, mais qui l'est ? Elle nous a élevés, Michel et moi, toute seule, et on s'en est plutôt bien sortis — elle a adopté Michel quand il n'était qu'un bébé, parce qu'elle adore les enfants. Mais Joséphine ?

Adèle secoua la tête et laissa échapper un rire amer.

— Toute sa vie n'a été qu'une tentative de se mettre les gens à dos. Au mieux, elle était agaçante. Au pire... au pire, elle frôlait le sadisme. Non, pas frôlait. Elle était absolument sadique. Les pauvres gens qui ont travaillé pour elle en ont vraiment bavé ces dernières années. Elle use les femmes de ménage et les jardiniers à une vitesse folle, comme vous pouvez l'imaginer.

Molly écoutait attentivement, espérant qu'elle donnerait plus de détails. Finalement, elle demanda :

— Comme... quel genre de choses faisait-elle ?

— Eh bien... Adèle ferma les yeux un instant, se remémorant.

— Que diriez-vous de la fois où elle a échangé tous les produits de jardinage ? Elle a vidé tout le contenu des bouteilles et des boites — et croyez-moi, on ne parle pas de trucs bios non toxiques — puis elle a tout remis, mais dans les mauvais contenants. Le jardinier pensait utiliser une solution d'engrais de poisson, mais c'était de l'acide muriatique à la place. Il est resté un mois à l'hôpital avec des brulures qui l'ont défiguré, à cause de ce petit tour.

— Wow, dit Molly, cherchant quoi dire quand quelqu'un vient d'annoncer que sa parente est un monstre.

— Elle n'a pas été arrêtée ou quoi que ce soit pour ça ?

— Pas du tout. Le jardinier voulait juste guérir et s'éloigner d'elle le plus possible. Les gens avaient peur d'elle, Molly. Je sais que ça semble fou, elle avait l'air assez inoffensive. Mais tante Joséphine était tout sauf inoffensive. Elle vivait pour blesser les gens et elle ne se contentait pas d'en rêver, elle agissait selon ses horribles pulsions tordues ; et l'histoire des produits de jardinage n'est qu'un exemple de ce que je sais. Je préfère ne pas penser à ce qu'elle a pu faire sans que personne ne le découvre jamais.

Adèle frissonna et vida le reste de son kir.

La barmaid s'éloigna du type avec qui elle parlait et s'approcha.

— Vous en veux un autre? dit-elle, en prenant un petit bol de chips sous le bar et en le posant devant Adèle.

— Oui, dit Adèle. S'il vous plait.

— Est-ce qu'elle vous a déjà fait du mal? demanda doucement Molly.

Adèle rejeta ses longs cheveux blonds dans son dos.

— Pas vraiment. Rien de comparable à ce qu'elle faisait aux gens qui travaillaient pour elle. Elle ne m'aimait pas, elle me lançait des regards noirs, me pinçait quand j'étais petite pour me faire pleurer, avait toujours une remarque blessante... mais heureusement pour Michel et moi, notre famille ne se réunissait pas souvent avec tante Joséphine. De brèves rencontres lors des fêtes, ce genre de choses. Des mois pouvaient passer sans qu'on la voie.

Molly sirotait son kir, regrettant de ne pas avoir demandé un chocolat chaud à la place, quelque chose de familier et de récon-fortant. Elle glissa ses mains sous son écharpe et croisa les doigts.

— Ça vous dérangerait de me parler des autres invités? Cette nuit-là, quand vous êtes tous entrés, j'étais très curieuse de savoir comment tout le monde était lié.

— Non, ça ne me dérange pas, dit Adèle, un peu mécani-quement.

— Ce n'était pas une grande fête, comme vous avez pu le voir. Tante Joséphine disait souvent que tous ses amis étaient morts, mais, la vérité, c'est que je pense qu'elle n'a jamais eu beaucoup d'amis. Elle... elle était difficile, vous comprenez, pas seulement en tant que personne âgée, mais depuis toujours.

Molly acquiesça.

Un long silence pendant lequel Adèle se tourna sur son tabouret et regarda par la fenêtre sale vers la rue, et Molly se sentit tendue, se demandant comment faire avancer la conversation un peu plus vite.

— Il y avait une femme brune là-bas? Franchement, elle n'avait pas l'air très heureuse. Avec un gars?

— Sabrina. C'est ce que je veux dire quand je dis que Michel a eu du mal à trouver assez d'invités. C'est la femme de ménage, elle travaille pour Joséphine depuis deux ans, ce qui doit être un record. Le gars, c'est Jean-François, son petit ami. Il a été brièvement jardinier là-bas, mais il n'était pas du genre à supporter la maltraitance de Joséphine, je ne pense pas qu'il ait tenu une semaine. Doué avec les plantes, donc c'était dommage. Pas que Joséphine passait encore du temps dans le jardin de toute façon. Michel disait qu'elle descendait à peine, et gardait les volets fermés toute la journée. Comme un mausolée là-dedans, disait-il.

— Hmm, dit Molly. Vous pensez que... je veux dire, Jean-François avait l'air *vraiment* en colère — je suis désolée, dit-elle, essayant de rire avec grâce.

— Je ne veux pas avoir l'air d'avoir espionné tout le monde. Mais j'aime les gens, j'aime les fêtes, et je ne pouvais pas m'empêcher de regarder ce soir-là, et de me demander comment tout le monde s'imbriquait.

— Très maladroitement, dit Adèle avec un faible sourire.

— Je commence tout juste à réaliser ce que vous insinuez. Vous dites que... quelqu'un à cette table, à La Métairie, a tué ma tante?

Molly haussa les épaules.

— Il semblerait, mais je ne suis pas experte. Peut-être qu'elle a été empoisonnée avec quelque chose à action lente, qu'elle aurait pris des heures ou même des jours plus tôt. Mais elle semblait aller bien au début, non?

— Oui, dit lentement Adèle.

— Et puis, soudainement... plus. Nous avions pris nos entrées, puis elle a ouvert quelques cadeaux. Je me souviens avoir regardé vers son bout de la table et vu que son visage était devenu rouge, ce qui arrivait quand elle était vraiment en colère pour quelque chose. Je m'étais dit que j'avais de la chance d'être à l'autre bout, hors de portée de tir. Peu après, elle s'était levée pour aller aux toilettes. Nos plats principaux avaient été servis, mais nous n'en étions pas encore là.

— Personne ne s'était proposé pour l'accompagner aux toilettes ?

— Aller aux *toilettes* avec tante Joséphine ? Ha ! Pas si vous vouliez échapper à un essaim d'insultes pour le reste de la soirée ! Joséphine ne supportait pas du tout qu'on fasse allusion à son âge ou à sa fragilité. Non pas qu'elle *fût* fragile, comme je l'ai dit, nous pensions tous qu'elle était forte comme un bœuf.

— Je suppose que quelqu'un s'était impatienté.

— C'est terrible à dire, et nous nous connaissons à peine, je ne devrais pas vous accabler de telles confidences, dit Adèle, mais pour être honnête, j'étais heureuse quand j'ai appris sa mort. Heureuse ! Et Michel, il était sur le point d'éclater en chansons !

Molly ne put s'empêcher de sourire, mais son expression devint sérieuse. Elle se sentait protectrice envers Adèle d'une certaine manière.

— L'un de vous deux va-t-il bénéficier de sa mort ? Je ne veux pas me mêler de vos affaires, mais, si c'est le cas, danser dans les rues pourrait donner une mauvaise impression, non ?

— Vous ne comprenez pas, dit Adèle.

— Avoir Joséphine dans la famille signifiait que nous étions constamment obligés de penser aux impressions. Je crois que c'est pour ça que ma mère m'habillait toujours si bien, bien au-delà de ses moyens, sans doute. Parce que ça donnait une chose de moins à critiquer à tante Joséphine. Même si on la voyait rarement, on marchait sur des œufs, ne voulant pas provoquer sa colère. Une fois, j'ai porté quelque chose d'un peu osé à l'école, j'étais adolescente et j'avais acheté une minijupe rouge avec de l'argent que j'avais gagné. Joséphine l'a appris et m'a fait venir chez elle pour me faire une scène sur les dégâts que j'avais causés à la réputation de la famille.

— La mort de Joséphine signifie que nous n'avons plus à nous inquiéter. Plus besoin de maintenir cette fausse façade juste pour la tenir à distance. Plus besoin de redouter les fêtes et d'être forcés d'endurer ses insultes vicieuses. Nous nous sentons libres, Molly, dit Adèle avec intensité, en prenant les mains de Molly et en les serrant, un sourire béatifique sur son visage parfaitement maquillé.

CLAUDETTE MERCIER PASSAIT la majeure partie de chaque mardi matin au marché de Bergerac. Bien sûr, elle allait au marché de Castillac le samedi, mais il y avait certaines choses particulières qu'elle ne pouvait trouver qu'à Bergerac, et, même si elle trouvait cela un peu abusif, elle les voulait tellement qu'elle permettait au fils adolescent de sa voisine de la conduire. C'était un gentil garçon qui la déposait sur le chemin de l'école et venait la chercher pendant sa pause déjeuner. Elle le payait en tartes aux cerises, qu'il adorait passionnément, conquérant ainsi complètement son cœur.

Parmi ces choses particulières, il y avait les champignons, surtout les cèpes et les girolles. Il n'y avait pas de champignons en décembre, mais Claudette avait pris l'habitude du marché du mardi à Bergerac, elle y avait des amis à qui parler, et donc le mardi suivant la mort de sa vieille camarade de classe Joséphine Desrosiers, Claudette y alla comme d'habitude. Marc était un conducteur prudent, et il lui vint à l'esprit qu'en réalité, elle n'avait pas un souci au monde — elle avait hâte de bavarder puis de rentrer chez elle pour boire un verre de xérès dans l'après-midi, et cela s'annonçait comme une excellente journée.

Le marché était charmant, bien que froid. Après, Marc était à l'heure pour la récupérer comme presque toujours, et elle pensait à ce xérès en arrivant chez elle. Claudette fit un signe d'adieu à Marc et déverrouilla sa porte d'entrée. Elle entra. Elle resta immobile, la bouche béante. Un petit cri à peine audible s'échappa de sa bouche. Le panier tomba au sol. Son salon, toujours impeccable, ressemblait à un champ de bataille. Les coussins du canapé par terre, les abat-jours de travers, les papiers sortis des tiroirs et éparpillés sur le tapis.

Sa première impulsion fut de se mettre à quatre pattes et de commencer à nettoyer ce désordre. Mais ensuite, elle eut la pensée effrayante que le responsable pouvait encore être dans sa maison, peut-être en embuscade! Lentement, elle recula vers la porte d'entrée et se précipita aussi vite qu'elle put chez la voisine. Seul Marc était là, mais il appela le numéro d'urgence et lui prépara même une tasse de thé.

Gilles Maron reçut l'appel et enfourcha son nouveau scouteur. Il avait convaincu Dufort de dépenser l'argent pour l'acheter, argüant qu'un seul véhicule de police ne suffisait pas et qu'avec la croissance de Castillac — pas rapide, mais constante — plus la force de police devait se moderniser si elle voulait être réactive aux besoins du village. Maron savait suffisamment bien lire en Dufort pour savoir que des mots comme « réactif » auraient probablement un effet, et, finalement, il a obtenu son scouteur.

Il se rendit directement chez Claudette après avoir reçu l'appel. Trouvant la porte ouverte, il entra, alerte et à l'écoute. Un gros chat tigré était roulé en boule dans un fauteuil, endormi. Une horloge ancienne faisait tictac. Le sol du salon était couvert de papiers, de vêtements, d'un projet de tricot emmêlé et de bibe-lots. Il enjamba soigneusement le désordre et se dirigea vers la cuisine, manifestement le cœur de cette maison, avec les casse-roles bien récurées et brillantes, tout soigneusement rangé, pas saccagé comme l'avait été le salon. Il se rendit dans la chambre de la petite maison et vit que la table de nuit avait été renversée, une lampe cassée, les tiroirs de la commode sortis et fouillés, mais personne n'était dans le placard ni sous le lit.

La fenêtre de la chambre avait été forcée et un courant d'air froid s'engouffrait.

Maron se rendit chez la voisine d'à côté et frappa à la porte.

— Bonjour, madame, dit-il à Claudette, qui se tenait en partie derrière Marc.

— Je suis l'officier Maron. Vous allez bien? Avez-vous aperçu quelqu'un en entrant chez vous?

— Oh non, dit Claudette. Je ne voulais voir personne. J'ai couru directement ici, chez le voisin!

— Qui que ce soit, il est parti maintenant. Mais je vous demande de me laisser quelques instants pour chercher des indices avant de retourner chez vous.

— Bien sûr! Merci d'être venu si vite, dit Claudette, essayant d'esquisser un sourire.

— Qui pourrait faire une chose pareille? Je n'ai jamais rien vécu de tel de toute ma vie. C'est terriblement bouleversant.

— Oui, madame, je comprends, dit Maron, bien que son ton ne fût pas chaleureux.

—J'ai peur que votre maison ne soit pas la première. Au cours du mois dernier, nous avons eu deux autres cas similaires. Puis-je vous poser quelques questions?

— Je vous en prie, entrez, dit Marc, qui était secrètement ravi à l'idée qu'un cambrioleur s'introduise juste à côté, en plein jour.

La température avait un peu augmenté, mais le vent était toujours mordant. Maron acquiesça et entra.

— Tout d'abord, avez-vous des objets de valeur chez vous dont quelqu'un serait au courant?

— Grands dieux, non. À moins que vous ne parliez de ma collection de casseroles en cuivre? Je sais qu'elles valent une fortune maintenant, je les ai accumulées lentement au fil des ans, vous savez. J'en ai acheté une jolie petite, d'un litre, le mois dernier pour remplacer une dont la poignée n'était pas aussi agréable au toucher, vous voyez.

— Je crois que la cuisine n'a pas été touchée, dit Maron, soupirant intérieurement.

Pourquoi Perrault n'avait-elle pas pris cet appel?

— Pas de bijoux de famille, rien de ce genre, dont les gens serraient au courant?

— Non. Je ne m'intéresse pas aux fanfreluches, monsieur. Mon père m'achetait des colliers et ce genre de choses, mais je lui ai dit d'arrêter, je n'aimais pas ça. Ce que je voulais, c'était un couperet Sabatier à la place. Il était très déçu de moi.

Marc regarda sa voisine avec une nouvelle admiration. Il trouvait les couperets géniaux.

— Très bien, Madame Mercier. J'aimerais faire le tour de la maison avec vous quand j'aurai fini, et peut-être pourrez-vous me dire si quelque chose semble manquer. Le voleur cherchait très probablement des objets faciles à vendre : téléviseurs, ordinateurs, ce genre de choses.

— Eh bien, j'ai un petit téléviseur. Il y a tellement d'émissions de cuisine maintenant, vous n'imaginez pas! J'en suis plusieurs. Avez-vous vu ce Gordon Ramsay? Quel langage! Et bien sûr, il n'est pas français, mais je crois qu'il sait cuisiner. Mon anglais n'est pas très bon et je ne comprends pas tout. Mais je regarde quand même.

Elle haussa les épaules et adressa à Maron un sourire malicieux.

— Mais pas d'ordinateur, oh non. Je suis trop vieille pour ces bêtises.

Marc ricana puis tapota l'épaule de Mme Mercier.

— Ma question suivante : avez-vous un emploi du temps prévisible? Êtes-vous régulièrement absente le mardi matin, par exemple?

— Bien sûr que j'ai un emploi du temps. Qui n'en a pas? Le mardi, Marc me conduit au marché de Bergerac. L'homme qui vend des noix du côté nord de l'église a les meilleures noix de la Dordogne. J'essaie de ne pas manquer un mardi de marché. Et heureusement, même si, comme vous pouvez le constater, je ne suis plus toute jeune, j'ai encore ma santé, et il est donc très rare que je doive appeler Marc pour lui dire que je ne peux pas y aller. J'espère un jour mourir d'une crise cardiaque, comme Joséphine Desrosiers — là une minute, partie la suivante! C'est la meilleure façon de partir, vous ne trouvez pas, Officier Maron?

Maron hocha lentement la tête. Il remarqua comment l'expression de Mme Mercier s'illumina quand elle mentionna la mort de Desrosiers, comme si c'était la nouvelle la plus heureuse qu'elle avait entendue depuis très longtemps.

— Très bien, merci, madame. Je vais retourner chez vous pour voir si je peux trouver quelque chose d'utile à l'enquête. Si vous vouliez bien rester ici pour le moment, je vous remercie de votre patience.

Maron se retourna et repartit vers la maison Mercier.

Il était à peu près sûr que le cambrioleur était un toxicomane, à la recherche de quelque chose à vendre pour se procurer de l'argent pour acheter de la drogue, et, espérant peut-être, trouver une liasse de billets sous le matelas d'une vieille dame. Ce n'était pas un crime qui nécessitait une expertise médicolégale; il n'était même pas certain que quelque chose ait été volé. Castillac n'avait pas connu beaucoup d'activité liée à la drogue au fil des ans, mais il y avait eu ces deux autres effractions similaires, et, d'après son expérience dans la banlieue parisienne, elles ressemblaient toutes à des cambriolages pour de l'argent pour la drogue — bâclés et peu fructueux.

Maron s'accroupit dans le salon et fouilla quelques-uns des papiers sur le sol. Il regarda autour de la pièce, essayant de ne rien chercher en particulier, mais laissant ses yeux errer, faisant confiance à leur capacité à repérer toute anomalie.

La pièce était si typique qu'elle frôlait le cliché : napperons en dentelle sur les bras des fauteuils et du canapé, le chat somnolent, l'horloge qui faisait tictac, la petite photo de famille encadrée sur une table d'appoint. On aurait dit une pièce où rien d'excitant ne s'était jamais produit. Il se leva, prêt à retourner au poste pour faire son rapport. Jetant un dernier coup d'œil au désordre sur le sol, ses yeux tombèrent sur une enveloppe de papier épais, posée sur des papiers. Il la ramassa et vit qu'elle portait un cachet de la poste récent. Il se dit qu'elle pourrait donner un indice sur l'effraction, bien qu'il sût que c'était peu probable.

Il sortit la lettre de l'enveloppe et la lut. Ses yeux s'écarquillèrent en lisant les mots caustiques et menaçants. La lettre était courte et non signée, mais il ne faisait aucun doute que l'auteur nourrissait une grande rancœur envers Claudette Mercier.

Eh bien, pensa Maron, *peut-être y a-t-il plus dans cette effraction que je le pensais. Et peut-être que quelque chose s'est effectivement passé dans cette petite pièce étouffante après tout.*

18

—D ésolé, Commandant, mais je ne pense pas qu'on puisse simplement ignorer ça, dit Maron, qui était de retour au commissariat après avoir montré à Dufort et Perrault la lettre qu'il avait trouvée chez Claudette.

— C'est une sale affaire, ça ne fait aucun doute, dit Dufort.

— Alors, que dis-tu ? Tu penses que le cambrioleur a écrit la lettre ? Sur quelle base ? Peut-être ton intuition ? ajouta-t-il, taquinant Maron qui, en réalité, n'utiliserait jamais le mot « intuition » sans un ricanement.

— Mercier a été victime de deux actes de violence, l'un physique et l'autre émotionnel. Ce n'est pas tiré par les cheveux, de penser qu'ils pourraient être liés. *Pourraient*, insista Maron avec véhémence. Mais en fait, ce n'est pas la tentative de cambriolage qui m'intrigue. Il y a un lien entre Mercier et Desrosiers. Il s'avère que Mercier était à la fête d'anniversaire. Tout ce que j'ai trouvé à La Métairie, c'était une carte, par terre près de la benne à ordures. On dirait qu'elle accompagnait un cadeau d'anniversaire ? Il sortit de la poche de son manteau, un petit rectangle de carton fin décoré de fleurs violettes en haut. « De ton amie, Claudette ».

— Claudette Mercier était à la fête ? dit Dufort en levant rapidement les yeux.

— Oui, dit Maron. Quelle coïncidence, hein ? Et en fait, elle a mentionné Desrosiers. Elle a dit qu'elle voulait aussi mourir d'une crise cardiaque, le moment venu.

— Elles avaient à peu près le même âge, elles étaient probablement à l'école ensemble, dit Perrault.

— Elles ont toutes les deux grandi à Castillac, non ?

— Oui, dit Dufort.

— Les Mercier possédaient autrefois une quincaillerie au centre du village. C'était une famille assez prospère, et elle l'est toujours d'après ce que je sais.

— Ne pensez-vous pas que c'est significatif qu'une dame se fasse descendre, et qu'une autre de la même fête se fasse cambrioler et reçoive des lettres de harcèlement anonymes ?

— On ne peut pas dire si c'est significatif ou non, dit Dufort.

— Laissez-moi vous mettre en garde tous les deux contre la tentation de chercher de l'ordre là où il n'y en a pas. Les trois évènements pourraient être sans rapport, et nous n'en sommes qu'aux premières étapes de l'enquête, Maron. Pour l'instant, il semble que Desrosiers était cordialement détestée par tous ceux qui la connaissaient, du moins, par sa famille et les gens qui travaillaient pour elle. N'importe lequel d'entre eux aurait pu la tuer. Mercier était peut-être sa seule amie.

— Peut-être que le reste de ses amis sont tous morts. Elle avait soixante-douze ans, après tout.

— Comme je l'ai dit à Perrault, soixante-douze ans, ce n'est pas si vieux. Vous devez tous deux faire un effort pour ne pas tout voir à travers le prisme de votre propre jeunesse. Peut-être... qu'elle n'avait pas d'amis. Ça arrive, vous savez. Bien que ce ne soit généralement pas parce que quelqu'un est odieux envers chaque personne qu'il rencontre ; c'est généralement une question de maladie mentale qui fait obstacle, une forte anxiété sociale ou quelque chose du genre.

— Desrosiers détestait les autres, dit Perrault.

— Qui sait ce qui s'est passé pour déformer sa personnalité de cette façon ? Il y a des mystères que nous ne dénouerons jamais, pas sans une bien meilleure compréhension de l'esprit et des choses qui l'affectent. La sœur de Desrosiers n'est pas du même moule ? demanda Dufort.

— Non, dit Perrault.

— Je me suis renseignée. C'est une professeure de sciences respectée au lycée, elle mène une vie exemplaire d'après ce que j'ai pu constater. Elle a élevé deux enfants, seule, avec peu de soutien de ses riches parents.

Maron dit :

— Pour en revenir à Mercier, je dis simplement que les apparences peuvent être trompeuses. Elle a l'air d'une gentille vieille dame, certes, mais elle a fait quelque chose qui a mis en colère l'auteur de la lettre. Je ne vois pas comment nous pouvons l'éliminer de la liste des suspects avec les preuves dont nous disposons.

— Très bien, alors enquête là-dessus, tu es comme un chien avec son os. Va lui parler à nouveau. Mais ne la blâme pas pour avoir reçu ces lettres. Pour autant que nous sachions, elle est la victime, pas l'auteur.

Dufort haussa les épaules.

— Ce n'a pas vraiment été la meilleure semaine pour les dames de soixante-douze ans de Castillac. Maintenant, concernant l'autre affaire, Perrault et moi avons surpris Sabrina Lellouche, qui sortait de la maison de Desrosiers hier, portant des sacs. Je l'ai interrogée ; elle a dit qu'elle était revenue une dernière fois pour récupérer quelques affaires qui lui appartenaient, ainsi que des choses que Desrosiers lui avait données.

— Si elle ment, c'est une très bonne menteuse, dit Perrault.

— Elle était tout à fait calme et posée, acquiesça Dufort.

— Je lui ai demandé ce qu'il y avait dans les sacs, et elle a proposé de les vider sur le trottoir, mais je lui ai dit que ce n'était pas nécessaire. Elle pourrait être un témoin utile plus tard, et je ne veux pas qu'elle pense qu'elle est soupçonnée. Selon elle, les sacs étaient remplis d'un tas de vieux vêtements, des vêtements d'occasion que Desrosiers lui avait donnés, c'est tout. Je lui ai demandé s'il y avait une clé de la maison, et elle m'a dit qu'il y en avait une de rechange sous un pot de fleurs dans le jardin de derrière. Nous avons été interrompus par un appel de Madame Vargas, mais Perrault et moi allons y retourner pour chercher le testament et voir ce que nous pouvons trouver. Peut-être plus de lettres ! dit-il, taquinant à nouveau Maron.

Il y avait quelque chose chez une personne qui se prenait tellement au sérieux que Dufort était tenté de la provoquer. Il n'admirait pas cette qualité chez lui-même.

Maron s'appuya contre le bureau de Dufort. Ses sourcils noirs semblaient plus lourds et plus sombres que d'habitude, se fronçant tandis qu'il fixait le sol. Dufort ressentit une pointe de remords.

— Alors Maron, rien d'autre à signaler de La Métairie ? Je n'ai pas beaucoup d'espoir, dit-il.

— Pas grand-chose, dit Maron, son visage ne s'illuminant pas. Toutes les assiettes, les verres, les couverts ont déjà été lavés et rangés, puis utilisés pour un autre service. Toute trace de cyanure qui aurait pu se trouver dans le verre de Desrosiers, par exemple, aurait disparu depuis longtemps, sans compter qu'il n'y avait aucun moyen de distinguer les objets qu'elle avait utilisés. Aucun cadeau d'anniversaire n'a été laissé derrière.

Dufort hocha la tête.

— On pourrait bien avoir besoin d'un coup de chance, dit-il.

— Bon, il faut qu'on trouve le testament, pour voir qui va hériter. Il pourrait y avoir beaucoup d'argent en jeu. Pas d'enfants, donc, vraisemblablement, la plus grande partie sera partagée entre sa sœur, sa nièce et son neveu, bien qu'il puisse y avoir des parents plus éloignés dont nous n'avons pas connaissance, qui pourraient avoir des prétentions. En tout cas, pour l'instant, ça met définitivement la famille Faure en haut de la liste.

— Adèle et ma sœur trainaient ensemble, dit Perrault.

— Elles étaient beaucoup plus âgées que moi, mais j'ai toujours pensé qu'elle était une des filles vraiment cools. Je veux dire, elle se démarquait, vous voyez ? Habillée sur son trente-et-un, mais avec cette jambe boiteuse.

Dufort pencha la tête, imaginant Adèle marchant dans un couloir d'école, la tête haute.

— Elle avait ce… ce handicap qu'elle n'a jamais laissé la ralentir. Je suppose que… souvent, quand les gens ont quelque chose comme ça, ils ne veulent pas attirer l'attention sur eux, vous savez ? Mais Adèle ne laissait pas ce pied malade la ralentir. On doit l'admirer pour ça.

— Sais-tu ce qui ne va pas avec son pied, Perrault ? On ne voit presque plus de pieds bots de nos jours parce qu'on les corrige. Perrault, renseigne-toi pour savoir si c'est un pied bot et si elle a été traitée ou non.

— Délicat, dit Perrault, baissant la tête un moment.

Mais ensuite, une expression de détermination apparut sur son visage ouvert et constellé de taches de rousseur, et elle dit qu'elle obtiendrait l'information.

— Il faudra aussi qu'on se renseigne sur le frère et la mère.

— Michel est au chômage, aux dernières nouvelles, dit Perrault.

— Être au chômage signifie qu'un héritage pourrait tomber à pic, dit Maron.

— Et au-delà des Faure, qui d'autre avons-nous ? Maron, retourne à La Métairie et obtiens une liste des invités à la fête d'anniversaire. Toute personne présente avait l'opportunité, s'il s'avère que le poison a agi aussi rapidement. Je sais que tu as déjà demandé, mais insistes auprès de Nathalie. Elle est peut-être simplement réticente à donner des noms. Je vais passer voir Molly

Sutton. Elle était au restaurant le soir du meurtre ; peut-être a-t-elle vu quelque chose.

Le téléphone de Dufort sonna.

— Oui ?

Il hocha la tête. Perrault et Maron pouvaient entendre une voix rauque à l'autre bout et savaient qu'il s'agissait de Florian Nagrand, le médecin légiste.

Dufort dit *merci* et raccrocha.

— Il appelait seulement pour confirmer que nous avons bien compris ce qui était dans le rapport. Du cyanure. La voie d'entrée était la peau de son visage, qui était légèrement abrasée, permettant une pénétration rapide. Ça l'a tuée rapidement.

— Définitivement quelqu'un à la fête, dit Maron.

— Ou au restaurant, en tout cas, dit Perrault.

Maron lui lança un regard froid, pensant qu'elle le critiquait.

— Mettons-nous au travail, dit Dufort.

— Perrault, trouve Adèle et tire-lui les vers du nez. Je veux savoir ce qui se passait dans cette famille : je veux savoir pourquoi Michel ne travaille pas, je veux savoir à quel point Murielle et sa sœur s'entendaient bien. Et, je sais que tu le sais, mais je vais le mentionner quand même.

— Adèle n'est plus la fille cool qui est l'amie de ta sœur. C'est une suspecte potentielle de meurtre. Ne l'oublie pas.

Perrault dit « Oui, monsieur », prenant le rappel à cœur, mais souhaitant qu'il n'ait pas ressenti le besoin de le dire.

— Maron, tu repars à La Métairie. Je ne suis pas convaincu que Nathalie ne se souvienne pas parfaitement de qui était là. Découvre qui les a servis ; comme c'était une grande fête, il se pourrait qu'il y ait eu plus d'une personne. Noms et numéros, bien sûr.

Dufort se sentait énergique et confiant. Ils connaissaient l'arme du crime, ils savaient quand elle avait été utilisée, et ils avaient une pièce avec un nombre raisonnablement petit de personnes qui auraient pu commettre le crime, et des témoins en pagaille.

À quel point le reste pouvait-il être difficile?

❦

ADÈLE PASSA cette nuit de mardi chez sa mère. Elle ne réfléchit pas au pourquoi, c'était simplement quelque chose qu'elle faisait chaque fois qu'elle se sentait troublée, même maintenant qu'elle avait trente-neuf ans, qu'elle était cadre à la banque et qu'elle avait son propre appartement depuis des années. C'était peu pratique parce que la banque où elle travaillait était de l'autre côté du village, et en décembre, ce n'était pas toujours une promenade agréable. Ça faisait souffrir son pied et elle devait se lever très tôt pour arriver à l'heure. Mais quand même, quelques fois par an, elle allait chez sa mère malgré tout, parce que son ancienne chambre était la même que lorsqu'elle était enfant, et c'était réconfortant de dormir dans ce lit étroit avec la couette familière, et de voir les branches devant sa fenêtre, dans ce qui semblait être exactement le même arrangement que lorsqu'elle avait dix ans.

Murielle se levait toujours tôt. Dans les jours sombres de décembre, cela signifiait, bien avant le lever du soleil, et elle faisait du café et lisait des revues scientifiques et des magazines de jardinage jusqu'à ce qu'il soit temps d'aller au lycée où elle enseignait depuis plus de trente ans.

— Bonjour, Maman, dit Adèle, descendant à pas feutrés vers la petite cuisine en chemise de nuit et robe de chambre. Tu as bien dormi?

— Bien sûr que non, dit sa mère.

— À mon âge, personne ne dort bien. À moins de se droguer, ce que beaucoup choisissent de faire. Il y a du café, ajouta-t-elle avant de se replonger dans son journal.

Adèle se servit du café, y ajoutant une grosse rasade de crème et deux cuillerées de sucre.

— Tu sais que le sucre n'a aucune valeur nutritive, dit Murielle.

— Oui, Maman, tu l'as mentionné une fois ou deux. Écoute, je veux te parler de Michel.

Murielle releva brusquement la tête de son journal.

— Qu'y a-t-il à son sujet ? demanda-t-elle.

— Eh bien, je... toute cette histoire avec tante Joséphine...

— Quoi donc, Adèle ? Parle clairement.

— Penses-tu qu'il va bien ? Je veux dire, *vraiment* bien ?

— Il va aussi bien qu'il l'a toujours été. Aussi bien que le jour où je l'ai récupéré à l'hôpital quand il était bébé. Je ne pense pas une seconde que la mort de Joséphine ait un quelconque effet négatif sur lui, si c'est ce que tu insinues.

— Pas exactement, Maman. C'est que... la police ne t'a pas dit ? Tante Joséphine a été empoisonnée. Et si c'est vrai, alors Michel...

— Ça semble être des bêtises, dit Murielle.

— Qui au monde voudrait empoisonner Joséphine ?

Adèle rit.

— La moitié du village ?

— Adèle !

— Désolée, Maman. Eh bien, j'ai entendu, d'une source que je pense fiable, qu'elle a effectivement été empoisonnée. Et probablement par quelqu'un à la fête d'anniversaire. Et donc, je me demandais... je voulais te parler de... ce ne pourrait pas être... tu es *sure* que ce n'était pas... pas Michel ? Dis-moi que tu ne penses pas que ça pourrait être Michel.

Murielle la fixa du regard.

— Pourquoi dirais-tu une chose pareille ? Pourquoi même y penser ? Bien sûr que Michel n'a rien fait de tel. Il n'a pas encore trouvé ses marques, c'est vrai. Mais il ne ferait pas de mal à une mouche. Michel, un *meurtrier* ? Murielle secoua la tête avec détermination.

— Bien sûr que je ne pense pas qu'il puisse le faire, dit Adèle, se sentant mieux.

— Mais je m'inquiétais juste, à cause de l'argent...

Murielle secoua à nouveau la tête et regarda la matinée grise par la fenêtre, son expression affligée. Adèle se demanda si elle ressentait plus de chagrin d'avoir perdu sa sœur qu'elle ne l'admettait.

— Maman, tu as mentionné avoir récupéré Michel à l'hôpital. Je ne pense pas que tu m'aies vraiment raconté cette histoire, Maman, je veux dire celle de l'adoption de Michel. Je suis très contente que tu l'aies adopté, c'est merveilleux d'avoir un frère dont je suis si proche. Mais qu'est-ce qui t'a fait décider de le prendre ?

Murielle semblait essayer de décider quoi dire.

— Tu étais seule, dit-elle finalement.

— Tu étais une petite fille pleine de vie et, honnêtement, je n'étais pas une compagnie suffisante pour toi.

Adèle rit.

— Tu aurais pu simplement m'acheter un chien.

Murielle haussa les épaules.

— Et aussi... j'ai reçu un appel d'un avocat que je connaissais. Il a dit qu'il y avait eu une naissance, la mère était jeune et non mariée, la famille était catholique et pas du tout contente, et il m'a demandé si je voulais bien envisager... elle s'interrompit, regardant par la fenêtre, se remémorant.

— Tu dois comprendre qu'à l'époque, être une mère célibataire était considéré comme une chose scandaleuse et honteuse. Ce n'était pas facile à surmonter.

— Tu y es arrivée, Maman, dit doucement Adèle, comprenant vraiment pour la première fois que sa naissance avait causé de réelles difficultés à sa mère, voire même de la douleur.

Murielle ne répondit pas immédiatement, mais continua à regarder par la fenêtre.

— Michel venait de Bergerac, ce n'était pas une famille du village, dit-elle finalement.

— J'ai oublié le nom.

Adèle n'était pas sure de la croire.

— Eh bien, c'était gentil de ta part de le faire. Je sais que ce n'était pas facile avec nous deux et peu d'argent.

— Et pas de mari. Pas que j'en voulais un. Plus d'ennuis qu'ils n'en valent la peine.

Adèle acquiesça. Elle-même n'avait jamais été très intéressée par le mariage ni par le fait d'avoir des enfants d'ailleurs. Elle but son café. Sa mère retourna à son journal. Après quinze minutes de silence, Adèle monta à l'étage et s'habilla soigneusement pour le travail avec des vêtements pendus dans l'armoire de son ancienne chambre. Le tissu de la jupe en laine était très fin, et le pull en cachemire.

— À bientôt, Maman, dit-elle en partant, l'embrassant sur les deux joues.

Laissant son manteau ouvert, car le temps s'était considérablement réchauffé pendant la nuit, Adèle se fraya un chemin à travers les rues pavées de Castillac, ne pensant pas au meurtre, mais à ses premières tâches à la banque ce matin-là, et s'interrogeant à nouveau sur sa mère et l'adoption de Michel. Elle n'y avait pas beaucoup réfléchi auparavant, mais tout à coup c'était quelque chose qui la tracassait. Ce n'était qu'une intuition, néanmoins elle était convaincue qu'il y avait plus dans cette histoire que ce que sa mère venait de lui raconter.

❧ 19 ❧

Dufort retourna à pied du poste à sa maison pour prendre sa propre voiture et se rendre chez Molly. La voiture de police était disponible, mais il préférait une approche plus discrète, ayant constaté que se présenter dans une voiture officielle, même sans sirènes ni gyrophares, avait tendance à mettre les gens mal à l'aise. Même les personnes qui n'étaient coupables de rien. Même quelqu'un comme Molly, qui, il le devinait, serait désireuse d'aider dans l'enquête.

Il frappa à la porte et attendit, regardant autour de lui la propriété de La Baraque. C'était un vrai désordre : le jardin de devant avait encore de grandes tiges gelées d'un arbre qui retombaient de tous les côtés. Un tas de bois gisait en désordre près du côté de la maison. La pelouse avait besoin d'être ratissée. Pourtant, l'endroit lui donnait une bonne impression ; il ne semblait pas tant négligé que débordant d'activités. Il vit une charrette chargée de pierres et une énorme boite à outils métallique à côté. *Probablement Pierre Gault*, devina-t-il correctement.

Il frappa à nouveau, plus fort, et entendit du bruit à l'intérieur. La porte s'ouvrit et une femme frappante avec une coupe au carré noire et une peau pâle apparut.

— Vous n'êtes pas Molly, dit Dufort, d'un ton pince-sans-rire.

— Je n'ai aucune idée de ce que vous venez de dire, répondit Frances.

— Mais hé, j'aime autant qu'une autre les hommes en uniforme. Vous voulez entrer? Molly est dans le pré, derrière, en train de parler avec le maçon.

Dufort envisagea de faire un effort en anglais, mais elle était d'une beauté distrayante, et il ne supportait pas la façon dont il massacrait la langue. Alors il se contenta de hocher la tête en souriant et entra. Frances alla aux portes-fenêtres, et cria à Molly que quelqu'un était là, puis tous deux s'assirent dans le salon froid, mal à l'aise sans une conversation pour meubler l'instant gênant.

Molly arriva peu après, sans manteau, les joues rougies par le froid, et ses cheveux roux volant en un nuage bouclé autour de sa tête.

— Ben! dit-elle avec un grand sourire, s'avançant pour faire la bise.

Ben lui serra fermement les bras et lui sourit en retour.

— Vous vous êtes rencontrés? Molly passa à l'anglais.

— Frances, voici Ben Dufort, notre chef gendarme. Ben, voici ma vieille amie, Frances Milton.

— Vous venez aussi du Massachusetts? hasarda-t-il en anglais.

— Oui, dit Frances, mais c'était la fin de son français, et elle sourit avant de s'excuser.

Dufort et Molly l'entendirent jouer du piano dans la salle de musique.

— Affaire de police? demanda Molly, espérant fortement que c'était le cas.

— Eh bien, je suis juste ici de manière informelle. Pouvons-nous nous assoir? Il y a quelque chose dont j'aimerais te parler.

Ils se dirigèrent vers les canapés face au poêle à bois et s'assirent.

— C'est à propos de Madame Desrosiers?

— Oui. Tu étais au restaurant, bien sûr, et il y a quelques points que j'aimerais éclaircir, si tu as un moment pour en parler.

— Bien sûr! J'étais justement dehors avec Pierre Gault, le maçon. Tu le connais? Bien sûr que oui. Il va reconstruire mon pigeonnier pour que je puisse le louer. J'espère que ce sera fini au début de l'été, croisons les doigts.

Molly bavarda sur le cout de la pierre et des murs en pierre sèche, se demandant en même temps, pourquoi elle retardait le moment d'aborder le sujet qui la consumait. C'était un peu comme garder une grosse part de gâteau au chocolat à manger au lit pour la fin de la journée.

Dufort se posait la même question. Savait-elle quelque chose qu'elle ne voulait pas lui dire? Curieux, il décida de la laisser babiller.

Finalement, Molly dit :

— Donc, à propos de l'autre soir. Frances était là aussi. Elle n'arrêtait pas de s'énerver contre moi parce que j'observais la fête d'anniversaire. Tu sais que je suis incorrigiblement curieuse. Alors, que puis-je te dire?

— D'abord, les invités à la fête, commença-t-il.

— Oui, j'y ai réfléchi, l'interrompit Molly.

— Bon, il y avait Desrosiers, bien sûr, en bout de table. Michel juste à côté d'elle, à sa gauche. Ils étaient là avant tout le monde.

— Comment semblaient-ils ensemble? As-tu remarqué... un quelconque malaise entre eux?

— Aucun. Il semblait être un neveu plutôt dévoué, pour être honnête. Même si Desrosiers avait l'air d'être quelqu'un de difficile à satisfaire.

— Selon tous les témoignages, dit Dufort.

— Ensuite?

— À côté de Michel, il y avait sa mère, j'oublie toujours son nom...

— Murielle Faure.

— Oui. Elle était à côté. Elle semblait assez agréable. Une des rares personnes à table qui n'était ni en colère ni avec l'air d'un loup pris au piège qui se rongerait volontiers la patte pour s'échapper.

Dufort rit.

— À côté de Murielle, il y avait Adèle. Puis en faisant le tour de l'autre côté de la table, il y avait Sabrina et son petit ami, Jean-François.

— Tu as deviné tout ça juste en étant assise à la table d'à côté ?

— Eh bien, pas exactement. Je suis aussi allée boire un verre avec Adèle.

Dufort leva les sourcils, mais ne dit rien dans un premier temps.

— Tu veux un café ou quelque chose ? Excuse-moi d'être une si mauvaise hôtesse, dit Molly, se levant d'un bond et allant dans la cuisine ouverte.

— Non, non merci. Ça ne te dérange pas de me dire pourquoi tu es sortie avec Adèle. Est-ce parce que tu te livrais à une sorte de, euh, d'enquête amateur ?

Molly s'affaira dans la cuisine pour se faire un café.

— Eh bien, pas exactement, Ben. Je veux dire, oui, c'est vrai que j'avais quelques questions. Je *suis* curieuse de certaines choses. Mais aussi, j'aime bien Adèle. Nous avons des choses en commun.

Elle haussa les épaules, sans préciser qu'elle pensait à leur gout commun pour les sacs à main.

— Puis-je te demander si tu parles avec elle en français, la plupart du temps ? Je dois ajouter que le tien s'est considérablement amélioré depuis notre première rencontre.

Molly rayonna.

— Merci ! Bien sûr, j'apprends tous les jours. Mais le principal, c'est que j'ai surmonté ma peur de faire des erreurs. Je les fais, mais je continue, et, paradoxalement, cela signifie que j'en fais moins.

Dufort hocha la tête.

— J'aimerais pouvoir en dire autant de mon anglais.

— Les gens chez moi pensent qu'ils seront crucifiés s'ils font une erreur en essayant de parler français en France. Mais à part quelques ricanements et parfois un éclat de rire face à mes erreurs, j'ai trouvé les gens extraordinairement patients à ce sujet. Parfois, on me corrige sur le genre des mots, mais ça semble être plus un réflexe de correction que quelqu'un qui essaie d'être autoritaire et critique.

Molly s'installa confortablement sur le canapé et prit une longue gorgée de son café.

— Bon, sois franc avec moi, Ben. Je perçois quelque chose dans ton ton... penses-tu qu'Adèle était responsable de l'empoisonnement de sa tante ? Ou y a-t-il quelqu'un d'autre que tu suspectes ?

Dufort envisagea de l'éconduire, de lui dire « affaire de police *blabla* ». Mais il lui était encore reconnaissant pour son aide inestimable dans cette affaire précédente. Il l'aimait bien. Et il voulait voir sa réaction face à ce qu'il avait à dire.

❧ 20 ☙

— **J**e n'ai encore rien dit à Perrault et Maron, déclara Dufort. — Mais en examinant les critères habituels de moyens, de motif et d'opportunité, la personne qui arrive en tête de liste n'est pas Adèle, mais son frère, Michel Faure.

Il observa attentivement Molly.

Elle sirota son café et plissa les yeux, réfléchissant.

— Nous n'avons pas de preuves matérielles, pas encore. Mais Michel coche toutes les cases. Premièrement, il a organisé la fête, dit Dufort, ce qui est un point important à mon avis. Si tu veux empoisonner ta tante avec de la crème pour le visage — c'est ainsi que nous pensons que cela s'est passé —, c'est astucieux d'inviter autant de personnes que possible pour se fondre dans la foule. S'il avait simplement apporté la crème chez elle, la liste des suspects se réduirait à lui et Sabrina, la femme de ménage. Madame Desrosiers ne recevait pas d'autres visiteurs et elle sortait très rarement de chez elle.

La famille de Michel est en position d'hériter de l'argent, puisque Desrosiers n'avait pas d'enfants vivants, et qui sait, peut-être avait-il réussi à la persuader de le favoriser avec une grande part. Organiser des fêtes d'anniversaire pour elle pouvait être de la gentillesse, ou peut-être, essayait-il de s'attirer ses faveurs, tu vois?

Perrault est à la maison en ce moment à la recherche du testament, et j'ai un comptable qui analyse les comptes de Desrosiers. Nous attendons toujours de savoir combien elle valait, mais probablement, dans les cinq à dix-millions d'euros environ. Pas dans la même catégorie que vos milliardaires américains du Tech, dit-il avec un sourire ironique.

— Mais pour un jeune homme sans travail, sans carrière et sans argent? Plus que suffisant.

— Je pense que c'est le car pour la plupart d'entre nous, dit Molly.

Elle se sentait s'éloigner de Dufort, ne voulant pas être convaincue par sa théorie. Elle *aimait bien* les Faure. Elle se souvenait des frère et sœur descendant la route en direction des funérailles, riant et marchant sous la pluie légère. Molly avait interprété ce moment comme une joie innocente, pas comme de la culpabilité.

Mais elle savait aussi qu'elle avait un petit faible pour le charme. Son ex-mari en étant la pièce à conviction A.

Pas que le charme soit totalement mauvais. Ce qu'elle voulait, c'était que le charme *signifie* quelque chose. Que Michel avec ses beaux costumes et sa bonne humeur soit vraiment son ami, pas juste un homme à la recherche d'un public momentané. Et certainement pas la façade de quelqu'un capable de tuer une vieille femme, peu importe à quel point elle était désagréable.

De son côté, Dufort n'était pas aussi décidé à propos de Michel qu'il le prétendait. Il voulait voir la réaction de Molly, voir si elle pouvait être convaincue. Surtout maintenant qu'elle semblait se lier d'amitié avec Michel et sa sœur.

— Alors? dit-il, brisant un long silence.

Ils entendirent un piano plutôt frénétique venant de la salle de musique.

— Je... je ne sais pas. Je vais te dire, j'ai immédiatement

remarqué que quelque chose clochait à cette fête. Les gens étaient tendus et malheureux. Et cela m'est effectivement venu à l'esprit, probablement à cause de cela et de mon imagination parfois incontrôlable, qu'elle avait été assassinée. Une fois que je l'ai trouvée, je veux dire. Mais maintenant que tu me présentes qui aurait pu le faire, mon cerveau résiste et rejette l'idée aussi fort qu'il le peut. Je ne veux pas que ce soit Michel. Ou Adèle. Honnêtement, Ben, je pense qu'ils sont adorables.

Dufort haussa les épaules.

— Je n'ai pas besoin de te dire que des gens adorables peuvent commettre un meurtre. Des gens qui semblent adorables, devrais-je dire, mais je pense que tu comprends ce que je veux dire.

Molly hocha la tête. Intellectuellement, elle était d'accord avec lui, et elle savait qu'il y avait des tueurs en série connus pour être particulièrement charismatiques et engageants... Ted Bundy, n'est-ce pas ?

— J'entends ce que tu dis. J'ai bien peur de n'avoir rien, aucune preuve ni conversation à rapporter, qui pourrait t'orienter vers Michel ou t'en éloigner.

Elle soupira.

— J'ai quelques questions, si ça ne te dérange pas que je les pose ?

— Je crois que c'est censé être mon travail, dit-il, amusé.

Elle lui sourit.

— Eh bien, je me demande juste si l'argent est le seul motif que tu envisages. Je sais que c'est un assez bon motif, je ne dis pas le contraire. Mais qu'en est-il... qu'en est-il de la vengeance ? Et si Desrosiers avait été absolument horrible avec la femme de ménage, par exemple, et que celle-ci avait craqué ? Elle n'hériterait pas, évidemment, mais nous ne parlons pas d'un crime bien réfléchi avec un jackpot à la fin. Nous parlons de la satisfaction de blesser quelqu'un qui a fait de votre vie un enfer.

Dufort acquiesça.

— Bien sûr. Pour la bonne personne, la vengeance pourrait certainement être un motif suffisant, convint-il.

— Y avait-il quelque chose dans le comportement de Sabrina à la fête qui te ferait croire qu'elle en serait capable ?

— Eh bien, non. Personne ne s'est mal comporté, du moins, de ce que j'ai vu. Mais elle avait vraiment l'air de craindre d'y rester une seconde de plus, que ça pourrait la tuer. Et son petit ami essayait de la calmer, mais elle n'en voulait pas.

— Que veux-tu dire par « calmer » ?

— Oh, il lui caressait le bras et lui faisait des câlins de temps en temps. Je crois qu'à un moment, Desrosiers lui a crié dessus pour ça. Mais tout le temps, Sabrina avait juste l'air d'être à l'agonie. Mais... je suppose que ça pourrait être à propos de n'importe quoi, non ? Comme peut-être quelque chose dans sa vie qui n'avait rien à voir avec Desrosiers qui la bouleversait tant ?

— Ça se pourrait, dit Dufort.

— Et Jean-François était le dernier invité ? demanda-t-il, sachant que ce n'était pas le cas.

— Non. Une autre vieille dame était à côté de lui. De beaux cheveux blancs en chignon tressé. Je ne sais pas qui elle est, cependant.

— Claudette Mercier, dit Dufort.

— Une camarade de classe de Desrosiers. As-tu eu l'occasion d'entendre une conversation entre elle et Madame Desrosiers ?

— J'en ai peur que non, dit Molly.

— Je veux dire, je ne faisais pas attention à la table à chaque seconde, mais je ne suis pas sure qu'elles se soient adressé la parole.

Elle et Dufort restèrent silencieux pendant un moment, faisant abstraction du tintement du piano pour réfléchir à l'affaire, mais aucun d'eux n'eut la moindre inspiration.

— J'espère que ce n'est pas Michel, dit Molly d'une voix douce.

Mais Dufort se contenta de serrer les lèvres et ne dit rien.

Thérèse Perrault quitta le commissariat, le cœur léger. *La tâche que Dufort lui avait confiée n'allait probablement pas être très excitante,* se disait-elle, mais elle était ravie qu'il l'ait choisie pour s'en occuper, et seule, pour une fois. Surtout après n'avoir pas réussi à trouver Adèle ou à découvrir quoi que ce soit sur son pied blessé. Elle sourit à un jeune garçon qui sortait de l'épicerie en serrant un paquet de bonbons Haribo. Elle salua d'un signe de tête une mère poussant une poussette, puis un ouvrier qui entrait dans une boulangerie pour acheter du pain à rapporter pour le déjeuner. Son estomac gargouilla.

À quelques pâtés de maisons de là, la demeure des Desrosiers se dressait, dépassant d'un étage ou deux les autres maisons du quartier. Les volets et la porte étaient d'un bleu violet; les deux topiaires sur le perron commençaient à avoir l'air négligées. Thérèse fit le tour par derrière pour chercher la clé sous les pots de fleurs, et la trouva facilement.

Ce n'est qu'une fois à l'intérieur de la maison qu'elle eut la chair de poule. Elle ne pouvait s'empêcher de penser que la maison appartenait à une femme morte, une femme assassinée, et cette pensée la faisait sursauter au moindre bruit, un craquement du radiateur ou un oiseau gazouillant dehors.

Euh, les vieilles maisons ont appartenu à des tas de gens morts, idiote. Des tas. Et de toute façon, elle n'a pas été assassinée ici.

Prenant une profonde inspiration, sans savoir qu'elle imitait le commandant Dufort, qui utilisait constamment des exercices de respiration pour calmer son stress, Thérèse se ressaisit et explora la maison. D'abord, elle examina la grande cuisine, qui semblait n'avoir pas vu de vrai repas depuis un certain temps. Puis elle jeta à peine un coup d'œil à la buanderie, au débarras, au placard à balais, à l'office. À l'avant de la maison, il y avait un salon de chaque côté de la porte d'entrée, et elle les traversa, cherchant quelque chose d'intéressant, mais il y avait peu à voir. Rien que des meubles, et, dans un des salons, une carafe et quelques verres d'apparence fragile.

Pas de magazines, de livres, ou les signes habituels d'habitation. Les pièces étaient presque stériles.

Elle monta à l'étage suivant. Les yeux de Thérèse s'écarquillèrent quand elle alluma la lumière et vit l'autruche empaillée. Elle alluma une lampe de table et vit un délicat bureau avec un tiroir central et plusieurs petits tiroirs sur les côtés. *Nous y voilà*, pensa-t-elle, en se glissant dans le fauteuil en cuir devant le bureau. Méthodiquement, elle ouvrit les tiroirs, en commençant par celui du haut à gauche, puis en descendit. Deux vides. Un autre avec des crayons, des stylos et des bouts de gomme. Le large tiroir central, cependant, était bourré de papiers, tellement bourré que beaucoup étaient pliés contre le fond du bureau. Soigneusement, elle sortit ceux du dessus et les posa sur le bureau, cherchant l'entête d'un avocat ou toute indication d'un testament.

Elle sortit une autre poignée et fit une pile. *C'est étrange que quelqu'un range ses papiers importants de cette façon*, pensa Thérèse, utilisant sa main pour aplatir un papier particulièrement froissé. Le tiroir vidé, elle feuilleta la pile. L'acte de propriété de la maison s'y trouvait, ainsi qu'une note qu'elle supposa avoir été écrite par

Desrosiers listant les hymnes qu'elle voulait qu'on chante à ses funérailles, des listes de courses, et des reçus de Chanel, vieux de trente ans.

Mais pas de testament.

Le tiroir du haut, à droite, était rempli de lettres. Des paquets, attachés avec des rubans. Du papier à lettres couteux et épais sans adresse. Thérèse en sortit une de sous le ruban et l'ouvrit.

Ma Belle, commençait-elle. Elle parcourut le reste. *Eh bien, elle était peut-être une vieille femme misérable*, pensa Thérèse, *mais c'est peut-être parce qu'elle avait perdu un mari qui lui était dévoué.*

Les autres tiroirs étaient vides.

Elle se leva et fouilla les autres pièces de cet étage : une pièce informelle avec un canapé et des fauteuils moins beaux que ceux des autres pièces, avec un grand miroir, plusieurs armoires et commodes, toutes remplies de vêtements ; une vaste salle de bains avec une énorme baignoire en porcelaine sur pieds de lion ; une chambre austère avec un lit simple et une commode ordinaire ; et une autre pièce complètement vide.

Elle monta au troisième étage. Il n'y avait pas à se tromper sur la chambre de Desrosiers : c'était la seule pièce de toute la maison qui donnait l'impression que quelqu'un y avait passé du temps ces dix dernières années. Sa coiffeuse avait du maquillage ouvert dessus, comme si elle venait juste de se lever pour quitter la pièce un instant ou deux au milieu de sa préparation pour sortir. Une robe avait été jetée sur un fauteuil, et une paire de chaussures se trouvait à côté du lit, une chaussure sur le côté.

Thérèse pouvait imaginer la vieille femme enfilant la robe et décidant qu'elle n'allait pas, qu'elle ne lui allait pas comme elle le voulait, et la jetant de côté pour que la femme de ménage s'en occupe plus tard. Elle pouvait la voir enlever ses chaussures en montant dans le lit. Elle pouvait sentir la présence de Joséphine Desrosiers dans cette pièce. Pas seulement les signes évidents de sa présence physique ; il y avait quelque chose d'autre aussi, quelque chose de sa personnalité flottait dans l'air : son mécontentement et son malheur, peut-être même sa désolation.

Un bon détective voit ce qui n'est pas présent autant que ce qui l'est, et Thérèse *était* forte. *Où est la boite à bijoux*, se demanda-t-elle ? Surement que la vieille dame avait des bijoux, et elle passait probablement du temps, assise à sa coiffeuse à se regarder les porter ; Thérèse avait raison sur ce point. Elle chercha dans les tiroirs du bas de l'armoire à miroir, elle regarda sous le lit, elle chercha partout dans cette pièce où une boite à bijoux pourrait être cachée, mais elle n'en trouva pas.

Cependant, dans une boite à chaussures qui était rangée dans un espace de rangement sous une banquette de fenêtre, elle trouva une enveloppe brune avec l'adresse d'un cabinet d'avocats comme adresse de retour : Blaise et Descartes, de Paris ; et elle s'assit directement sur le lit de la vieille dame et la lut d'un bout à l'autre.

— ALORS, le flic t'a dit qui a empoisonné la vieille dame ? demanda Frances, tandis qu'elle et Molly préparaient le déjeuner.

— Il ne sait pas qui l'a fait, dit Molly.

— Pense-t-il que tu le sais ?

— Non, il posait juste plein de questions sur l'autre soir à La Métairie. Parfois, les gens voient des choses, tu sais, et ils ne réalisent pas que ce qu'ils voient est important.

— Bien sûr, Nancy Drew, se moqua Frances.

Molly hachait une tête de laitue romaine, perdue dans ses pensées.

— Je ne suis pas d'accord avec lui, cependant. Je ne pense tout simplement pas...

Frances attendit un moment que Molly finisse sa phrase.

— Euh, alors... tu parles toute seule ou à moi ?

Molly secoua la tête.

— Désolée ! C'est juste que... Ben pense que Michel l'a fait. Tu crois que c'est possible ? N'a-t-il pas l'air d'un type totalement sympa ? Peut-être pas un alpha, Monsieur « Je réussis tout », mais décent, même bienveillant ?

Frances pencha la tête tout en coupant des radis.

— Ouais, pour nous il a l'air comme ça. Mais nous ne sommes pas sa famille. Qui sait quel genre de truc dingue se passe en coulisses.

— Des bébés secrets ! Des premières épouses folles cachées dans le grenier !

— Eh bien, exactement, rit Frances.

— Les membres d'une famille peuvent être incroyablement vicieux entre eux. Et secrets.

— Tu sais à quel point je voulais des enfants, dit Molly doucement.

— Mais peut-être que c'est parce que l'image dans ma tête est toute rose, comme si on s'entendrait à merveille et qu'on n'aurait que des rires et du plaisir ensemble. Et la vérité est que les petits bouts auraient pu grandir et vouloir m'empoisonner, ou que je serais tellement agacée que je voudrais les déshériter.

— Sans aucun doute. Mais je suis presque sure qu'aucun de vous ne ferait réellement ces choses. Ce n'est pas le fait de *vouloir* le faire qui te rend folle, c'est de passer à l'acte.

Molly acquiesça.

— Alors le flic te met toujours au courant des affaires de police ? Et lui as-tu laissé visiter ton bureau des affaires internes ?

Frances haussa les sourcils d'un air suggestif vers Molly.

— Tais-toi, rit Molly.

— Ce n'est rien de tout ça. C'est juste que j'ai aidé pour cette dernière affaire, alors il... et aussi, il écoute vraiment les gens, ce qui, comme tu le sais, n'est pas si courant. En tout cas, il écoute ce que j'ai à dire, et si tu veux mon avis, c'est une qualité plutôt merveilleuse. Ça ne veut pas dire que je veux sortir avec lui.

Frances hocha la tête, ne croyant pas complètement son amie.

— Tu as du fromage à mettre dans la salade ? Ça te dérange si je mets des sardines dedans ?

— Pas du tout, dit Molly.

— Il y a du fromage de chèvre dans la porte du frigo, je l'ai acheté au marché samedi. Mince ! Je viens de réaliser que quand je parlais à Adèle des invités à la fête surprise, je n'ai jamais eu l'occasion de lui demander à propos de la dame aux cheveux blancs.

— Celle assise le plus près de notre table ? Tu penses qu'elle mijotait quelque chose ? Je ne suis pas sure que les vieilles dames aux cheveux blancs soient les principales suspectes de meurtre.

— Je ne pense pas qu'on puisse exclure les gens sur la base de la couleur de leurs cheveux.

— Peut-être pas, dit Frances, mâchant un radis.

— Mais réalistement ? Tu penses vraiment que cette vieille dame, à l'air doux, a tué son amie ? Elles se connaissent probablement depuis qu'elles sont enfants.

— C'est possible. Ben a dit que le poison était sur son visage, ils pensent peut-être à un cadeau d'anniversaire, une crème pour le visage. Une crème empoisonnée pour le visage, ça ne te semble pas être la façon dont une vieille dame de soixante-douze ans, à l'air doux, assassinerait quelqu'un, si elle devait le faire ?

— Il y a un sophisme quelque part là-dedans, je ne sais juste pas comment l'appeler. Je dirais que c'est hautement improbable, et par là, je veux dire, putain d'impossible, que la dame au chignon tressé ait tué qui que ce soit. Tout simplement non. C'est beaucoup, beaucoup plus probable que ton Michel l'ait fait. Il a probablement amadoué la vieille harpie pour qu'elle lui laisse tout.

— Mais je ne veux pas que ce soit Michel, dit Molly, presque en geignant.

— Il est mignon, je te l'accorde. Passe-moi le sel.

Molly leur versa, à chacune, un verre de vin, et elles s'attaquèrent à leurs énormes salades.

Quelqu'un frappait à la porte.

— Probablement le meurtrier, dit Frances, d'un ton pince-sans-rire.

Molly se leva d'un bond et donna une légère tape sur la tête de son amie. Elle ouvrit la porte, laissant entrer une brise glaciale, et là se trouvait Constance, sautillant sur le paillasson.

— *Hiya*, dit Constance, utilisant le seul mot américain qu'elle avait appris de Molly.

Elle entra, se frottant les bras.

— Écoute, Molly, hey c'est bon de te voir, et bonjour à toi, qui que tu sois, dit-elle en direction de Frances.

— Écoute, je sais que j'aurais dû appeler d'abord comme tu me l'as demandé, mais j'ai fait tomber mon téléphone dans la rue et il a heurté le trottoir juste comme il faut et il s'est brisé en mille morceaux. Donc je suis totalement incommunicado, sauf en personne, ce que je préfère, en fait, même si je sais que ça me fait passer pour totalement amish.

— Quoi qu'il en soit, Molly ! Je passe parce que Thomas et moi mourons d'envie d'aller à ce concert à Toulouse. Il y aura genre quatre groupes et on les adore tous avec une passion absolue, mais le truc c'est qu'on est complètement fauchés et qu'on ne peut pas se permettre l'essence pour y aller en voiture. Donc je me demandais, j'espérais en fait, vraiment, vraiment, que tu pourrais te permettre de me faire faire le ménage aujourd'hui. Je sais que tes réservations ont baissé avec le temps froid et tout, mais ce concert, c'est comme notre rêve, le meilleur rêve de toute ma vie, vraiment. Alors qu'est-ce que tu en dis ?

Frances souriait d'un air narquois, capable de deviner plus ou moins ce que Constance disait, rien qu'au ton de sa voix, et, sachant que, quoi qu'elle voulût que Molly fasse, elle obtiendrait gain de cause.

— Constance, je te présente mon amie Frances, dit Molly, essayant de gagner du temps.

Les deux femmes se sourirent, ne sachant pas quel autre type de salutation elles devaient échanger.

— Oh, d'accord, céda Molly, incapable de dire non.

— Tu veux bien juste t'assurer de bien passer la serpillère dans le cottage ?

Constance se précipita dans les bras de Molly.

— Merci beaucoup, Molly, tu es la meilleure ! Je vais faire briller cet endroit ! Et peut-être que je travaillerai si dur que tu voudras me donner un pourboire supplémentaire. L'essence est ridiculement chère ces derniers temps.

— Trop gentille, dit Frances, quand Molly se rassit à table.

— Bah, elle est jeune et elle veut travailler. Pourquoi ne pas encourager ça ?

Frances haussa les épaules.

— Tous les grands détectives ont un côté impitoyable, dit-elle.

— Objectifs sans peur, quelque chose comme ça. Toi, mon amie, tu es un cœur d'artichaut.

Molly lança un morceau de pain sur Frances et la toucha au front. Il y eut une légère pause pendant laquelle elles envisagèrent toutes les deux de régresser complètement et d'avoir une vraie bataille de nourriture, mais finalement elles décidèrent qu'elles étaient plus intéressées par manger la nourriture, ce qu'elles firent avec beaucoup d'enthousiasme, continuant à discuter des détails du meurtre de Desrosiers sans aboutir à quoi que ce soit.

❦ 22 ❦

Après le déjeuner, Frances alla faire une sieste dans la chambre voisine de celle de Molly, tandis que Constance nettoyait bruyamment le cottage. Molly était agitée. Elle lisait un bon livre, mais se levait sans cesse pour trouver des tâches à accomplir, et finalement elle abandonna et se rendit au village, désirant se dégourdir les jambes et peut-être acheter quelques pâtisseries pour Frances et elle-même, à déguster en fin d'après-midi. Oui, c'était gourmand de manger des pâtisseries deux fois dans la même journée, mais il faisait froid et hivernal, sa meilleure amie était en visite et... eh bien, elle pouvait trouver des raisons pour justifier des pâtisseries toute la journée. C'était un véritable talent, et elle en était reconnaissante.

Castillac lui semblait triste en ce milieu de décembre. D'une part, il n'y avait pratiquement personne dans les rues, et, de l'autre, les décorations de Noël paraissaient flétries et peu enthousiastes. *Mais ses propres préparatifs de Noël n'avaient même pas commencé*, réalisa-t-elle avec un peu de panique. Se précipitant à la Pâtisserie Bujold, elle parla au propriétaire pour réserver une buche de Noël (ce dessert de fête des plus délicieux, un gâteau roulé fait pour ressembler à une buche), *ce qu'il fut ravi de faire*, lui assura-t-il. Si distraite par son inquiétude pour Michel et se demandant comment elle pourrait l'aider, Molly ne remarqua même pas le regard habituel de M Nugent lorsqu'elle repartit avec un sac ciré, plein de délices pour l'après-midi : un millefeuille, deux choux à la crème et une tarte aux fraises.

Elle grignotait l'un des choux à la crème en déambulant dans le centre de Castillac. Ben lui avait dit que Joséphine Desrosiers était l'une des personnes les plus riches du village, et lui avait décrit sa maison, une demeure que Molly reconnut, car c'était le plus grand manoir du village et une présence imposante sur la rue Simenon, l'une des rues principales du village. Sans le vouloir, elle dériva vers elle jusqu'à se retrouver directement devant. Les volets et la porte étaient d'un bleu parfait, pensa Molly, bien qu'elle eût envie de s'attaquer à ces topiaires avec une paire de cisailles.

Elle se demandait ce qui avait rendu Joséphine si méchante. Ou peut-être que ce n'était pas la bonne question. La question était, qu'est-ce qui avait poussé quelqu'un à vouloir la tuer ? S'agissait-il seulement de l'argent ? Ou était-ce de la rage ? Ou quelque chose de complètement différent, quelque chose que personne ne saurait jamais ?

Molly se faufila dans un café juste en face de la rue et s'assit à une table d'où elle pouvait observer la maison. Elle avait l'impression que voir la maison l'aidait à comprendre Joséphine d'une certaine manière, comme si certains de ses secrets y étaient encore cachés. Elle aurait probablement troqué son sac de pâtisseries pour avoir le droit d'y entrer et jeter un coup d'œil.

Un serveur lui apporta un petit café et elle sourit de plaisir à la première gorgée. Le café était très fort et amer, l'accompagnement parfait pour le chou à la crème doux et moelleux, qu'elle mangea subrepticement, car elle devina, correctement, que le gérant du café ne serait pas ravi qu'elle consomme de la nourriture apportée d'ailleurs. Ses yeux étaient tournés vers la maison, mais elle ne la voyait pas vraiment. Perdue dans le genre de pensées aléatoires qui tourbillonne dans nos esprits quand nous sommes seuls, pensant à tout et à rien, tournant en rond, *meurtre/café/to-piaire/meurtre/chou à la crème...*

Au début, elle ne remarqua pas ce qu'elle voyait. Une autre gorgée de café la ramena au présent, et elle réalisa qu'il y avait un homme à la porte d'entrée du manoir, dos à elle, qui semblait utiliser une clé. Il était vêtu de bleu, une salopette de travailleur, et il portait un sac en plastique contenant quelque chose de lourd. Elle aurait voulu siffler, l'appeler, n'importe quoi, pour faire en sorte que l'homme se retourne et obtenir son identité. Il ressemblait à Jean-François, le petit ami de Sabrina. Elle en était presque certaine.

L'homme finit par ouvrir la porte et entra sans se retourner jusqu'au dernier moment, lorsqu'il ferma la porte, Molly vit son profil se découper dans l'obscurité intérieure. C'était bien Jean-François.

Molly se leva d'un bond de la table avec l'impulsion de faire quelque chose, mais une fois debout, elle n'avait aucune idée de quoi faire. Elle ne pouvait pas courir et entrer dans la maison des Desrosiers... n'est-ce pas ? Si Jean-François tramait quelque chose, cela pouvait être dangereux. De plus, elle n'avait aucun droit d'entrer là, peu importe qui était à l'intérieur. Aucun lien avec Joséphine Desrosiers à part le fait de l'avoir trouvée morte sur le sol carrelé des toilettes de La Métairie et le début d'une amitié avec sa nièce et son neveu, ce qui, même avec les talents de rationalisation de Molly, ne justifiait pas pour entrer dans la maison de la vieille dame sans invitation.

Même si Joséphine était encore en vie et que Sabrina y travaillait, ne serait-il pas étrange que son petit ami ait une clé de la maison ? pensa Molly. *Oui, ça le serait. S'il venait la chercher après le travail, il devrait frapper.* Et si Joséphine était le genre de femme que Molly pensait qu'elle était, il frapperait à la porte de service, et non à la porte d'entrée.

Molly paya son addition et traversa la rue. Les volets de la maison étaient tous fermés, il n'y avait donc aucun moyen d'apercevoir Jean-François à l'intérieur. Elle longea le côté de la maison vers l'arrière, scrutant par-dessus le mur du jardin. C'était un peu difficile à dire en hiver, mais il semblait qu'autrefois ç'avait été un bel endroit. Molly pouvait voir un arbre en espalier sur le mur arrière de la maison, et deux bassins circulaires pour poissons rouges, les bords bordés de carreaux du même bleu violet que les volets et la porte d'entrée.

Je parie qu'il est en train de voler ou de détruire des preuves, se dit Molly, continuant le long du pâté de maisons et tournant vers chez elle. *Mais quoi? Et comment diable puis-je le découvrir?*

BENJAMIN DUFORT ÉTAIT d'humeur enjouée. Tout d'abord, après que Perrault lui eut montré le testament, il était sûr à quatre-vingt-cinq pour cent que Michel Faure avait tué sa tante pour hériter de son argent, et il ne restait plus qu'à trouver suffisamment de preuves, d'abord pour l'arrêter, puis pour le condamner. Et deuxièmement, il allait diner chez Marie-Claire. Il n'était pas malheureux dans sa vie de célibataire, mais il appréciait un repas cuisiné par quelqu'un d'autre, surtout quelqu'un d'aussi talentueux en cuisine que Marie-Claire. Et bien sûr, il appréciait beaucoup *sa* compagnie, au-delà de la nourriture : son intelligence, sa franchise et sa façon sexy de s'habiller comme une bibliothécaire.

Après avoir félicité Perrault pour son bon travail dans la découverte du testament de Desrosiers, il quitta le commissariat pour la journée, souhaitant acheter quelques bricoles à l'épicerie et peut-être passer chez le fleuriste pour voir s'il y avait quelque chose qu'il pourrait apporter à Marie-Claire. Il sifflotait en descendant la rue. Il s'arrêta pour bavarder avec la femme derrière la caisse à l'épicerie, et le livreur. Il continua à siffloter en se rendant chez le fleuriste, qui était un peu hors de son chemin.

— Salut, Ben! dit M Langevin, la petite femme qui tenait la

boutique de fleurs depuis aussi longtemps que Dufort achetait des fleurs.

— Tu as attrapé le meurtrier ? Je n'arrive pas à croire que quelqu'un ait tué la pauvre Joséphine ! Bien sûr, je dis « pauvre Joséphine » uniquement comme on parle des morts, peu importe qui c'était. Parce que, mon Dieu, cette femme était exécrable ! Oh allons Ben, tu ne devrais pas détourner le regard quand quelqu'un te dit la vérité !

Dufort sourit et secoua la tête.

— Ce n'est pas mon rôle de calomnier la victime, Madame Langevin.

— Calomnier ? Qui a parlé de calomnie ? La calomnie, c'est le mensonge, non ? Écoute-moi. J'ai eu affaire à Joséphine Desrosiers pendant des années. Des années ! Elle était difficile, ça ne me dérangeait pas. *Je suis* difficile. Les choses doivent être comme il faut, je comprends tout à fait. Mais Ben, elle gardait un bouquet pendant plusieurs jours, puis le ramenait ! Elle le ramenait en se plaignant qu'il n'avait pas l'air frais. Eh bien, tout le monde sait que les fleurs ne vont pas rester fraiches éternellement. Leur caractère éphémère fait leur gloire, je suis sure que tu comprends. Madame Desrosiers le comprenait parfaitement aussi. Mais cela ne l'empêchait pas d'essayer de récupérer son argent.

Je ne parle pas d'une fois, Ben, ni même de deux. Je te dis qu'elle s'est comportée ainsi pendant de nombreuses années, par intermittence. J'aurais refusé de lui vendre, mais ensuite elle traversait une bonne période et tout allait bien pendant quelques mois. Comme tu le sais peut-être, mon commerce a ses hauts et ses bas ; parfois les gens peuvent se permettre d'acheter des fleurs, et, dans les périodes plus difficiles, ils ne le peuvent pas. Je ne pouvais pas me permettre de perdre sa clientèle, même si je la méprisais et que je ne faisais presque aucun profit avec elle.

— Tu vas te retrouver sur la liste des suspects si tu continues à parler comme ça, dit Dufort avec un léger sourire.

— Oh, je *devrais* y être, dit Mme Langevin.

— En fait, cela me ferait plaisir d'y être !

Elle s'effondra de rire sur le comptoir en acier inoxydable où elle arrangeait les fleurs.

Dufort était content que Desrosiers eût été assez riche pour que quelqu'un la tue pour de l'argent ; si elle avait été beaucoup plus pauvre, la liste des suspects serait devenue complètement ingérable.

Il choisit un poinsettia blanc, même s'il ne les aimait pas beaucoup. Mme Langevin attendait une livraison et n'avait pas grand-chose d'autre en stock à part quelques œillets à l'air triste. Dufort paya et dit au revoir, laissant Mme Langevin se demander pour qui était le poinsettia, car elle savait très bien que la mère de Dufort y était allergique, ce qui l'éliminait de la liste des possibilités.

Dufort arriva à son bureau de la gendarmerie et entra pour ranger ses affaires et prendre une douche avant d'aller chez Marie-Claire. Sous la douche, s'accordant un peu d'extravagance avec l'eau chaude, il ressentit une pointe d'incertitude. C'était souvent sous la douche qu'il réfléchissait le mieux et il avait appris à être attentif à tout ce qui lui venait à l'esprit pendant que l'eau coulait sur lui.

Michel veut peut-être l'argent, mais y a-t-il une raison particulière pour laquelle il ne pouvait pas simplement attendre ? Certes, elle n'était pas si âgée, comme Dufort le rappelait sans cesse à Perrault et Maron. Mais quand même, dix ou quinze ans maximum, et Michel aurait obtenu la totalité des huit millions d'euros sans prendre le moindre risque. Il était sans emploi, mais il pouvait s'en sortir avec les aides sociales et il avait une famille qui le soutient. *Ce n'est pas comme s'il vivait dans la rue, sans rien à manger.*

Certaines personnes ne peuvent pas attendre, pensa Dufort en se séchant, luttant pour comprendre un homme qui pouvait ôter la vie à une vieille dame, même terriblement désagréable, simplement pour rendre sa propre vie plus confortable.

$\overset{\text{\small ❄}}{}$ 23 $\overset{\text{\small ❄}}{}$

1⁹⁶⁷

Albert Desrosiers claqua le tiroir de son bureau et se leva brusquement, l'air renfrogné. *J'ai été un imbécile*, pensa-t-il. *Un ridicule et satané imbécile.*

Il travaillait sur un projet depuis deux ans, et il était presque terminé. S'il parvenait à le réaliser, cela ferait de lui un homme très riche, sans aucun doute. Il y avait eu des problèmes, bien sûr — des retards, souvent la poursuite d'une piste qui s'avérait infructueuse, des murs infranchissables qui lui prenaient une semaine ou même des mois pour trouver un moyen de les contourner —, mais Albert avait toute confiance en sa réussite. Même si son invention n'existait pas encore, il pouvait la ressentir physiquement d'une certaine manière, tant sa forme était claire dans son esprit. Son essence était vivante, pour lui, et tout ce qu'il avait à faire était de la concrétiser avec des fils et de la soudure, et les investisseurs se bousculeraient pour avoir leur part. L'argent n'avait jamais été son objectif principal et ce n'était pas non plus sa priorité à ce moment-là, bien qu'il s'était surpris à penser aux choses qu'il pourrait acheter et qu'il n'avait jamais pu s'offrir auparavant. Des instruments, principalement.

Et aussi, peut-être, le bon bijou pourrait-il la faire changer d'avis?

Albert se dirigea vers la fenêtre et ouvrit les volets, regardant le trottoir devant sa modeste maison.

Où est-elle? Pourquoi ne me parle-t-elle pas? Ma belle, j'ai besoin de toi...

Avec un soupir tremblant, il retourna à son bureau, prit ses petites pinces et remit sa loupe en place avant de se remettre au travail. Il avait besoin d'un contrôle formidable sur son corps pour effectuer ce travail si minutieux, car le moindre tressaillement pouvait ruiner toute l'entreprise. Avec le temps, il s'était entrainé à rester immobile, à ne pas trembler, mais une grande partie du secret consistait à maintenir un équilibre émotionnel qui avait été impossible ces dernières heures.

Je lui apporte des fleurs, mais elle détourne le regard. Les fleurs sont-elles les mauvaises? Est-ce sans espoir?

Albert avait trente-six ans. *Trop vieux pour être si amoureux,* croyait-il. Trop vieux pour courir après une femme qui n'allait jamais céder.

❧ 24 ☙

2005

Les forces de police de Castillac étaient réunies dans le bureau de Dufort ce jeudi matin là, examinant tout ce que Perrault avait rapporté du manoir Desrosiers : le testament, une pile de lettres, un ours en peluche.

— Beau travail, Perrault, bien que je ne voie pas l'importance de l'ours.

— Moi non plus, dit Perrault.

— Je ne dis pas que ça signifie quelque chose. C'est juste qu'il était posé sur un oreiller sur son lit, et j'ai eu l'impression qu'il était important pour la défunte, alors je l'ai apporté.

Dufort examina rapidement le petit ours, le palpant pour voir s'il contenait autre chose que du rembourrage, puis le posa sur une étagère.

— Il peut être notre mascotte pour la durée de l'affaire, dit-il.

Maron leva les yeux au ciel quand Dufort eut le dos tourné, puis se pencha à nouveau sur la pile de lettres, lisant sans commentaire.

— Puisqu'elle lègue presque tout à Michel Faure, il est évidemment notre suspect numéro un, dit Dufort.

Perrault acquiesça. Quand elle s'était assise sur le lit de Desrosiers et avait lu le testament, découvrant que Michel était le principal bénéficiaire, elle avait ressenti une bouffée de chaleur. Le fait qu'elle le trouve charmant et attirant le rendait d'autant plus suspect, bien qu'elle ne partageât pas cette pensée avec son patron.

Maron avait mis les lettres de côté et étudiait la dernière page du testament.

— Tiens donc, dit-il en allant à son bureau et en sortant la lettre qu'il avait ramassée sur le sol du salon de Claudette Mercier et qu'il n'avait pas encore versée aux preuves.

— Regardez ça.

Il lissa la lettre manuscrite sur le bureau de Dufort, et plaça la dernière page du testament juste à côté.

— Je ne me prétends pas expert, mais j'ai suivi un cours d'analyse d'écriture quand j'étais à Paris, dit Maron.

— Regardez le « D » majuscule ici, et là, dit-il en pointant des endroits sur chaque document.

— Et aussi le petit « s », voyez comme sur chacun il y a un léger crochet en bas, comme si la main de l'écrivain avait hésité un instant ?

— Tu veux dire que Desrosiers a écrit la lettre anonyme à Mercier ? dit Perrault, le souffle coupé.

— Ça y ressemble fort, dit Maron, essayant, sans grand succès, de garder ses sentiments de fierté hors de sa voix.

— Elles se connaissaient bien, n'oubliez pas, Mercier était à la fête d'anniversaire.

— Je pensais qu'on arrêtait ce genre de conneries au collège. Ça m'a donné des frissons quand je l'ai lue.

— Peut-être que ça a aussi donné des frissons à Mercier, ou pire, dit Maron.

— Pourquoi Desrosiers écrirait-elle une lettre comme ça à la main, de toute façon ? Tout le monde sait que l'écriture peut être comparée, non ?

— Je ne la vois pas assise devant un ordinateur, dit Maron.

— Cette génération, tu sais que les compétences informatiques sont très approximatives. Et les machines à écrire, qui en a encore de nos jours ?

Il fit une pause, regardant alternativement le testament et la lettre.

— Il y a définitivement quelque chose ici.

Perrault étudia la note, puis ajouta :

— Et écoutez cette partie : « tu as de la chance de ne pas avoir fini comme fille de cuisine ». Soit l'auteure est douée pour lancer de fausses pistes, soit c'est quelqu'un d'âgé. Qui, de nos jours, sait encore ce qu'est une « fille de cuisine » ?

Dufort demanda :

— Si Desrosiers détestait Mercier au point d'écrire les lettres, pourquoi Mercier était-elle à la fête ?

— C'est Michel qui a fait les invitations, dit Perrault.

— C'était une fête surprise, pas quelque chose que Desrosiers avait prévu. Peut-être qu'elle a été horrifiée de voir Mercier là ?

— Ou peut-être que Mercier s'est fait inviter, pour pouvoir apporter un cadeau très spécial, dit Maron.

— Maron pense que Claudette Mercier est l'auteur du meurtre, dit Dufort en souriant, incapable de s'en empêcher.

Qu'est-ce qui, chez Maron, provoquait une telle envie de le taquiner ?

— Ce n'est pas une idée ridicule, dit Maron.

L'empoisonnement est l'arme des femmes, après tout.

— Oh, je t'en prie, dit Perrault en levant les yeux au ciel.

— Où as-tu pêché cette idée stupide ? Dans ton manuel misogyne ?

— En fait, c'est incorrect, Maron, dit Dufort.

— Un rapide coup d'œil à l'histoire te montrera que plus d'hommes ont été condamnés pour empoisonnement que de femmes. Les hommes tuent beaucoup plus souvent que les femmes, quelle que soit la méthode employée. Plus de quatre-vingt-dix pour cent.

— D'accord, très bien. Laissez-moi le dire autrement : si Desrosiers harcelait et menaçait Mercier, et que Mercier a été poussée à bout et a voulu la tuer, comment pensez-vous qu'elle s'y prendrait ? Je ne pense pas qu'elle irait au manoir Desrosiers pour l'étrangler, n'est-ce pas ? Vous imaginez vraiment les deux se battre dans le salon, un combat à mort ? Non. Non, elle va utiliser du poison. C'est plus convenable, c'est quelque chose qu'elle peut physiquement gérer.

Et juste parce que les hommes sont plus susceptibles d'être des tueurs, ça ne veut pas dire que chaque meurtre a été commis par un homme, comme vous le savez bien tous les deux.

— Mais les femmes de soixante-douze ans ne sont généralement pas le premier groupe que l'on soupçonne, dit Dufort.

— D'accord, dit Maron. Mais je maintiens qu'on ne devrait pas écarter Mercier. Vous êtes sexiste, en réalité, dit Maron en se redressant.

— Vous faites des généralisations à son sujet à cause de son sexe et de son âge, et je pense que c'est mal.

Et il quitta le bureau de Dufort pour aller s'assoir à son bureau.

Perrault et Dufort échangèrent un regard.

— Et toi ? demanda Dufort.

— Comment vois-tu ce meurtre ? As-tu d'autres idées que Michel ?

Perrault réfléchit un moment.

— Pour moi, ça doit être une question d'argent. Il est facile pour les gens de perdre la tête à cause d'un héritage, tu sais ? Surtout pour un aussi important. Ils pourraient faire quelque chose qui semblerait impensable dans leur vie habituelle. Et dans le cas Desrosiers, un tueur aurait bonne conscience à se dire qu'il se débarrasserait d'une vieille femme horrible, rendant un grand service au monde. Un service dont il profiterait, certes, mais quand même.

Dufort acquiesça.

— Et si le contenu du testament était inconnu de tous, y a-t-il d'autres membres de la famille qui auraient pu croire qu'ils obtiendraient quelque chose si Desrosiers venait à mourir ?

— Je ne pense pas qu'il reste beaucoup de famille. Il n'y avait que les deux filles, Murielle et Joséphine. Leurs parents sont bien sûr décédés depuis longtemps. J'ai cherché de la famille éloignée et je n'ai rien trouvé jusqu'à présent à part quelques cousins en Franche-Comté.

Dufort s'approcha de la fenêtre et regarda dehors. Le temps était gris et bruineux, parfait pour une course à pied. Peut-être quitterait-il le travail plus tôt et en ferait-il une autre avant la tombée de la nuit. Parfois, il avait de meilleures idées en courant qu'en uniforme.

— Je sais que ce n'est pas une course de chevaux, dit Perrault, mais, si je devais parier, je miserais sur Michel. Même s'il ne connaissait pas le contenu du testament.

Dufort était d'accord.

— Il avait l'opportunité. Quant aux moyens, le cyanure n'est pas quelque chose qu'on peut acheter à l'épicerie, mais ce n'est pas si terriblement difficile à se procurer. Comme je l'ai dit, le fait qu'il ait organisé la fête joue clairement contre lui, on dirait qu'il voulait étoffer la liste des suspects potentiels.

— Exactement, dit Perrault.

— Et en plus, il est au chômage depuis longtemps. Il n'a jamais vraiment prospéré dans aucun emploi, d'après ce que j'ai pu découvrir. Il regardait peut-être sa tante comme une grosse oie, prête à être abattue.

— NON, bien sûr que ce n'est pas une arrestation, disait Dufort à Michel Faure, qu'il avait trouvé en train de prendre un café Chez Papa.

— J'aimerais juste que vous m'accompagniez au poste pour que nous puissions discuter de quelques points. Si vous avez un moment?

Michel pencha la tête. Il n'avait jamais rencontré Dufort auparavant et il ne savait pas trop quoi penser de lui.

— Je pense que vous pourriez nous apporter une aide importante concernant l'affaire de votre tante, ajouta Dufort, l'expression aimable.

Michel acquiesça et glissa de son tabouret.

— D'accord, je suis libre pour le moment.

Il jeta quelques pièces sur le comptoir, pas tout à fait assez pour son addition, sans parler du pourboire, et suivit Dufort dans la rue. Il faisait froid, et les deux hommes resserrèrent leurs manteaux et remontèrent leurs épaules.

— Vous avez vécu à Castillac toute votre vie? demanda Dufort à Michel, pendant qu'ils marchaient.

— Oui. Enfin, je n'en suis pas vraiment sûr, mais je le pense. J'ai été adopté juste après ma naissance, mais je n'ai aucune raison de croire que je sois né ailleurs qu'à Castillac.

— Ah, dit Dufort.

— Donc, vous n'êtes pas un parent par le sang des Faure ou des Desrosiers alors?

— Non.

Michel lança un regard au gendarme, se demandant si Dufort savait quelque chose qu'il ignorait. Ce à quoi il pensait constamment, mais n'osait pas demander, était si le testament de tante Joséphine avait été trouvé. *Tous ces diners qu'il avait endurés avec elle, tous ces Dubonnets versés dans les petits verres pendant qu'il restait assoiffé, toutes les critiques et les abus qu'il lui avait permis de déverser sur lui... est-ce que cela avait payé? Était-il nommé dans le testament, même s'il n'était pas le principal bénéficiaire? Mon Dieu, faites que oui.*

Michel gardait les yeux fixés sur le trottoir. Son manteau était mince et il frissonnait, et l'une de ses chaussures avait un trou qu'il repoussait sans cesse de faire réparer.

— Je vais parler franchement, dit Dufort.

— Votre tante n'était pas très appréciée de quiconque, ai-je bien compris ?

Michel rit.

— Dans le mille, dit-il.

— Une vraie plaie, cette femme.

Dufort pensait que Michel était peut-être malin en avouant son aversion pour la femme qu'il avait assassinée, car quel meurtrier admettrait une telle chose ?

Michel remarqua qu'ils avaient tourné dans la rue Simenon, s'éloignant du poste, mais il ne voulait pas demander pourquoi. Il pouvait voir le manoir de sa tante se profiler plus loin dans la rue, et ressentit un fort désir de ne pas avoir à y entrer, surtout pas avec Dufort qui l'observait comme un faucon. Peut-être un faucon pas très futé, Michel n'en était pas sûr, mais dans tous les cas, il souhaitait ardemment être dans un bar quelque part avec Adèle, en train de boire un verre et de rire... ou n'importe où, vraiment, sauf là.

Ils s'arrêtèrent devant le manoir. Les volets bleu-violet étaient fermés comme ils l'étaient depuis des années.

— Je ne veux pas y entrer, dit Michel, les mots sortant avant qu'il ne puisse les retenir.

— Une raison particulière ?

— Non. Enfin, si.

Michel leva les yeux vers la maison, son regard la parcourant. Le toit d'ardoises était blanchi par le givre et il pensa que le manoir dégageait une sorte de froid bien pire que la météo.

— Vous ne le sentez pas ? Vous ne pouvez pas dire, juste en vous tenant ici, que cet endroit a quelque chose de mauvais ? Il passa la main dans ses cheveux.

— C'est une maison, dit Dufort en haussant les épaules.

— Une très belle maison, peut-être la plus belle du village. Début du dix-neuvième siècle, n'est-ce pas? Pouvez-vous me décrire l'intérieur?

Michel se frotta les bras dans une tentative futile de se réchauffer. Il avait désespérément envie d'aller dans un endroit chauffé, mais faisait de son mieux pour paraitre disposé à suivre le plan de Dufort.

— Euh, d'accord, je peux faire ça, je suppose. C'est plutôt grandiose à l'intérieur, avec deux salons donnant sur la rue et un large vestibule entre eux. Un large escalier avec une balustrade en fer forgé descend dans le vestibule. La cuisine est assez grande avec un vieux poêle à bois ainsi qu'une cuisinière à gaz. Je ne pense jamais avoir été servi un repas de cette cuisine après la mort de mon oncle, quand Adèle et moi étions enfants. Il y a plusieurs autres pièces au rez-de-chaussée : une buanderie, un garde-manger, et peut-être plus. Je ne m'en souviens pas vraiment. Je ne peux rien vous dire sur l'étage parce que je ne l'ai jamais vu.

Ma tante était un peu recluse. Pour autant que je sache, ces cinq dernières années, environ, elle ne sortait jamais, à moins que je ne l'emmène quelque part. La femme de ménage, Sabrina, elle venait tous les jours, faisait le ménage et cuisinait pour elle, bien que je ne pense pas que ma tante mangeait beaucoup. Quoi qu'il en soit, je venais lui rendre visite parce qu'elle n'avait pas d'amis et que le reste de la famille l'évitait autant que possible, et j'avais pitié d'elle.

Dufort leva les sourcils comme pour dire : « Me croyez-vous vraiment si naïf? »

— Vous donnait-elle de l'argent? demanda Dufort, d'un ton amical et décontracté.

Michel se contenta de sourire.

— Oh, pas d'habitude. Un billet de cinq euros si j'avais de la chance. Elle payait le diner quand on sortait, mais ce n'est pas comme si on allait à La Métairie tout le temps — juste une fois, en fait. Généralement, elle voulait que je lui achète un bol de paélia chez le gars qui s'installe sur la place le mardi soir. Ou elle me demandait d'aller à la boulangerie pour lui prendre une baguette fraiche, et du fromage à l'épicerie. Elle ne mangeait pas devant moi. J'avais l'impression qu'elle cachait cette nourriture dans sa chambre et refusait ensuite de manger ce que Sabrina lui préparait. Tante Joséphine était comme ça, elle passait son temps à imaginer des façons de rendre les autres malheureux, d'après mes observations. Le terme « *drama queen* » a été inventé pour elle, mais avec une sorte de tournure méchante, si vous voyez ce que je veux dire ?

— Elle n'a pas l'air d'avoir été une personne très agréable, dit Dufort, pensant que c'était l'euphémisme de la semaine.

— Et aviez-vous le sentiment qu'elle était malheureuse ? Que peut-être ces actes étaient une indication qu'elle en avait assez de la vie, assez de... de ce que son existence était devenue ? Je ne suggère pas le suicide, je me demande seulement s'il est possible que la personne qui l'a tuée ait pu croire qu'elle lui rendait service d'une certaine manière.

— Qu'elle rendait service au reste du monde, je dirais, répondit Michel en riant.

Dufort mit fin à l'entretien informel peu après, prétextant avoir quelqu'un à voir. Il s'éloigna rapidement dans la rue et fit un détour pour observer Michel discrètement. Ce que fit Michel, ce fut de rester devant le manoir, regardant d'un volet à l'autre, tapant des pieds de temps en temps, puis il se détourna sans regarder en arrière, sortit son téléphone et disparut dans le café de l'autre côté de la rue.

Peut-être que oui, peut-être que non, pensa Dufort. *Maintenant, je veux trouver sa sœur, et voir ce qu'elle lui racontera sur elle-même, et à propos de son frère.*

❧ 25 ❧

Rue Simenon, à environ deux pâtés de maisons du manoir des Desrosiers, Lucas Arbogast s'apprêtait à servir le diner à sa mère âgée. Elle était assise à table, tout juste baignée et habillée. Il déposa sur son assiette, quatre tranches de magret de canard, coupées finement comme elle les aimait, et apporta l'assiette à table avec un panier de pain. Puis il s'arrêta net. Le panier de pain tomba au sol dans sa précipitation à poser l'assiette et à s'occuper de sa mère, qui soudainement haletait et s'agitait beaucoup.

— Maman! s'écria Lucas, qui, heureusement pour Mme Arbogast, était infirmier à l'hôpital local.

La vieille femme se leva anxieusement de table, toujours haletante, se mouvant avec détermination, comme si elle devait aller quelque part sur-le-champ. Puis, pendant un instant, elle se tint droite, les yeux clignotants et hagards.

— Maman! Qu'est-ce qui ne va pas? Assieds-toi et laisse-moi vérifier tes signes vitaux, dit Lucas, essayant de la faire rassoir doucement.

Il se pencha, car il était considérablement plus grand, passa un bras autour d'elle, et elle s'effondra, s'affaissant dans la chaise comme une poupée en chiffon.

Lucas était abasourdi, car il avait parlé à sa mère une heure auparavant et elle était l'image même de la bonne santé. Mais sa formation l'aida à mettre son choc de côté alors qu'il éloignait la chaise de la table et glissait ses bras sous elle, la soulevant pour l'installer sur le canapé. Sa tête bascula en arrière ; elle était inconsciente.

Lucas pencha sa tête près de son visage, et c'est alors qu'il sentit l'odeur caractéristique d'amandes amères, qu'il n'avait senti qu'une seule fois auparavant, lors du cours sur les poisons, qu'il avait trouvé être l'un des plus intéressants de toute l'école d'infirmiers.

Immédiatement, il sortit son portable et appela l'hôpital. Il s'assura que sa mère respirait et ajusta ses jambes pour la rendre plus confortable. Puis il monta en courant dans sa chambre, cherchant tout ce qui pourrait lui indiquer s'il avait raison concernant une exposition au cyanure.

Ce ne pouvait pas être du gaz, raisonna-t-il, *car elle n'aurait pas pu descendre les escaliers.* Le gaz cyanhydrique tue rapidement, il s'en souvenait très clairement. Cela ne pouvait pas non plus provenir de nourriture ou de boisson, car sa mère ne mangeait ni ne buvait jamais rien en dehors des repas, et de plus, c'était lui qui préparait les repas. En tout cas, elle n'avait pas pris une seule bouchée depuis le déjeuner.

Lucas ne trouva rien d'anormal dans sa chambre. Il vérifia sous le lit, ouvrit les tiroirs de sa coiffeuse ; tout semblait normal, de son point de vue. Il lui semblait important de savoir d'où venait le cyanure, mais il n'avait pas le temps pour une recherche approfondie, pas quand sa chère Maman sombrait dans le coma.

Alors qu'il redescendait en courant pour la voir, il pensa : *attends une minute. Comment diable Maman peut-elle être victime d'un empoisonnement au cyanure alors qu'elle a à peine quitté la maison de la journée, si tant est qu'elle l'ait fait ? Est-ce réellement un accident ?*

Lucas secoua la tête, incapable de croire que quiconque à Castillac puisse faire une telle chose, ou en avoir une quelconque raison, d'ailleurs.

Maman était toujours inconsciente. Ses halètements étaient très difficiles à supporter. Sa peau prenait une teinte rouge cerise vif, ce qui pendant un instant lui fit penser qu'elle allait mieux avant qu'il ne se souvienne que c'était un symptôme de l'empoisonnement au cyanure. Il pencha à nouveau sa tête vers elle et renifla bruyamment. Oui, il dilata ses narines et inspira à nouveau, captant l'odeur.

Sa mère avait une légère obsession pour les crèmes et lotions rajeunissantes, les émollients et adoucissants de toutes sortes. Peut-être que le poison était sur sa peau, provenant d'un lot contaminé ? Si c'*était* dans une crème, alors il pouvait faire quelque chose pour elle avant l'arrivée de l'ambulance. Et si ce n'était pas le cas, lui laver le visage ne lui ferait aucun mal. Il fila dans la cuisine et prit un bol d'eau, un savon et quelques chiffons, puis s'agenouilla à côté d'elle, trempant le chiffon dans l'eau savonneuse et essuyant son vieux visage ridé et bienaimé.

— Maman, chuchota-t-il d'une voix rauque, tu vas t'en sortir.

— J'ai juste besoin d'enlever ce truc de ta peau. Je pense que c'est la crème, Maman, tu sais que je te l'ai déjà dit, on ne sait pas ce qu'ils mettent dans ces trucs-là...

Lucas fut minutieux. Il l'essuya complètement, puis prit un bol d'eau fraiche et de nouveaux chiffons, et l'essuya à nouveau, descendant jusqu'à ses clavicules. Il répéta le processus une troisième fois. Les halètements devinrent moins fréquents. Sa peau était rougie là où il avait frotté, mais sinon sa couleur semblait revenir à la normale.

Lucas avait trente-huit ans et n'avait jamais vécu ailleurs que chez sa mère, sauf pendant les trois années où il avait dû aller dans une plus grande ville pour étudier les soins infirmiers. Sa mère et lui étaient très proches. Ils aimaient les mêmes types de programmes télévisés, la même nourriture, les mêmes livres.

Même si sa mère était âgée, il n'avait jamais vraiment envisagé le fait qu'il allait probablement la perdre à un moment donné, évidemment il était conscient que cela arriverait, mais cette réalité n'avait jamais pénétré dans sa conscience, restant plutôt en surface, sans qu'il y prête attention. Cette frayeur, impossible à ignorer, l'avait tellement secoué qu'il pouvait à peine parler.

Il resta agenouillé à côté d'elle, lui tenant la main et lui murmurant des mots, se levant pour changer l'eau du bol et prendre encore plus de chiffons propres pour l'essuyer, jusqu'à ce qu'enfin — où était donc cette ambulance? — Mme Arbogast murmure à son fils d'arrêter avant qu'il ne lui efface complètement le visage.

La sonnette retentit, et, riant d'intense soulagement, Lucas alla ouvrir la porte. Il connaissait le conducteur et le médecin, et leur raconta rapidement ce qui s'était passé. Mme Arbogast était maintenant assise sur le canapé, demandant un verre de cognac, et allait bien.

— J'ai pris l'initiative d'appeler la police en chemin, Lucas. Dans le cas d'un empoisonnement suspect, c'est le protocole, comme tu le sais.

Lucas hocha la tête.

— J'ai jeté un rapide coup d'œil aux alentours, essayant de comprendre d'où venait le produit, mais je devais rester auprès de Maman, alors je n'ai pas pris le temps de faire une vraie recherche. Je savais qu'elle n'avait rien mangé que je n'avais pas préparé pour elle, donc je pensais que ça devait être une sorte de crème pour le visage ou quelque chose comme ça. En effet, la nettoyer l'a rapidement fait revenir à elle.

— Vous avez bien fait, dit le médecin, faisant un geste vers Mme Arbogast qui se sentait suffisamment bien pour flirter avec le conducteur de l'ambulance.

— Comment avez-vous su que c'était du cyanure?

— Je l'ai senti, dit Lucas, riant à nouveau et se sentant un peu euphorique.

— Vous avez de la chance alors. Tout le monde ne peut pas sentir cette odeur, moins de cinquante pour cent des gens, si je me souviens bien.

Lucas secoua lentement la tête et poussa un long soupir.

— On l'a échappé belle. Elle exagère un peu avec la crème pour le visage. Il fit une pause.

— Mais pourquoi diable sa crème pour le visage contiendrait-elle du cyanure ?

— Ouais, c'est bien la question, dit le conducteur de l'ambulance, qui d'habitude ne s'intéressait pas beaucoup aux patients qu'il transportait, mais du poison ?

Voilà qui fait une bonne histoire à raconter aux gars du bar après le boulot.

On frappa fermement à la porte, et Lucas laissa entrer Thérèse Perrault, qui était l'officière en charge ce samedi soir là.

— Bonjour, Lucas, Madame Arbogast, dit Thérèse, qui les connaissait.

— Suspicion d'empoisonnement, c'est ce qu'on m'a dit ?

— Oui. Elle va bien maintenant, Dieu merci. Mais c'était de justesse. J'ai eu de la chance et j'ai senti cette odeur d'amande amère quand je me suis approché de son visage, alors je l'ai nettoyée et elle s'est ranimée. Mais bon sang, pendant un moment, j'ai cru que j'allais la perdre. Il se pencha et tapota l'épaule de sa Maman.

Elle se versa un autre fond de cognac.

— Que voulez-vous dire par « nettoyée » ?

— Quand l'exposition au poison se fait par la peau, comme c'était le cas ici, le meilleur antidote est simplement de l'enlever, dit Lucas.

— Donc, je lui ai lavé le visage avec du savon et de l'eau plusieurs fois, et elle s'est tout de suite ranimée. Elle est restée inconsciente pendant environ dix minutes, je dirais. Elle avait aussi la peau rouge cerise, qui est symptomatique d'une exposition au cyanure.

— Eh bien, heureusement pour elle que vous vous y connaissez, dit Perrault.

— Puis-je monter à l'étage et jeter un coup d'œil dans sa chambre ?

— Bien sûr, dit Lucas, ne faisant aucun geste pour quitter sa mère.

Le conducteur de l'ambulance aurait bien aimé aller chercher du poison aussi, mais il savait qu'il n'avait aucune raison crédible de se joindre à Perrault.

Elle ne mit pas longtemps à trouver quelque chose de suspect. Elle enfila ses gants et ramassa un pot de crème pour le visage, non marqué, sans étiquette du tout. Elle appela en bas pour demander une boite en carton, et, pour être minutieuse, elle y mit toutes les lotions et crèmes de la coiffeuse de Mme Arbogast, pour les emmener au laboratoire. Une deuxième vieille dame agressée par une crème pour le visage contenant du cyanure.

Castillac avait-il un tueur en série ?

Thérèse sentit un frisson parcourir son corps et se réprimanda de se sentir si heureuse alors que des gens souffraient et mouraient.

❦ 26 ❦

— **J**e me fiche qu'il fasse froid, dit Frances.

— J'ai été enfermée toute la journée, je crois que je viens d'écrire un jingle que tous les Américains vont me maudire d'avoir créé — un vrai ver d'oreille, ha ha. Bref, j'aimerais regarder autre chose que ton joli minois.

— Nico ou Pascal, je suppose ? dit Molly en rangeant les dernières assiettes du lave-vaisselle.

— Ils *sont* agréables à regarder, dit Frances en souriant.

Elle se tenait devant le miroir de l'entrée, essayant de nouer son écharpe avec ce chic que les Françaises semblaient maitriser si facilement.

— Bon sang, Molls, comment font-elles ? dit-elle, frustrée, en faisant passer le bout par-dessus, par-dessous et autour, l'air à moitié étranglé.

— Je pense que c'est génétique, dit Molly.

Elle se plaça à côté de son amie et fit tournoyer la sienne autour de son cou, la passa par-dessus et à travers, et le résultat était meilleur, quoiqu'un peu de travers.

— Parfois, quand je te regarde, j'ai envie de pousser Donnie par la fenêtre, dit Frances, en jetant un coup d'œil en diagonale à la poitrine de Molly.

— Quand tu *me* regardes ?

— Ces faux seins qu'il t'a convaincue de te faire poser. Et ce n'est pas seulement contre Donnie que je suis en colère. Aussi contre toi, pour avoir accepté ces bêtises.

Molly réfléchit à ce que Frances venait de dire.

— Je suppose que j'étais aussi en colère contre moi-même avant. Je sais que c'était une très mauvaise décision de me faire opérer juste pour faire plaisir à quelqu'un d'autre. Tellement stupide. Un jour, quand j'aurai un peu d'argent de côté, je m'en débarrasserai. Mais tu sais, Frances ? Tout ça s'est passé il y a des années maintenant. J'ai laissé tomber. Alors peut-être que tu pourrais laisser tomber aussi.

— D'accord, mais je vais quand même le pousser par la fenêtre si j'en ai l'occasion.

— Compris, dit Molly gaiment.

— Alors, Chez Papa te convient ? Je suis désolée que Lawrence soit absent pendant toute ta visite. Il égaye vraiment l'ambiance quand il est là.

— Oui, bien sûr, n'importe quel endroit me convient. Laisse-moi juste... elle fouilla dans une trousse de maquillage et en sortit un petit crayon avec lequel elle traça une ligne sombre et floue autour de ses yeux marron foncé.

Ils paraissaient énormes et légèrement intimidants. Puis elle sortit un minuscule flacon de parfum, vaporisa dans l'air devant elle, et traversa le nuage.

— Tu es irrésistible, dit Molly d'un ton pince-sans-rire.

Enfilant leurs manteaux et chapeaux les plus chauds, les amies marchèrent rapidement vers le village à la recherche de compagnie et de kirs.

— Les Pâles ! s'exclama Nico lorsqu'elles entrèrent dans un courant d'air froid.

— Quoi ? dit Frances en regardant Molly.

Molly haussa les épaules.

— J'étais ici l'autre jour pendant que tu travaillais. Nico me demandait comment on s'était rencontrées, et tout ça, et j'ai peut-être raconté quelques histoires de nos premières années.

— Et vous êtes allées à la même université aussi? J'ai étudié dans une université américaine pendant deux ans, dit Nico.

— Je sais tout des folies que vous, les étudiants américains, faites.

— Il fit un clin d'œil à Frances, qui grimpa sur un tabouret de bar et lui sourit d'un air séducteur.

— Bonté divine, j'étais un *ange*, dit-elle, et Molly et Nico éclatèrent de rire.

Au moment où Nico posa des kirs devant elles, le téléphone de Molly émit le son d'un rougegorge qui gazouille. Elle le sortit de sa poche et regarda l'écran, les yeux écarquillés.

— C'est Lawrence...

— Salut Larry, dit Nico en faisant un signe de la main vers le téléphone de Molly.

— C'est incroyable, dit Molly.

Elle fixait l'écran intensément, comme si elle avait dû mal lire ce qui s'y trouvait.

— Eh bien? dit Frances, les yeux rivés sur Nico qui préparait un expresso pour un homme d'âge mûr à l'autre bout du bar.

— Il dit qu'il y a eu un autre empoisonnement. Une femme dans la rue de Madame Desrosiers. Du cyanure, encore, mais elle a survécu.

— Bon sang! C'est quelqu'un que tu connais?

— J'ai... j'ai du mal à y croire... peut-être que Lawrence me fait marcher.

— Il aime faire ça?

— Eh bien...

Molly y réfléchit. Il aimait bien taquiner, mais ce n'était pas exactement une taquinerie. Ce serait une blague de très mauvais gout, si ça en était une.

— J'aimerais pouvoir appeler Ben et lui demander ce qui se passe.

— Qu'est-ce qui se passe, mes beautés ? dit Nico, ayant servi son café et sentant venir une bonne histoire.

— Molly vient d'apprendre qu'il y a eu un autre empoisonnement, dit Frances.

— Larry te l'a dit ?

— Oui. Comment se fait-il qu'il soit toujours au courant de tout ? Et alors qu'il est au Maroc ?

Nico haussa les épaules.

— Qui était-ce ? Elle va bien ?

— Comment savais-tu que c'était une « elle » ? dit Molly en plissant les yeux vers lui.

— Ne me regarde pas avec ces yeux de détective, dit Nico.

— Écoute, j'avais cinquante pour cent de chances, c'était juste une supposition chanceuse.

— Appelle Ben ! dit Frances.

— Tu sais qu'il a un faible pour toi.

— Tu sais que la moitié de tes expressions sortent tout droit d'« *Autant en emporte le vent* » ? On ne se prépare pas à aller à un barbecue avec les garçons Tarleton à Twelve Oaks. Molly se leva. Elle but une gorgée de son kir.

— C'est sérieux. Une deuxième femme empoisonnée au cyanure en une semaine ? Pourrions-nous avoir un *tueur en série* parmi nous ?

— Appelle simplement le flic, dit Frances.

— Tu ne pourras penser à rien d'autre tant que tu ne connaitras pas les détails, alors appelle-le !

— Je ne pense pas que les civils puissent simplement appeler les gendarmes et demander les derniers potins.

— Ce ne sont pas des *potins*.

— Molly. Tu t'inquiètes pour ta sécurité et celle de ton invitée qui est extrêmement importante pour toi. N'est-ce pas ?

— Nico ? Quel est ton avis ?

— Appelle-le. Qu'est-ce qui peut arriver de pire ? Il te dira :
« ce ne sont pas tes affaires, à plus tard. »

Molly sortit son téléphone et faillit composer le numéro du
commissariat. Après quelques évènements effrayants, plus tôt
dans l'année, elle avait également ajouté son numéro personnel
dans ses contacts, mais elle ne se sentait pas capable de l'appeler,
sauf en cas d'urgence. Et bien que savoir exactement ce qui s'était
passé lui semblait urgent, elle comprenait que ce n'était pas
le cas.

Mais oh, comme elle voulait savoir ce qui se passait ! D'abord,
elle envoya un message à Lawrence, lui demandant plus d'informations.

— Prenons un dernier kir, dit Frances.

— Tu nous rejoins, Nico ?

— Je ne bois jamais pendant le service, dit-il.

— Mais hmm, c'est presque vide ici à part vous... Alphonse est
chez lui avec un mauvais rhume... bon, jamais sauf juste cette fois,
dit Nico en souriant et en attrapant une bouteille de schnaps pour
se servir un verre.

— D'accord, je l'appelle, dit Molly.

— Mais je vais dans l'arrière-salle pour le faire. Je deviens
nerveuse si je pense que quelqu'un écoute mes conversations téléphoniques.

Frances fit un signe de la main tandis que Molly s'éloignait.

— Sers-m'en un autre, Nico, ronronna-t-elle.

— Tu es allé aux États-Unis pour jouer ? Tu as l'air de pouvoir
être dans des films.

Nico rit.

— Tu es une telle menteuse, dit-il.

— Et plutôt divertissante. Continue...

— J'ai plein de questions que je veux te poser, dit-elle en lui
souriant.

— À quelle université tu es allé, comment ton anglais est
devenu si parfait, des trucs comme ça. Mais pendant que Molly

est dans l'autre pièce, laisse-moi te demander ceci : que penses-tu de Ben Dufort, au fait ? Est-ce un type bien ?

— Ouais, c'est un type bien. Je ne peux pas dire que je le connaisse en profondeur, tu vois ce que je veux dire ?

— Tu ne sais pas ce qui le motive ?

— Ha, je ne pense pas savoir ce qui motive qui que ce soit.

— Ouais, dit Frances.

— C'est profond, tu sais ?

Nico se contenta de secouer la tête et se servit un autre verre.

DUFORT JETA son portable sur son bureau, agacé. Il se leva et fit les cent pas devant la fenêtre, les yeux rivés au sol. La veille au soir, il avait appelé Marie-Claire pour l'inviter à diner, et elle avait refusé. Elle lui avait dit qu'elle l'appréciait et qu'elle aimerait être amie. Juste amie.

Bon, il pouvait s'avouer qu'il n'était pas amoureux de Marie-Claire, même s'il l'aimait bien. Mais c'était quand même une conclusion qu'il aurait préféré tirer tout seul, et ça piquait.

Et puis, ce matin, le rapport du laboratoire était arrivé : pas de cyanure dans le pot de crème pour le visage non étiqueté. Il était tellement sûr que c'était la source et était content que Perrault l'ait rapporté. Il espérait trouver des empreintes, et avec un peu de chance, peut-être que la pharmacie du village se souviendrait du tueur venant acheter un pot vide, ainsi que de la crème pour le visage.

Mais ils n'avaient pas eu de chance.

Dufort passa sa main sur son visage et serra fort les yeux. En tâtant ses poches, il trouva le flacon de teinture et laissa tomber cinq gouttes sous sa langue, sans se soucier si les autres officiers le voyaient. *Bon*, pensa-t-il en se ressaisissant, *soit Michel a empoisonné quelqu'un d'autre pour nous détourner de la piste, soit ce n'est pas Michel. Et si ce n'est pas lui, nous sommes dans une impasse. Et si nous sommes dans une impasse, le tueur continuera et d'autres personnes mourront.*

Il appela Perrault et Maron, qui se précipitèrent, entendant de mauvaises nouvelles dans son ton.

— L'affaire Arbogast : soit l'infirmière s'est trompée en disant que c'était du cyanure, soit elle a été empoisonnée d'une autre manière. Le pot non étiqueté est propre.

— Bon sang, dit Perrault.

— Bon, ce n'est qu'un contretemps, dit Dufort.

— Mais nous avançons. Maron, va interroger le fils d'Arbogast. C'est peut-être un syndrome de Münchhausen par procuration, ou peut-être qu'il a essayé de tuer sa mère, mais a échoué. Fouille un peu et vois ce que tu en penses. Perrault, va frapper aux portes et parle aux voisins. Demande s'ils ont vu quelqu'un d'inhabituel venir chez les Arbogast. Ensuite, va dans les deux pharmacies et demande si quelqu'un a acheté de la crème pour le visage et des pots en verre vides. Il faudra que tu obtiennes les numéros de téléphone de tous ceux qui ne sont pas présents quand tu y seras, et que tu les interroges par téléphone.

— Il est peu probable que les deux empoisonnements ne soient pas liés, n'est-ce pas ? demanda Perrault, la tête penchée.

— Je viens de te dire que le laboratoire ne trouve pas de cyanure. Fais attention, Perrault. Peut-être qu'elle a été empoisonnée d'une autre manière, mais nous devrons parler au médecin pour voir s'il corrobore le rapport du fils sur les symptômes de sa mère. Et nous ne procédons à des déductions que lorsque nous avons plus de faits. C'est clair ?

— Oui, monsieur, dit Perrault, sentant les larmes lui monter aux yeux et leur ordonnant sévèrement de disparaitre.

— Penses-tu que cela pourrait être un tueur en série ? demanda Maron.

Dufort leva les paumes en l'air.

— Je ne sais pas, dit-il.

— Vous deux, allez-y. Soyez méticuleux. C'est un moment

précaire dans l'enquête, nous avons affaire à quelqu'un d'extrêmement dangereux, d'autant plus que nous ne connaissons pas le
mobile et que nous sommes dans le noir. Je ne serais pas surpris de
recevoir un rapport d'un autre empoisonnement assez vite.

Perrault et Maron partirent, l'air grave. Dufort prit cinq
gouttes de plus, puis encore cinq, et jeta ensuite la bouteille
contre le mur.

Michel passa la matinée à nettoyer son petit appartement. Il était très minutieux, retirant les livres de l'étagère et dépoussiérant chacun d'eux avant de les remettre sur une étagère propre. Tout ce qui se trouvait sous le lit fut sorti et également dépoussiéré, et les deux fenêtres furent ouvertes malgré le froid, pour rafraichir l'air dans sa pièce unique avec kitchenette. Quand il n'y eut plus rien à ranger ou à nettoyer, il enfila son manteau léger, une écharpe et partit se promener.

Il déambula sans but dans Castillac, mais le manoir des Desrosiers exerçait sur lui une force magnétique, l'attirant alors qu'il n'avait pas eu l'intention d'aller dans cette direction. Il traversa une ruelle pour y arriver plus vite, puis sauta par-dessus une clôture et traversa le jardin de quelqu'un en trottinant. Les rues étaient relativement bondées de gens qui rentraient du marché, et Michel salua d'un signe de tête une ou deux personnes en passant, pour finalement arriver devant la maison de sa tante. Il saisit les barreaux glacés du portail en fer et leva les yeux vers la bâtisse.

Rien n'avait changé. Les mêmes volets bleu-violet, fermés, donnant à la maison un air aveugle. Les mêmes topiaires en lambeaux, le même givre sur les ardoises du toit. Il crut voir un rai de lumière sous l'un des volets à l'étage, mais en regardant de plus près, il décida qu'il s'était trompé. Il continua à marcher, toujours sans intention d'aller quelque part en particulier, voulant simplement être hors de son appartement exigu, et espérant toujours croiser quelqu'un qui l'emmènerait déjeuner ou au moins lui offrirait une bonne tasse de café.

Michel avait faim. Impulsivement, il entra dans une boutique spécialisée, le genre d'endroit qui vend des chocolats raffinés, des délices importés et, dans ce cas, des truffes et du foie gras. Tous des aliments qu'il adorait, mais qu'il n'avait pas eu l'occasion de gouter depuis très longtemps.

— Bonjour, madame ! dit-il chaleureusement à la femme d'âge mûr derrière le comptoir.

— Bonjour, monsieur, répondit-elle, remarquant son manteau fin, mais aussi la façon charmante dont il lui souriait.

— Je me demandais... votre boutique est remplie des choses les plus divines, dit-il, après un moment d'examen.

— Pensez-vous pouvoir me dire où je pourrais trouver des huitres ?

— Vous voulez dire des huitres fraiches ? Pour ça, il faudra aller de l'autre côté de la ville, chez Bedin. Il reçoit des livraisons de la côte tous les samedis matin, donc ce serait un bon moment pour y aller.

Michel acquiesçait en souriant. Une mèche de cheveux lui tomba devant les yeux.

— Et si vous voulez des huitres fumées ? Juste au bout de l'allée où vous vous trouvez, monsieur.

— Merci beaucoup, dit Michel.

Il descendit lentement l'allée, regardant toutes les bouteilles et les boites, l'eau à la bouche. Au bout de l'allée, il glissa habilement une boite d'huitres fumées dans sa poche, puis remonta lentement l'allée suivante.

— Je crois que je vais aller chez Bedin tout de suite, merci encore, dit-il en souriant brillamment, en sortant.

❧

— C'EST une invitation un peu délicate, disait Molly à Frances alors qu'elles se tenaient dans l'entrée comme d'habitude, essayant de nouer leurs écharpes.

— Ce n'est pas tous les jours qu'on va diner chez quelqu'un soupçonné de meurtre.

— Eh bien, tu penses qu'ils parleront anglais ? Parce que, sinon, je vais juste rester assise là comme une idiote.

— Peut-être pas. Ils parlent tous les deux anglais avec moi, mais je ne sais pas pour leur mère. Tu es sure de vouloir venir ?

— Ouais, ouais, ça ne me dérange pas d'être une idiote. Peut-être que je pourrai créer une distraction pour que tu puisses fouiller la maison à la recherche de preuves.

Elles quittèrent La Baraque, Molly fermant derrière elles.

— Il n'y a pas de preuves là-bas, dit-elle, parce que je ne pense pas une seconde que Michel ait quoi que ce soit à voir avec ça. Pas toi ?

— Honnêtement ? Si. Peut-être. Je pense que c'est possible. Cinq-millions, c'est beaucoup d'euros, tu sais ?

Molly se sentit irritée. Dans l'obscurité, elles marchèrent sans parler tout le long de la rue des Chênes, puis dans une ruelle et une rue étroite, encore d'autres tournants, jusqu'à ce que Frances soit complètement perdue, en route vers la petite maison de Murielle Faure, de l'autre côté du village. Elle était nette, ordonnée et terne. Molly frappa à la porte, forçant un sourire à Frances qu'elle ne ressentait pas.

Une pause, puis la porte s'ouvrit et Murielle les accueillit à l'intérieur.

— Je suis si heureuse que vous ayez pu venir ! dit-elle.

— Michel et Adèle n'ont pas arrêté de parler des Américaines intéressantes qui sont venues à Castillac. Puis-je vous offrir un kir à toutes les deux ?

Molly et Frances acceptèrent avec gratitude, et elles entrèrent dans un petit salon où Michel et Adèle les attendaient.

— Comme d'habitude, j'adore vos vêtements, dit Molly alors qu'elle et Adèle s'embrassaient sur les joues.

Adèle portait une jupe courte en laine, des collants épais et des bottes doublées de peau de mouton.

— Merci, Molly, dit-elle.

— Ça fait plaisir de vous revoir.

Adèle et Michel saluèrent Frances avec intérêt et Frances exécuta ses gesticulations qu'elle pensait communiquer de la bonne humeur et des sentiments amicaux, et le frère et la sœur rirent.

— Oh, Maman, j'ai apporté quelque chose à prendre avant le diner, as-tu des petits toasts pour aller avec ?

Michel sortit de son sac à dos la boite d'huitres fumées et la tendit à sa mère.

— Michel, comme c'est merveilleux ! s'exclama-t-elle en passant un bras autour de lui et en lui faisant un câlin.

— Toujours plein de surprises, mon chéri. Vous imaginez combien de grenouilles il m'a rapportées quand il était petit ? dit-elle aux invitées, qui rirent poliment.

Molly vit Adèle lancer un regard dur à Michel. Elle essaya de le déchiffrer : était-elle jalouse de l'attention de sa mère ? Souhaitait-elle avoir quelque chose à offrir aussi ? N'aimait-elle pas les huitres ?

Et puis, comme sortie de nulle part, s'installa la circonstance la plus redoutée de tout diner : un long moment de gêne qui s'étirait indéfiniment. Tous se retrouvèrent soudain à court de mots, et ce sentiment s'intensifiait à mesure que le silence perdurait. Molly ne pouvait s'empêcher de penser à la tante Joséphine morte sur le sol des toilettes, puis à ses craintes pour Michel, mais elle ne pouvait évidemment pas en parler, et ne pas pouvoir le mentionner l'empêchait de penser à autre chose. Murielle serra à nouveau les épaules de Michel, puis sortit sans un mot et se rendit dans la cuisine. Adèle s'approcha de la fenêtre et fit semblant de regarder dehors, tandis que Michel souriait d'un air contrit en secouant la tête.

— J'ai bien peur que nous pensions tous à la même chose, dit-il.

— Alors je suppose que c'est à moi de le dire à voix haute. C'est vrai, Dufort m'a parlé. Rien d'officiel, pas encore en tout cas. Mais il est assez clair qu'il me considère comme un suspect, peut-être même le suspect principal. Il est passé chez moi ce matin, en fait, après m'avoir parlé hier après-midi. Selon lui, il s'avère que je vais hériter de la fortune de tante Joséphine, ce qui serait charmant si ça ne me mettait pas la corde au cou.

Adèle laissa échapper un rire sans joie et secoua la tête.

— Si Dufort savait quoi que ce soit, il saurait que vous êtes incapable de faire du mal à qui que ce soit. Ce n'est tout simplement pas dans la nature de Michel de faire quelque chose d'aussi... agressif.

— Félicitations... et je suis vraiment désolée, dit Molly.

— Tu comprends? demanda Molly à Frances, puisque tout le monde avait parlé en français.

— Bien sûr que non, répondit Frances gaiment.

Molly traduisit pour elle.

— Eh bien, je ne sais pas, dit Frances.

— Peut-on vraiment dire que quelqu'un, et je m'inclus absolument, ne serait jamais capable de meurtre? Jamais de la vie? Je suis plutôt du côté de ceux qui pensent que tout le monde pourrait le faire, si toutes les conditions étaient réunies. Certains d'entre nous ont plus de conditions que d'autres, c'est sûr, mais à moins de croire aux anges...

Elle haussa les épaules. Molly traduisit pour les autres. Adèle lança un regard glacial à Frances. Michel lui sourit.

— En fait, je suis d'accord avec vous, Frances, dit-il dans un anglais bien prononcé.

— Je n'ai pas empoisonné ma tante. Mais je ne peux pas dire

que je ne tuerais jamais personne, quelles que soient les circonstances. Et je suis un peu vexé que tu me considères comme une
âme si placide, incapable d'action ! dit-il, toujours en souriant, à sa
sœur.

— Je ne pense pas que tu devrais plaisanter de cette façon, dit
doucement Adèle.

Murielle revint avec des kirs et une petite assiette remplie de
toasts, et une soucoupe d'huitres fumées au centre.

— On dit que c'est très bon pour la vie amoureuse, dit-elle en
regardant Michel.

— À l'amour ! dit Michel en levant son verre et en levant les
yeux au ciel.

Molly observait Adèle. Son visage avait une sorte d'expression
figée, avec le sourire artificiel qu'on voit sur les présentateurs de
journaux télévisés. Tous les quatre s'efforçaient de faire la conversation, alors qu'auparavant, chaque fois qu'ils s'étaient retrouvés
ensemble, ils avaient bavardé si facilement. Molly regarda autour
de la pièce, qui était presque entièrement dépourvue de décoration, à l'exception d'un bouquet de fleurs séchées dans un coin.
Rien sur les murs. Juste un canapé et quatre chaises coincés dans
le petit espace, une lampe tamisée et un tapis crocheté. Tout était
impeccablement propre.

Frances mangea la plupart des huitres. Comme les trois autres
parlaient à peine, elle se mit à parler en anglais, racontant des
histoires sur sa mère excentrique qui croyait que les voitures
étaient maléfiques et qu'elle ne se déplaçait donc qu'à vélo, et
divagua sur les pâtisseries qu'elle et Molly préféraient et pourquoi.
Molly finit par parler des travaux en cours sur le pigeonnier, mais
comme Pierre Gault faisait un travail parfaitement correct, cela
ne faisait pas une grande histoire. Adèle ne cessa de lancer des
regards à Michel jusqu'à ce qu'il finisse par se tourner sur sa chaise
pour lui tourner le dos.

— À table ! appela Murielle, et avec soulagement, les quatre convives se rendirent dans la cuisine et s'assirent autour d'une table en bois brut.

— Je dois vous prévenir, dit Michel avec une lueur dans les yeux, Maman est une femme très talentueuse, mais peut-être pas tant que ça en cuisine.

— Je te mets au défi de dire ça en français, dit Adèle en riant, son expression se dégelant un instant.

Murielle posa deux baguettes sur la table ainsi qu'un pot de beurre doux et un autre de pâté de campagne. Molly et Frances, se sentant mal à l'aise, se jetèrent sur la nourriture avec enthousiasme.

Une fois que Murielle fut également assise à table, la conversation reprit quelque peu. Au moins, ils parvinrent à échanger quelques banalités sur la météo et divers autres sujets sans complication émotionnelle ou intellectuelle. Frances appuya sur l'orteil de Molly sous la table et Molly lui rendit la pareille, une méthode de communication qu'elles avaient développée dans leur enfance où la première disait : « Tu y crois, à ça ? » et la seconde répondait : « Je sais ! C'est dingue ! »

Le diner était un ragout d'agneau. La viande était dure et la sauce fade, mais Molly et Frances firent leur devoir et mangèrent tout, complimentant Murielle. On ne leur proposa pas de café ni de boisson après le diner, ce dont elles furent reconnaissantes, et après quelques moments de baisers d'adieu et de remerciements effusifs, elles se retrouvèrent dehors dans le froid et l'obscurité, marchant rapidement vers La Baraque.

— Eh bien, c'était atroce, dit Molly.

— Je commence à comprendre un peu mieux ton envie d'enquêter, dit Frances, en enroulant son écharpe sur sa tête pour protéger ses oreilles.

— Il y a clairement quelque chose qui cloche dans cette maison. Je suis super curieuse de savoir ce que c'est.

— Moi aussi, dit Molly.

— Et je vais trouver un moyen de le découvrir.

❧ 28 ❧

1⁹⁶⁶ C'était une chaude nuit de printemps, le village était si calme qu'on pouvait clairement entendre le coucou affirmant son territoire. Joséphine s'était soigneusement vêtue de bottes blanches et brillantes imitant Courrèges et d'une robe si courte qu'elle était à peine couverte. Ses cheveux étaient entassés sur sa tête avec des mèches bouclées tombant autour de son visage, maquillée de façon à ce qu'elle s'imagine presque ressembler à Jean Shrimpton, qu'elle admirait plus que tout autre mannequin.

Elle devait être parfaite. Elle devait le séduire, l'attirer, le tenter.

Joséphine avait prêté attention à son emploi du temps, et, comme il était un homme aux habitudes régulières, il n'était pas difficile de deviner quand il pourrait passer près du parc en rentrant du travail. Elle attendait derrière un épais buisson, respirant les odeurs denses et complexes de l'air printanier, tremblant d'excitation, sachant que sa vie était sur le point de changer.

C'était un homme ennuyeux, vraiment, un électricien — probablement le métier le plus fastidieux qu'un homme puisse avoir. Joséphine ne se comprenait pas assez bien pour savoir pourquoi elle le choisissait, lui, entre tous, un homme qui inspirait plus le mépris que l'amour. Elle entendit des pas et retint son souffle. Écartant une branche, elle vérifia que c'était bien lui, puis s'avança sur le trottoir, sur son chemin.

— Joséphine ! Quelle drôle de coïncidence de vous voir ici !

Albert s'arrêta brusquement pour éviter de lui rentrer dedans. Il baissa les yeux vers elle, ne pouvant s'empêcher de remarquer son corps voluptueux dans cette robe légère, et ses jambes si ostensiblement exposées. Il ne l'aurait jamais avoué à qui que ce soit, mais il avait un faible pour les femmes en bottes.

— Je suis *tellement* contente de vous avoir croisé, dit Joséphine, lui souriant à travers ses cils mascarés.

— Vous êtes *exactement* l'homme que j'espérais voir. Pensez-vous que vous pourriez... je sais que j'abuse, mais... si vous pouviez m'accorder un petit caprice ? Ça ne prendra qu'un instant.

L'expression d'Albert s'adoucit.

— Je serais ravi d'aider, dit-il, s'interdisant de regarder ses jambes et l'ourlet de sa robe scandaleusement courte.

— Vous savez que j'ai beaucoup d'affection pour votre famille.

Le visage de Joséphine se durcit un instant, puis le moment passa. Elle lança un regard coquet à Albert.

— Je suis un peu bête, vraiment, dit-elle.

— Mais voudriez-vous m'accompagner dans le parc, juste pour quelques minutes ? J'adorais les balançoires quand j'étais enfant, c'était mon moment préféré, le plus heureux, de m'envoler haut dans les airs. Et donc...

Elle baissa les yeux et fit pivoter la pointe de sa botte en cercle autour d'elle.

— Vous voulez que je vous pousse ? dit Albert, heureux d'avoir compris.

— Bien sûr que je veux bien !

Joséphine se sentit submergée de gratitude qu'il ait saisi ses allusions avec tant d'enthousiasme. Ils passèrent le portail et descendirent le chemin de gravier jusqu'à l'aire de jeux du parc.

Elle était cachée de la rue par un large talus de viornes, récemment feuillu. C'était presque comme s'ils étaient seuls à la campagne, entourés de verdure, alors qu'ils étaient pratiquement au centre de Castillac.

Joséphine s'installa sur la balançoire, sa culotte presque visible de face tant sa robe était courte. Albert posa ses mains sur son dos. Il pouvait sentir la bretelle de son soutien-gorge, et il déglutit en fermant les yeux, essayant de ne pas penser à son corps alors même qu'il avait fermement les mains contre elle.

— Poussez-moi, dit Joséphine, d'une voix à la fois enfantine et royale, et Albert la poussa.

Elle s'envola de plus en plus haut, tournant son visage vers le ciel et voyant les étoiles éparpillées au-dessus du village.

— Plus fort ! lui cria-t-elle, et elle poussa un cri de joie quand il la poussa encore plus haut. Peu à peu, ses mains dérivèrent vers le bas, ne poussant plus son dos, mais plus bas, et finalement sur le renflement de ses fesses. Il laissa le balancement de Joséphine ralentir, de plus en plus, et, quand elle s'arrêta complètement et qu'elle le remercia d'une voix haletante, Albert vint lui faire face. Il souleva Joséphine de la balançoire et l'embrassa, avec plus d'ardeur qu'il ne s'en croyait capable.

Il y avait un hangar à équipement non loin des balançoires, et, bientôt, Joséphine se retrouva pressée contre ce hangar tandis qu'Albert embrassait son cou, ses lèvres, son front. Et quand il souleva sa robe, elle ne protesta pas, mais pencha la tête en arrière, regarda les étoiles et sourit, ayant obtenu exactement ce qu'elle avait prévu.

2⁰⁰⁵
La routine du dimanche matin était devenue un café Chez Papa suivi de frites, et Molly et Frances ne perdirent pas de temps pour s'y rendre, se sentant encore un peu groggy après le diner gênant chez les Faure.

— Bonjour, mes beautés ! lança Nico lorsqu'elles entrèrent et commencèrent à retirer leurs vêtements d'hiver.

Frances lui adressa un sourire en coin et tendit le bras par-dessus le bar pour lui toucher le bras.

— On aurait dû diner avec toi hier soir, dit-elle.

— Excellente idée, répondit Nico.

— Vous vous êtes ennuyées ?

— Ce n'est pas ça, dit Molly en s'installant sur un tabouret.

— Un café, vite. S'il te plait. On est allées chez Adèle et Michel...

— Dufort a défoncé la porte pour l'arrêter ?

— Ce n'est pas drôle, Nico.

Nico fit un clin d'œil à Frances, qui éclata de rire.

— Bref, reprit Molly, c'était juste... Je ne sais pas pourquoi, mais tu sais comment ça se passe parfois : tu vas diner chez quelqu'un et ça tombe à plat. La conversation... trainait.

— Tu m'étonnes, dit Frances.

— Bien sûr, je ne comprenais rien de toute façon. Je suis juste contente d'être ici maintenant. La vue est bien meilleure, ajouta-t-elle en regardant Nico et en lui rendant son clin d'œil.

— Bon sang, dit Molly en levant les yeux au ciel.

Elle resta assise à fixer une poussière sur le comptoir, pensive.

Une bouffée d'air froid les frappa dans le dos lorsque deux hommes entrèrent.

— Une bière ! cria l'un d'eux à Nico, et ils s'assirent à une table près du bar.

— Il fait toujours le geste le plus théâtral auquel il peut penser, dit l'un des hommes à son ami. Et maintenant, il peut profiter de toute l'attention qu'une nuit en prison, s'il a de la chance, va lui apporter !

Les deux hommes riaient aux éclats, l'un d'eux tapant répétitivement sur la table.

— Qu'est-ce qui se passe ? demanda Nico en leur apportant deux verres de bière givrés.

— Juste Jean-François qui se les gèle en prison, c'est tout. Ils éclatèrent de rire à nouveau.

— Qu'est-ce qu'il a fait ?

— On était à la manifestation hier à Périgueux. Les éboueurs étaient en grève. C'est horrible, les conditions de travail qu'ils endurent ! Ils avaient beaucoup de soutien, des étudiants qui sont venus, et toutes sortes de travailleurs... et Jean-François, il s'est tellement énervé qu'il a jeté une brique dans la vitrine d'un magasin. Du verre partout ! Un gendarme a tout vu et l'a embarqué en quelques secondes, Jean-François hurlant tout le long à propos de liberté et de fraternité. Quel crétin !

Son ami se tenait le ventre, qui lui faisait mal à force de rire.

— C'est peut-être exactement lui que Dufort devrait

surveiller, au lieu de Michel, dit Molly à Frances, en pointant discrètement derrière elle.

— Qui ? Tu sais bien que je ne comprends pas un mot de ce qu'ils disent.

Molly se pencha vers l'oreille de Frances.

— Jean-François est en prison. Il a lancé une brique pendant une manifestation. Tu sais, le gars, c'est le copain de Sabrina. Le genre qui est toujours énervé pour un truc ou un autre.

— Il a un casier ? demanda Molly à Nico à voix basse.

— Jean-François ? Nico rit.

— Long comme le bras, je suppose. Il a participé à toutes les manifestations dans un rayon de trois-cents kilomètres depuis dix ans. Il fait généralement de son mieux pour se faire arrêter, ça pourrait lui permettre d'avoir sa photo dans le journal.

— Hmm, dit Molly.

— Tu sais, je l'ai vu retourner au manoir, après la mort de Desrosiers. Il portait un sac avec lui. Tu sais, il y a quelque chose qui cloche là-dedans.

— Sa copine y travaillait, non ? Il aurait pu aller chercher ses affaires. Elle a probablement oublié un pull là-bas ou quelque chose comme ça.

— Hé, et si on mangeait des frites, dit Frances, ne perdant jamais de vue la meilleure raison d'aller Chez Papa le dimanche matin.

— Et dis-moi, Nico, le chef fait sa propre mayonnaise ? Parce que, si c'est le cas, apportes-en avec les frites, tu veux bien ?

— Vos désirs sont des ordres, Princesse, dit Nico avec un sourire narquois en disparaissant dans la cuisine.

— N'y pense même pas, dit Frances, alors que Molly s'apprêtait à parler.

— Je sais que tu vas encore blablater sur le fait que Michel n'a pas tué sa chère tante Joséphine et blablabla. Le fait est, Molly, que tu es attirée par lui. Et ça t'aveugle face à la réalité.

— Donc l'affaire est classée pour toi ? Quel détective tu fais !

Tu te contentes de suivre ce que dit Dufort sans rien remettre en question ?

— Je n'ai pas dit que l'affaire était classée. Tout ce que je dis, c'est que toi, ma chère amie, tu as perdu ton objectivité. Et tu sais, Michel me rappelle un peu Donnie, juste un tout petit peu...

— C'est qui Donnie ? demanda Nico, posant ses coudes sur le bar et s'étirant le dos.

— Laisse tomber, dit Molly.

— L'ex de Molly, dit Frances.

— Un vrai crétin, ajouta-t-elle.

— Hé... tu as entendu ? J'ai parlé français juste là ?

Molly ne riait pas. Peut-être parce que Frances avait touché une corde sensible, et qu'elle avait été trop disposée à donner un passe-droit à Michel. Et puis, pourquoi diable trouvait-elle charmante cette mèche de cheveux qui lui tombait dans les yeux ? Ce n'est qu'une stupide touffe de cheveux. Ça ne veut absolument rien dire.

— À propos d'Adèle et Michel, j'ai bien compris que personne ne sait qui est leur père ? demanda Molly à Nico.

Nico leva les yeux au plafond et réfléchit.

— Je suppose que non. Honnêtement, je ne suis pas la meilleure personne à qui demander. Mes parents avaient toujours le nez dans les livres et ne passaient pas de temps à parler des autres villageois, donc j'ai raté beaucoup de potins.

— J'en suis navrée, dit Frances.

Nico rit.

— Tu es quelque chose, toi, dit-il.

Molly voyait où cela allait mener. Elle n'était pas du tout sure que ce soit une bonne idée, mais elle était certaine que ce n'était pas ses affaires, alors, elle passa la demi-heure suivante à ne pas écouter Nico et Frances flirter, et à essayer de trouver un plan pour détourner les soupçons de Michel.

❦ 30 ❦

Maron attendit le dimanche après-midi pour passer chez Claudette Mercier, devinant correctement qu'elle serait à l'église le matin. Il pensait aussi qu'elle serait probablement en train de déjeuner chez quelqu'un, puisqu'elle avait une grande famille à Castillac, mais, ce dimanche-là, Claudette avait senti un rhume arriver et était restée chez elle après la messe. Maron frappa à sa porte, prêt avec une liste de questions.

— Tiens, Agent Maron, bonjour! dit Claudette en lui ouvrant la porte. Quelle surprise! J'étais justement en train de faire de la soupe. J'ai ce petit picotement dans le nez comme si j'étais sur le point d'attraper un rhume, vous savez comment c'est. J'espère que vous avez fait des progrès. Avez-vous attrapé le cambrioleur, c'est pour ça que vous êtes là? Dois-je venir au commissariat pour une séance d'identification? demanda-t-elle, les yeux brillants.

— Non, je n'ai malheureusement pas avancé sur votre affaire, dit Maron.

— Mais je reste vigilant, vous pouvez compter là-dessus.

— Oh, je suis si contente de l'entendre. Vous savez, ce n'est pas facile de vivre seule, une femme de mon âge. Ça ne me dérangeait pas d'être seule quand j'étais jeune; en fait, j'aimais bien, pour être honnête. Je n'ai jamais été du genre à courir après les garçons, sauf pour mon Declan. Il me manque terriblement, comme vous pouvez l'imaginer. Et maintenant, vous savez, on peut se sentir terriblement... terriblement vulnérable, en étant ici toute seule. Je ne pense pas que Diderot ferait grand-chose pour me protéger, dit-elle en désignant du coude le chat tigré, qui était étalé sur le dossier du canapé, profondément endormi.

—Je suis d'accord avec vous sur ce point, dit Maron, soupirant intérieurement.

Les personnes âgées lui donnaient envie de bâiller, même celle-ci, qu'il soupçonnait d'être la meurtrière de Desrosiers. *Soupçonnait*, ajouta-t-il mentalement, se défendant contre Dufort.

— Puis-je vous offrir un café ? J'ai bien peur de ne pas avoir grand-chose d'autre à proposer à part un peu de pain grillé et de confiture. Declan aimait un gros petit-déjeuner, beaucoup d'hommes aiment ça, j'en suis sure. La soupe ne sera pas prête avant au moins une heure.

— Ça ira, Madame Mercier. J'espérais vous parler de quelques petites choses, si vous vous en sentez capable.

— Oh, je ne suis pas encore malade, dit-elle en lui faisant un clin d'œil, ce qui le mit mal à l'aise.

— Allez-y, jeune homme !

Elle désigna un fauteuil à haut dossier avec une tapisserie en velours.

— Et mettez-vous à l'aise.

Maron s'assit précautionneusement dans le fauteuil en velours. La pièce lui donnait une légère sensation de claustrophobie.

— Commençons par Anne Arbogast. La connaissez-vous, elle ou son fils Lucas ?

— Pas vraiment, dit Claudette en s'enfonçant dans le coussin du canapé.

— Elle était plus jeune que moi de quelques années. Je la connais assez pour lui dire bonjour dans la rue, mais rien de plus.

Maron hocha la tête.

— Vous savez qu'elle a failli mourir d'un empoisonnement au cyanure il y a quelques jours ?

Les yeux de Claudette s'écarquillèrent et elle secoua la tête. Que se passait-il dans son doux petit village ?

— Et Joséphine Desrosiers. Vous étiez camarades de classe, c'est bien ça ?

— Oui, mais Agent Maron, je croyais que vous aviez des questions sur le cambriolage.

— J'y viendrai, mentit Maron.

— Quelle était votre relation avec Joséphine, quand vous étiez jeunes ?

Claudette regarda Maron fixement. Elle le trouvait difficile à déchiffrer, rien à voir avec Declan, ou n'importe lequel des hommes de sa famille d'ailleurs qui étaient tous plutôt joviaux et aimaient rire. Cet agent avait l'air de ne pas avoir eu un fou rire depuis des mois.

— Eh bien, dit-elle, nous étions bonnes amies, enfants. Nous allions à la même école, bien sûr. Du moins, nous étions bonnes amies pendant un moment.

— Et ensuite ?

Claudette haussa les épaules. Elle ne dit rien. Elle regarda la porte d'entrée comme si elle souhaitait que quelqu'un entre et interrompe la conversation, puis passa une main le long du dos de Diderot, le réveillant.

— Vous savez comment c'est dans la cour de récréation. Les enfants peuvent être vraiment cruels. La situation était que ma famille était prospère, mon père possédait une grande quincaillerie dans le village, et oh là là, il faisait de bonnes affaires, je peux vous le dire, mais la famille de Joséphine... était plutôt dans le besoin. Ses parents tenaient une épicerie, mais je crois que c'était une affaire chancelante. Vous savez comment c'est, Agent Maron, certaines personnalités sont faites pour la vente, et d'autres non. Mon père était serviable et populaire, et les gens voulaient lui acheter des choses. Le père de Joséphine, eh bien, c'était un homme plutôt aigri. Qui a envie d'acheter sa confiture à quelqu'un qui les regarde de travers, vous voyez ?

— Et cette inégalité financière, elle s'est dressée entre vous ?

— Je n'y accordais certainement pas d'importance. Ce n'était pas important pour moi, bien que je suppose que c'est facile à dire pour moi, qui n'ai jamais manqué de rien. Mon intérêt a toujours été la nourriture. Je voulais être dans la cuisine tout le temps, apprendre à tout faire ! Alors le luxe et tout ça, c'était ce qui intéressait Joséphine, mais pas moi. Finalement, sa jalousie...

Maron attendit.

— Eh bien, elle est devenue amère et désagréable envers moi, et nous avons cessé de passer du temps ensemble.

— Et quel âge aviez-vous quand cette rupture s'est produite ?

— Oh, je ne sais pas. Tout ça remonte à très longtemps, Agent Maron ! Avant le lycée, je dirais. Douze, treize ans, quelque chose comme ça.

Maron hocha la tête.

— Et Madame Desrosiers n'était pas aisée jusqu'à son mariage ?

— Eh bien, même pas à ce moment-là, pas tout de suite. Albert n'avait pas du tout d'argent quand ils se sont mariés. J'ai été choquée, en fait, qu'elle l'épouse. J'ai toujours pensé qu'elle irait après quelqu'un de riche. Elle était ce genre de personne.

Maron nota une pointe de froideur qui s'était glissée dans la voix de Mme Mercier.

— Mais bien sûr, il y avait le bébé, dit-elle en haussant les épaules et en lançant un regard lourd de sens à Maron.

— Le bébé ?

— Oh, oui. Mais laissez-moi vous assurer que je ne les juge pas. Vous ne le croiriez peut-être pas en me voyant maintenant, mais je comprends la passion, officier Maron. Declan et moi... enfin, pour en revenir à Josephine, oui, elle semblait être enceinte dès le départ, si vous voyez ce que je veux dire.

Maron n'était pas sûr de comprendre.

— Mais Madame Desrosiers n'a pas d'enfants. Est-ce que je me trompe ? Ou s'est-il passé quelque chose ?

Claudette se leva, frustrée par Maron, qui était plutôt difficile à qui parler.

— J'ai bien peur que le bébé soit mort-né, dit Claudette, mais là n'est pas mon propos. Ce que je dis, c'est qu'il était évident pour tout le monde au village que Josephine était enceinte avant le mariage.

Maron la regardait fixement, incapable de voir en quoi cela importait pour l'affaire.

— Elle n'aurait jamais épousé Albert autrement, vous ne comprenez pas ? À l'époque, la seule option dans ces circonstances était le mariage, si l'on voulait échapper à la condamnation de presque tout le village. Josephine voulait être admirée ; elle ne tolérait absolument pas d'être rejetée ou mal perçue. Mais plus important encore, Albert était pauvre, et elle voulait de l'argent ! Elle était toujours si envieuse de moi parce que mon Papa était généreux et m'offrait de jolies choses. Et pourtant, comme vous le savez surement, Albert a fini par inventer je ne sais quoi et par gagner des tonnes d'argent après tout. Josephine a toujours été la femme la plus chanceuse qui soit.

— Pas si chanceuse de finir empoisonnée sur le sol des toilettes d'un restaurant, dit Maron, guettant sa réaction.

Mais Claudette haussa simplement les épaules à nouveau.

— Eh, qui sait. Ce que vous, les jeunes, ne pouvez pas comprendre, c'est qu'il y a des choses pires que la mort.

Elle se leva, en ayant assez de parler du passé.

— Je suis désolée, mais je sens ce rhume arriver et j'aimerais me reposer. Merci d'être venu me voir, et tenez-moi au courant s'il y a du nouveau dans l'affaire.

Maron prit rapidement congé, notant que Mercier n'avait pas précisé de quelle affaire elle parlait, et pensant que rien de ce qu'elle avait dit ne le rendait moins enclin à croire qu'elle était capable de meurtre.

Voilà qui est mieux, se dit Dufort lorsque le prochain rapport du laboratoire arriva. Le chimiste avait testé tous les pots de crème pour le visage que Perrault avait apportés, y compris ceux du commerce qui semblaient être soit non ouverts, soit à peine utilisés. Le pot non étiqueté ne contenait effectivement aucun poison, bien que, selon Dufort, les cosmétiques et les lotions soient généralement chargés de toutes sortes de produits chimiques peu salubres, mais au moins ils étaient légaux et pas immédiatement mortels. L'un des pots à peine utilisés était de Chanel, un produit de beauté monstrueusement cher, dans un petit pot en verre : la crème Chanel avait été remplacée par du diméthylsulfoxyde, chargé de cyanure. Le chimiste souligna que le diméthylsulfoxyde était facilement accessible à tous et permettrait une absorption très efficace du poison par la peau. Mme Arbogast aurait pu facilement sortir de son bain et s'hydrater avec la crème altérée, et présenter des symptômes dans les quinze minutes, comme l'avait déclaré son fils.

Dans une note annexe, le chimiste indiquait qu'après des tests supplémentaires, il avait constaté qu'aucun des pots ne contenait ce que promettaient leurs étiquettes. La crème Chanel était dans un pot Guerlain, mélangée à de la soude caustique ; la crème Guerlain était dans le pot non étiqueté, mélangée à du naphtalène provenant de boules antimites écrasées. Aucun de ces produits n'était susceptible d'être mortel, mais Mme Arbogast aurait pu avoir des symptômes désagréables si elle avait appliqué l'une ou l'autre de ces crèmes sur son visage.

Donc : deux empoisonnements, deux femmes âgées. Sans lien entre elles, et peut-être même sans se connaitre, bien qu'elles vivaient dans la même rue, étant donné, à quel point Desrosiers avait été recluse. Curieux que, non pas, un, mais toute une gamme de poisons ait été utilisée, et pourquoi ce mélange de contenants ? Mais bien sûr, la question importante, pensait Dufort, était de savoir si l'une, ou les deux victimes avaient été choisies délibéré- ment, ou si elles étaient simplement les malheureuses victimes de quelqu'un qui voulait causer destruction et chaos au hasard.

Maron et Perrault arrivèrent à l'heure, et Dufort les mit au courant du rapport de laboratoire.

— Et qu'avez-vous à me dire, tous les deux ?

Perrault haussa les épaules.

— Aucun des voisins n'a rien vu. Mais si nous pensons que le meurtrier est quelqu'un de Castillac, quelqu'un que les voisins pourraient connaitre, alors ils l'ont peut-être vu sans y prêter attention. De plus, je suis allé à l'hôpital et j'ai parlé au médecin. Il dit que les symptômes d'Arbogast s'étaient pratiquement estompés au moment où ils sont arrivés. Elle était consciente, ne haletait pas, et sa peau était rouge, mais pas anormalement. Il rapporte qu'elle avait l'air d'avoir traversé quelque chose, ses cheveux étaient en désordre et elle transpirait, mais, dans l'en- semble, elle allait bien et prenait même plaisir à siroter un peu d'eau-de-vie.

— Il n'y a aucune raison de penser que le fils était impliqué, dit Maron.

— J'ai aussi parlé à certains voisins, et il semble être dévoué à sa mère, et sincèrement soulagé qu'elle aille bien. Aucun rapport de dispute ou de brouille ou quoi que ce soit de ce genre. Il est contrarié qu'elle dépense toujours de l'argent pour ces crèmes ridicules qui promettent de vous faire ressembler à Deneuve, et il dit que, maintenant, peut-être qu'elle l'écoutera.

— Cependant, poursuivit Maron, en se préparant mentalement, je suis aussi passé chez Claudette Mercier...

Dufort parut exaspéré.

— Donc tu penses qu'elle les a empoisonnées toutes les deux? Est-ce que Mercier et Arbogast se connaissaient? Y a-t-il la moindre preuve d'un mobile ou as-tu promu cette pauvre femme au rang de tueuse en série maintenant?

Le ton de Dufort était mordant, et il était clair que ses questions n'étaient que rhétoriques.

— Tu as une autre explication pour ce qui s'est passé? dit Maron, parvenant à peine à dissimuler le mépris dans sa voix.

Dufort lui lança un long regard impassible. Maron détourna les yeux. Dufort fit le tour de son bureau puis revint.

— Très bien. Michel Faure aurait pu déposer un sac de crèmes pour le visage chez les Arbogast. Peut-être avec une note disant « Vous avez gagné le grand prix! » ou une absurdité du genre. Il sonne à la porte et s'en va. Le fils est au travail et Madame Arbogast vient à la porte, voit le sac posé sur le pas de sa porte — peut-être que c'est même un sac chic de Chanel — et à l'intérieur se trouve son plaisir préféré et des produits chers et sophistiqués. Elle ne peut pas attendre de prendre son bain ce soir-là et d'essayer ses nouveaux trésors. Ensuite, nous avons un second meurtre au cyanure, sans lien avec Desrosiers, pour autant que nous sachions, et les soupçons s'éloignent de la famille pour se tourner vers un fou choisissant des victimes au hasard.

Il se dirigea vers la fenêtre et leva les bras, s'étirant d'un côté puis de l'autre.

— Alors? Est-ce plausible?

— Je pense que oui, dit Perrault.

— Bien que, à moins que Michel ne connaisse les Arbogast, il n'aurait pas su qu'elle était folle de crème pour le visage. Mais franchement, quelle femme ne voudrait pas essayer un peu de Chanel, si ça lui tombait du ciel? Ce truc coute probablement près de 300 euros le pot.

— Ce petit machin? dit Maron, incrédule.

— Le fantasme peut couter cher, dit Dufort.

— Bon, très bien. Maron, commence par passer quelques coups de fil et fais passer le mot que personne à Castillac ne devrait utiliser de crème pour le visage qu'ils n'auraient pas achetée eux-mêmes. Et ils devraient vérifier tous les pots achetés récemment pour des signes d'altération. Fais passer ça à la radio et sur internet. Ensuite, va trouver Michel. S'il te laisse entrer dans son appartement, tant mieux. Demande-lui où il était samedi, vois si quelqu'un peut corroborer. Perrault, toi et moi allons essayer de déterminer quelle est la source du cyanure. Il y a quelques usines à la périphérie de Périgueux, nous allons y faire un tour et poser quelques questions. Quelqu'un est soit payé pour remettre une certaine quantité du poison, soit il est volé.

Dufort était déjà à la porte, son manteau sur le dos.

— Allez, on bouge, dit-il, sa voix toujours dure.

— C'est lundi. J'aimerais avoir quelqu'un en garde à vue d'ici la fin de la semaine, pas l'année prochaine.

Maron et Perrault échangèrent un rare regard de camaraderie, car Dufort n'était presque jamais aussi irritable.

❧ 32 ❧

— **O**ui, je sais que ça ne me regarde pas. Et aussi que je ne suis pas la mieux placée pour donner des conseils en matière de romance. Tout ce que je dis, Franny, c'est... ne brise pas le cœur de ce pauvre homme.

— Oh, tu es drôle. Nico n'est pas plus sérieux que moi. Bon sang, on va juste passer du temps ensemble ce soir et s'amuser, pas s'enfuir pour se marier et avoir une ribambelle d'enfants, dit Frances.

— Tu as un bon mascara ? L'agent de sécurité stupide à l'aéroport a confisqué le mien et celui que j'ai acheté ne fait pas l'affaire. Je pense qu'il essayait de flirter avec moi ou quelque chose comme ça parce que le mascara n'est guère une arme.

— Entre tes mains, ça pourrait l'être, dit Molly en ricanant dans son café.

Le chat roux apparut soudainement de nulle part et sauta sur le comptoir de la cuisine.

— Eh bien, bonjour ! dit Frances.

— Je ne savais pas que tu avais un chat. Où te cachais-tu, ma jolie ? dit-elle en s'approchant pour le caresser.

— Non ! cria Molly.

— Il mord ! Et je ne sais pas d'où vient ce démon. Je ne l'ai pas vu depuis plus d'un mois. Mais ce *n'est pas* mon chat. Il apparait juste de temps en temps pour me mordre et s'enfuir en riant.

— Je suis une personne à chats, dit Frances.

Elle caressa les babines du chat et celui-ci se retourna sur le dos en ronronnant.

— Tu vois ? Elle sait que je suis de son côté.

— J'étais aussi de son côté jusqu'à ce qu'elle me morde.

— Laisse tomber et prends un chien, Molls. Tu ne peux pas te forcer à être une personne à chats quand tu ne l'es pas au fond de toi. Les chats le sentent.

Molly ricana.

— J'aimerais bien avoir un chien. Je me disais qu'il en arriverait un comme par magie.

— Depuis quand tu te contentes de croiser les doigts ? Tu es une fille qui fonce, Molly Sutton ! Il n'y a pas de refuge dans les environs ?

— Aucune idée. Je ne suis pas prête à me lancer là-dedans pour le moment. De toute façon, aujourd'hui je vais enfin peindre le couloir. L'horrible travail de peinture des anciens propriétaires m'a finalement poussée à bout. Je ne supporte plus de voir ces lignes ondulées une seconde de plus. En plus, j'ai un peu craqué et j'ai acheté de la peinture orange mangue.

— Quoi, pas d'enquête aujourd'hui ? Tu te sens bien ?

— Oui. Ça va. Enfin, peut-être un peu abattue.

Frances attendit une explication, mais Molly se leva et alla dans sa chambre pour se changer et mettre de vieux vêtements pour peindre.

— Abattue à propos de quoi ? dit Frances en la suivant.

— Tu es vraiment contrariée par mon rendez-vous avec Nico ?

Molly éclata de rire.

— Mon Dieu, non, ce n'est pas ça. C'est juste que... j'ai peur pour Michel. J'ai l'impression que Dufort s'est fait une idée, et cette histoire d'héritage semble si accablante. Je crois vraiment,

vraiment, au fond de moi, qu'il est innocent, mais que puis-je faire pour le prouver ? Rien. Je prie juste pour que les flics ne trouvent pas un moyen de le lier à ce second empoisonnement. Ça le condamnerait vraiment.

— Mais Molls, s'il est lié au second empoisonnement, il *devrait* être condamné.

Molly haussa les épaules.

— Voilà mon mascara. Écoute, tu n'as pas acheté de crème pour le visage depuis que tu es ici, n'est-ce pas ? Juste au cas où l'empoisonneur serait comme ce meurtrier du Tylenol chez nous, on devrait probablement faire attention à ce qu'on met sur nos visages.

— Compris, dit Frances.

— Alors, raconte-moi tout sur Nico. D'autres petites amies ? D'autres boulots ? Je sais qu'il a étudié aux États-Unis, mais il n'en dit pas grand-chose.

—Je ne sais rien. Ce sera à toi de découvrir tout ça.

— Quel détective tu fais !

— Tu sais, j'ai connu un détective privé une fois. La majeure partie de son travail consistait à faire des planques pour attraper des conjoints infidèles.

—Je parie qu'il avait beaucoup de travail.

— C'est sûr. Soit les gens sont vraiment méfiants, soit ils trompent beaucoup.

— Ou les deux.

Habillée de ses vêtements de peinture, Molly alla au placard où elle avait rangé la peinture et le matériel, et commença à tout installer dans le couloir : la bâche, l'ouvre-boite de pots à peinture, la spatule pour remuer la peinture, les pinceaux, le rouleau et le bac à peinture. Frances parlait de Nico, du temps où elle et Molly étaient enfants et avaient fabriqué une potion magique en mélangeant tout le maquillage de la mère de Molly dans un bol, et de ses idées pour un nouveau jingle. Molly trempa le rouleau dans le bac, l'égalisa sur le dessus et le leva vers le mur.

— Peindre est peut-être mon travail préféré, dit-elle, juste au moment où Frances, agitant les bras en parlant du jingle, marcha dans le bac à peinture, le renversant.

De la peinture orange mangue vola partout, y compris sur le pantalon de Frances et dans les cheveux de Molly.

— Oh! dit Molly, voulant rire, mais se sentant trop déprimée par la rivière de peinture qui coulait sur le bord de la bâche et sur le sol.

Après un flot d'excuses, Frances retourna au gite pour se changer et Molly commença à nettoyer. Mais alors qu'elle essuyait la peinture avec une éponge et la pressait dans un seau d'eau, ça la frappa enfin, comme une bénédiction : qu'avait dit Manette l'autre jour à propos de Joséphine Desrosiers qui aurait eu un enfant mort-né? Molly était certaine de se souvenir que la loi française exigeait qu'une part importante d'un héritage revienne aux enfants. Si ce bébé n'était pas vraiment mort-né, et était vivant quelque part, alors Michel ne pourrait pas être le principal bénéficiaire. Cela ne suffirait-il pas à le sortir de tout soupçon?

Était-ce une idée brillante, la piste d'une vie? Ou avait-elle regardé trop de feuilletons dans son adolescence?

Pendant un instant, Molly fut euphorique en pensant aux possibilités. Un moment plus tard, abattue (et couverte de peinture), elle réalisa que, pour le sauver de Dufort, Michel aurait dû être au courant de l'existence de l'enfant. Sinon, il aurait toujours un motif solide, même si c'était dû à son ignorance de la vraie situation. Mais elle ne pouvait pas s'en soucier maintenant. La première chose à faire était de s'assurer que Joséphine Desrosiers n'avait pas d'enfant, comme tout le monde le pensait.

Molly n'avait aucune idée de la façon de procéder. Mais tandis qu'elle passait le rouleau de haut en bas sur les murs du couloir, elle était presque certaine qu'une idée lui viendrait. Enfin, elle avait une piste à suivre, et tout ce qu'elle avait à faire était de la suivre.

Il était tard lorsque Dufort et Perrault terminèrent leur visite des usines à l'extérieur de Périgueux. Ils ne parlèrent pas pendant le trajet du retour, tous deux, découragés par un après-midi d'impasses. Les directeurs des trois sites s'étaient montrés défensifs et peu coopératifs, insistant sur le fait que le cyanure dans leurs usines était utilisé uniquement pour l'électrodéposition, le développement de films ou la production textile. Ils s'étaient hérissés à l'idée que l'un de leurs employés puisse essayer de gagner quelques euros supplémentaires en vendant le poison à qui que ce soit, affirmant que la substance était strictement contrôlée et que tout était comptabilisé.

Il n'y avait aucun moyen de relier le cyanure des crèmes pour le visage à celui des usines ; Dufort avait écarté cette possibilité avec le chimiste avant de faire le déplacement. Son seul espoir avait été de trouver quelqu'un qui aurait remarqué quelque chose de suspect et qui serait prêt à en parler. Il n'avait aucune preuve que les directeurs mentaient et aucune raison de ne pas les croire.

Après tout, le cyanure se trouve dans la nature : dans les pépins de pomme, les racines de manioc, les cigarettes et une myriade d'autres endroits. Comme il aurait été pratique qu'un directeur désigne un ouvrier en disant qu'il avait besoin d'argent et qu'on l'avait vu manipuler le poison dans une zone règlementée... mais cela relevait de l'Agatha Christie, pas de la vraie vie.

Est-ce trop demander, que de vouloir petit bout de preuve, pensa Dufort, s'apitoyant sur son sort tandis qu'il conduisait un peu trop vite sur la route descendant au sud de Périgueux. Perrault regardait par la fenêtre, cachant son expression morose. Elle avait tellement voulu faire sensation en tant que gendarme pendant qu'elle était chez elle, avant sa première affectation dans un autre département. Être celle qui résoudrait l'énigme avant tout le monde, qui repèrerait l'élément hors du commun, le détail crucial qui avait été négligé. Rendre sa famille fière, après tous les soucis qu'elle leur avait causés quand elle était plus jeune et une élève médiocre.

Elle et Dufort étaient à court de temps. Dans quelques mois, ils seraient redéployés, partis de Castillac, et ni l'un ni l'autre ne voulait laisser derrière eux un possible tueur en série, leur devoir inachevé.

Dufort la déposa devant son appartement, et Perrault marmonna « merci », avant d'entrer. Dufort ressentait un martèlement douloureux sur le côté de sa tête. Il n'avait pas envie de rentrer chez lui, mais ne pouvait penser à aucun autre endroit où il voulait aller non plus. Il s'éloigna du trottoir et traversa le village, au nord, sur la rue des Chênes. Il passa devant la maison de Molly et vit que la palette de pierres dans sa cour avant avait été déplacée, et se demanda comment avançait son projet avec le pigeonnier. Il continua à conduire, empruntant des routes de plus en plus petites jusqu'à se retrouver sur un chemin de gravier juste assez large pour sa voiture, au cœur de la forêt. Il arrêta la voiture et descendit.

Le battement dans sa tête ne concernait pas Desrosiers, bien qu'elle fût au premier plan de son esprit conscient. Non, c'étaient ces deux anciennes affaires — Valérie Boutillier et Elizabeth

Martin, qui avaient disparu de Castillac et n'avaient jamais été retrouvées — dont les présences martelaient si implacablement son cerveau.

Le temps était doux et la lune était sortie. Dufort commença à marcher à travers la forêt, se frayant un chemin, laissant les branches claquer derrière lui, ses yeux percevant à peine où il allait.

Imagine ce que ça fait, d'être perdu, et de savoir que tout le monde a abandonné les recherches.

C'était la pensée qu'il n'arrivait pas à chasser de son esprit, peu importe combien d'autres affaires étaient survenues. Peu importe combien de rapports il avait rédigés ou résolus de problèmes. Il savait qu'un homme dans sa position devait être plus endurci, ne pas laisser les affaires non résolues le ronger ainsi.

Mais elles le rongeaient. Et Dufort sentait que toutes les teintures de plantes, exercices de respiration et courses de huit kilomètres au monde ne changeraient rien à cela.

Soit il n'était pas dans le bon métier, soit il devait réussir 100 % du temps. Et il savait parfaitement que c'était impossible.

Revenant vers sa voiture, Dufort se sentait un peu mieux grâce à l'exercice, et peut-être aussi parce qu'il avait affronté la vérité en face. La route était étroite avec de hauts talus de chaque côté, et il fut contraint de reculer jusqu'à une intersection avant de pouvoir faire demi-tour et rentrer chez lui. Il prévoyait de se préparer un dîner simple, de boire une bouteille de bière, et de voir s'il pouvait réfléchir aux détails de l'affaire Desrosiers et avoir un éclair de génie.

MAIS EN PASSANT PRÈS de La Baraque, Dufort ralentit, puis, impulsivement, s'engagea dans l'allée de Molly.

— Eh bien, bonjour Ben ! dit Molly en ouvrant grand la porte.

Elle était couverte de peinture orange mangue.

— Entre ! Désolée pour le bazar. J'ai commencé à peindre le couloir, comme tu peux le voir. Ça rend plutôt bien, d'ailleurs, si je puis dire, une couleur si gaie et chaleureuse ! C'était gris avant, ce qui ne me dérangeait pas tant que ça, et ça allait bien avec les moulures blanches, mais les anciens propriétaires ont dû embaucher un peintre atteint de tremblements ou quelque chose comme ça parce que le gris débordait sur les moulures blanches et le blanc remontait sur le mur. Bref, ça avait l'air négligé et affreux et chaque fois que je marchais dans le couloir, ce qui arrive environ trente-millions de fois par jour, je le remarquais et je grimaçais.

Dufort avait l'air légèrement abasourdi.

— Je sais, je babille. S'il te plait, assieds-toi. Je peux t'offrir quelque chose à boire ?

Dufort se surprit lui-même en demandant si elle avait du cidre.

— Bien sûr, j'adore ça donc j'en ai toujours, je vais t'en servir un verre. Assieds-toi près du poêle ! Il fait bien chaud, ce que tu sais évidemment, puisque tu viens de l'extérieur...

Molly secoua la tête, se demandant pourquoi elle bafouillait comme une idiote. Elle déboucha le cidre et versa des verres pétillants pour elle et Dufort.

— Je suis désolé de débarquer à l'improviste, dit Dufort.

— J'étais sorti en voiture, essayant de mettre de l'ordre dans mes pensées, et je me suis retrouvé ici.

Un silence s'installa, pendant lequel ils se regardèrent franchement, avec affection. Il dit :

— T'es-tu déjà demandé si le chemin que tu as choisi pour toi-même s'est avéré être une énorme erreur ?

Molly laissa échapper un rire peu élégant en lui tendant un verre et s'asseyant sur le canapé à côté de lui.

— Si j'ai fait d'énormes erreurs ? Tu plaisantes ? Je ne t'ai pas parlé de mon mariage, de mon travail, de toute ma vie aux États-Unis que j'ai abandonnée pour venir ici ? Une longue suite de choix malheureux.

Elle frappa ses paumes sur ses cuisses et sourit.

Dufort hocha la tête. Molly attendit qu'il développe, mais il ne le fit pas.

— Serait-ce indélicat de ma part de te demander comment avance l'affaire Desrosiers ? dit-elle doucement.

— Non. Horriblement, dit Dufort, et pour une raison quelconque, il se mit à rire.

Il avait l'impression que le fait de pouvoir avouer son échec à Molly lui ôtait un poids des épaules, et il rit de plus belle face à ce soulagement.

— Nous n'avons rien ! dit-il, et il éclata de rire à nouveau, bien que lorsque le rire s'estompa, la plupart de la pression était revenue.

— L'affaire comporte certains aspects auxquels je ne trouve aucun sens. Par exemple, l'empoisonnement d'Arbogast. Le poison était dans un pot de crème pour le visage, tout comme nous le supposons pour Desrosiers. Mais on a donné à Arbogast plusieurs autres pots de crème très couteuse, et les crèmes ont été échangées : du Guerlain dans le pot Chanel, par exemple. Ces autres pots contenaient aussi du poison, mais rien de mortel.

— Je ne comprends vraiment pas. Quel serait l'intérêt de se donner tout ce mal ?

Molly regardait dans le vide, immobile.

— Attends, dit-elle.

— Ça me rappelle quelque chose...

Elle claqua des doigts.

— J'y suis ! Adèle m'a dit que Joséphine était vraiment horrible avec tous ceux qui travaillaient pour elle. Et qu'une fois, elle a pris tous les produits de jardinage et les a échangés pour qu'ils soient dans les mauvais contenants, et le jardinier a été grièvement blessé. Des brulures à l'acide, je crois.

Dufort et Molly se regardèrent.

— Donc nous avons le modus opérandi d'une personne décédée.

— Pas très utile. Désolée.

Molly remplit à nouveau leurs verres, puis s'appuya contre le coussin du canapé et soupira.

— Bon, écoute, dit Molly, en repoussant ses cheveux tachés de peinture de son visage.

— Je sais que je n'ai pas le droit de dire ça, mais je vais le dire quand même. Je ne pense pas que ce soit Michel. Je pense que ce sera une terrible erreur judiciaire si tu l'arrêtes. Et je sais que ce ne sont pas mes affaires et que je n'ai pas la moindre preuve à te donner.

— Tu l'aimes bien ?

— Eh bien, je... oui, bien sûr. Je veux dire, je ne l'aime pas *comme ça*, si c'est ce que tu veux dire.

— Je ne suis pas sûr de ce que signifie aimer *comme ça*, dit Dufort, amusé.

— Je veux dire que c'est un ami. Juste un ami. Pas un... intérêt romantique.

— Ah.

Molly sourit intérieurement, car, en le disant, elle savait que c'était vrai, ce qui était en quelque sorte un soulagement. Il était plus facile de faire confiance à ses réflexions sur l'affaire si son intérêt pour Michel n'était qu'amical.

— As-tu vérifié Jean-François, le petit ami de Sabrina ?

— C'est un militant, Molly. Ce casier judiciaire n'a rien à voir avec des crimes violents.

— Je ne parle pas de ça. Je l'ai vu entrer dans le manoir des Desrosiers longtemps après la mort de Joséphine. Je veux dire, je ne connais pas le protocole dans ces situations, mais je suppose qu'une fois que la propriétaire d'une maison meurt, elle ne va pas continuer à payer une femme de ménage pour venir nettoyer quand personne n'y vit ? Alors pourquoi le petit ami de la femme de ménage entrerait-il par la porte d'entrée, portant un sac ?

— Je lui parlerai, promit Dufort.

— Mais ne te fais pas trop d'espoirs.

Ils burent leur cidre et parlèrent d'autres choses, jusqu'à ce que Dufort jette un coup d'œil à sa montre et voie qu'il était presque minuit. Il s'excusa d'être resté si tard, ils s'embrassèrent sur les joues, et il rentra chez lui en voiture, dans les rues vides de Castillac, se sentant plus confus que jamais.

❧ 34 ❧

Molly s'était levée tôt le lendemain matin. Elle voulait parler à son ami Lawrence et avait essayé de lui envoyer un message au Maroc, mais n'avait reçu aucune réponse.

Au moins, peut-être que cela signifiait qu'il n'y avait pas eu d'autre empoisonnement.

Elle but deux tasses de café en fixant le vide, essayant en vain de trouver un moyen d'obtenir la moindre information sur le bébé de Joséphine Desrosiers. La majeure partie de son esprit savait que c'était un lancé de dés total de penser que le bébé avait réellement vécu — un lancé de dés qui appartenait à un mélodrame, de surcroit. Mais les familles étaient étranges, et les gens étaient secrets, et cela suffisait pour qu'elle poursuive.

Elle prit une douche, réussissant presque à se débarrasser de l'orange dans ses cheveux, s'habilla et commença à marcher vers le village. Car combien de problèmes épineux ne semblaient pas plus faciles à résoudre en mangeant une pâtisserie? Zéro, selon l'opinion ferme de Molly. Elle allait essayer un beignet pour la première fois, accompagné d'une troisième tasse de café, pensant que ce serait une combinaison magique.

Il faisait à nouveau plus froid et le ciel avait cet aspect gris sale et lourd annonçant la neige. Noël était la semaine suivante, et elle réalisa qu'elle n'avait fait aucun plan à part commander la buche de Noël. Elle n'avait acheté aucun cadeau et n'avait pas de sapin. Elle avait l'impression d'être déconnectée du calendrier d'une certaine manière, comme si elle avait trop d'autres choses auxquelles penser.

Ben Dufort, notamment...

Lorsque Molly atteignit le cimetière, elle ralentit. Puis, s'arrêta. *Attends.* Peut-être y avait-il une tombe pour le bébé Desrosiers! Marchant rapidement, elle passa le portail et sous l'inscription « Priez pour vos morts », cherchant la tombe de Joséphine. Le cimetière était propre et ordonné, sans aucun signe de perturbation. Un vieil homme était agenouillé devant une tombe décorée de vases de fleurs artificielles. Molly pouvait l'entendre parler.

Elle trouva facilement la tombe de Desrosiers. La pierre tombale était simple et l'inscription disait Joséphine Faure Desrosiers. 1933-2005. D'un côté se trouvait la tombe d'Albert Desrosiers ; sa pierre tombale en marbre était plus grande que la sienne et avait un poli brillant. De l'autre côté se trouvait un Franck Desrosiers décédé en 1958. Molly regarda toute la rangée, et, bien qu'elle trouvât plusieurs tombes d'enfants, elle n'en trouva aucune portant le nom de Desrosiers.

Les petites tombes des autres enfants lui poignardèrent le cœur, et elle essaya, comme elle l'avait fait de nombreuses fois auparavant, de se dire que ne pas avoir d'enfants lui avait épargné la possibilité d'une douleur terrible et éternelle. C'était un argument convaincant, et pourtant elle n'était pas convaincue.

Elle vérifia d'autres rangées, couvrant finalement l'ensemble du petit cimetière, mais il n'y avait pas d'autres tombes Desrosiers, et les enfants qu'elle trouva semblaient clairement appartenir à d'autres familles. *Impasse.*

Mais Molly n'abandonnait pas si facilement. Peut-être que le bébé avait été incinéré, ou, pour une autre raison, n'avait pas été enterré avec ses parents. Peut-être pourrait-elle retrouver le médecin qui avait assisté à la naissance? Et si elle cherchait un acte de décès à la mairie ou dans un autre bâtiment officiel?

D'abord à la Pâtisserie Bujold, puis à la mairie. Sans doute que quelqu'un là-bas pourrait au moins lui dire où chercher ensuite.

ADÈLE FAURE se réveilla ce mardi matin là, une semaine avant Noël, en sueur froide. Les jours passaient, courts et sombres, et si les commérages du village étaient un tant soit peu fiables — et Adèle pensait qu'ils l'étaient — Michel était dans de sérieux ennuis. Cet imbécile de Dufort s'était mis en tête que le testament de tante Joséphine pointait inévitablement vers la culpabilité de son frère, comme s'il ne pouvait pas imaginer que quelqu'un puisse avoir un motif de meurtre sans agir en conséquence. Comme si nous n'avions pas tous été dans cette exacte position un million de fois au cours de notre vie, même si le motif était simplement d'éliminer la personne agaçante travaillant dans le bureau d'à côté.

Elle balança ses jambes sur le côté du lit et s'assit, massant son pied malade qui lui faisait mal par ce froid. *Il est temps que quelqu'un agisse*, pensa-t-elle, *avant que cette absurdité n'aille plus loin*. Elle se brossa les cheveux et les dents, s'habilla avec moins de soin que d'habitude, et se prépara à partir pour la banque. Il faisait sombre ce matin-là, l'un des jours les plus courts de l'année, et le village lui-même semblait sombre dans son cœur, pour Adèle, comme si tous ses habitants l'avaient trahie, elle et son frère bienaimé.

À l'époque du collège, quand ils avaient treize ou quatorze ans, leurs camarades de classe les taquinaient, disant que le frère et la sœur s'aimaient trop et voulaient s'embrasser. Et la vérité était qu'Adèle *avait* voulu embrasser Michel. Elle avait voulu se donner à lui de toutes les façons qu'il voudrait bien la prendre, et à quelques reprises, elle avait été sur le point de le lui dire... mais elle s'était retenue au final, craignant le rejet. Elle avait été dure comme enfant, parce qu'elle avait dû l'être, et elle pouvait supporter les taquineries et son handicap et toutes sortes de problèmes difficiles et douloureux, mais pas le rejet de Michel. Pas ça.

Bien sûr, cela aurait été tout un scandale si elle et Michel avaient eu une relation romantique, en public ; mais Adèle pouvait passer outre, puisque Michel était adopté et qu'ils n'étaient pas parents de sang. Et de toute façon, qui se souciait de ce que pensaient les autres ? Il était vrai qu'ils avaient grandi ensemble, mais cela signifiait seulement qu'ils se connaissaient intimement et se souciaient profondément l'un de l'autre, et, de l'avis d'Adèle, c'était la meilleure base pour une romance que quiconque puisse espérer.

Toutes ces pensées et ces espoirs étaient pour la plupart, depuis longtemps, enterrés dans le passé, et Adèle s'était résignée à sa vie de célibataire et à une amitié étroite avec Michel. De son côté, Michel n'avait pas eu beaucoup de petites amies, et Adèle n'avait jamais demandé pourquoi, préférant s'accrocher à la croyance que son amour profond pour elle empêchait quiconque d'autre de s'approcher de trop près.

Et maintenant, l'amour de sa vie était en difficulté. Elle était assez lucide pour savoir que son innocence ne le protègerait pas forcément, des innocents se retrouvent en prison tout le temps, comme Adèle et tous ceux qui lisaient attentivement les journaux le savaient bien. La question était... qu'allait-elle faire pour empêcher cela ?

Il est temps d'agir.

Adèle enroula une écharpe en laine autour de sa tête et de son cou de façon à ce que tout soit couvert sauf son visage, et quitta la fraicheur de son appartement pour le froid de la rue. La rue Tartine était déserte si tôt le matin, et le claquement irrégulier de ses talons résonnait contre les murs des maisons. Six pâtés de maisons pour arriver à la banque, deux longs et quatre moyens.

Elle avait choisi son appartement parce que six pâtés de maisons étaient une distance confortable pour elle à pied, mais, ce matin-là, tout son corps était tendu et son pied malade lui faisait plus mal que d'habitude, la ralentissant.

Tout ce plan est probablement idiot, pensa-t-elle, et elle s'arrêta dans la rue. *Si j'avais fait ça avant le meurtre, alors peut-être que ça aurait marché.*

Elle était trop tard et elle le savait, mais elle continua, car aucune autre idée ne lui était venue. Soudain affamée, Adèle regretta de ne pas s'être fait une omelette et un café avant de quitter la maison. Elle se demanda si la faim allait de pair avec le fait d'enfreindre la loi et sourit ironiquement, pensant qu'une fois qu'elle serait elle-même en prison pour entrave à la justice, ou peu importe comment ils appelaient ce qu'elle s'apprêtait à faire, elle pourrait le demander en personne aux autres détenues. Elle les imaginait debout dans la cour de la prison, soufflant de longues volutes de buée dans l'air glacial, se racontant tous les plats qu'elles avaient désirés juste avant de commettre leurs crimes.

Elle pouvait visualiser cette omelette si clairement, brillante de beurre, avec une poignée de ciboulette vert vif éparpillée dessus.

Pensant à la nourriture, Adèle accéléra le pas malgré la douleur à son pied, arriva à la banque avant tout le monde et s'y introduisit. Elle alluma les lumières. Ce n'était pas étrange d'être la première arrivée; elle était généralement une lève-tôt et une employée dévouée, et avant d'être nommée cadre de la banque, elle était souvent venue tôt pour s'assurer de pouvoir accomplir son travail aussi parfaitement que possible.

Son bureau était petit, mais il avait une fenêtre. Adèle s'assit à son bureau et réfléchit à la façon d'accomplir ce qu'elle voulait faire sans laisser de trace. Elle espérait, naïvement, que ça n'aurait pas d'importance si quelqu'un finissait par découvrir qu'elle avait transféré autant d'argent sur le compte de Michel — presque tout son argent, tout sauf ce dont elle avait besoin pour vivre ce mois-ci et acheter des cadeaux de Noël pour Michel et sa mère. Adèle n'était pas particulièrement économe et dépensait beaucoup plus en vêtements et en sacs à main qu'elle ne le devait, donc la somme n'était guère exorbitante.

Mais elle priait pour que ce soit suffisant pour dissuader Dufort. Qu'il verrait, une fois qu'il commencerait à fouiner dans les affaires de Michel, que Michel était à l'aise financièrement, qu'il n'était absolument pas désespéré d'argent, et nullement pressé d'obtenir ce que tante Joséphine avait de toute façon l'intention de lui léguer.

$$\maltese \quad 35 \quad \maltese$$

Surexcitée par la caféine et décorée d'une moustache de sucre glace sur sa lèvre supérieure, Molly quitta la Pâtisserie Bujold avec un sac en papier ciré blanc, contenant quatre beignets : deux fourrés à la crème pâtissière et deux nature. Si elle revenait à La Baraque les mains vides, elle craignait la réaction de Frances, qui ne lui avait jamais pardonné d'être revenue du marché avec, uniquement, des aubergines. Alors que Molly se dirigeait vers la mairie, elle réalisa qu'elle avait été tellement absorbée par ses pensées concernant le bébé Desrosiers qu'elle n'avait même pas remarqué M Nugent et ses attentions habituelles.

La mairie était le centre névralgique de toutes les démarches administratives à Castillac. Elle se sentait toujours un peu nerveuse en y entrant, car l'imposant bâtiment lui faisait cruellement ressentir son ignorance : tant de règles et de règlementations, et elle n'en suivait probablement pas la moitié puisqu'après presque quatre mois, elle avait encore beaucoup à apprendre.

Elle bégaya et marmonna en français, sentant le rouge lui monter au cou. *Ne vont-ils pas se demander pourquoi diable je m'intéresse aux actes de décès, alors que je viens à peine d'arriver ?* Peut-être aurait-elle dû inventer une couverture.

Mais l'aimable femme derrière le comptoir fut plus qu'heureuse de l'aider, conduisant Molly dans une pièce à l'arrière qui contenait une série de hauts meubles à compartiments en bois.

— Voici les décès, dit la femme en désignant trois compartiments le long d'un mur.

— Et voici les naissances, ajouta-t-elle.

— Alpha et oméga, nous avons tout ici à la mairie !

Molly sourit, appréciant la façon dont les habitants de Castillac se lançaient dans des réflexions philosophiques à la moindre occasion. Elle alla directement vers le premier compartiment le long du mur et l'ouvrit. À l'intérieur se trouvaient des dossiers classés par année, dans l'ordre chronologique, et les documents relatifs aux décès de chaque année dans chaque dossier. Le tiroir qu'elle avait ouvert contenait les années 1899-1930. Celui du dessus couvrait la période 1931-1967. Dans un village de la taille de Castillac, il y avait des décès chaque année, mais pas en si grand nombre qu'elle ne pouvait pas trouver ce qu'elle cherchait.

Hmm. Molly ne savait pas quel âge avait Joséphine lorsqu'elle s'était mariée, elle ne savait donc pas par où commencer. Au moins, elle savait qu'elle avait soixante-douze ans le jour de sa mort, ce qui réduisait un peu le champ des recherches. Aussi déterminée qu'elle l'était à trouver des preuves, les actes de décès étaient si intéressants qu'elle se laissa distraire. Les causes de décès étaient particulièrement intéressantes. Quelle variété, et quelles histoires elles suggéraient ! Tuberculose, cancer et chute d'une échelle. Une noyade, encore du cancer, une pneumonie. Elle ne pouvait s'empêcher de s'arrêter sur chaque document, lisant le nom et se demandant quel genre de vie cette personne avait eu, et si elle manquait à quelqu'un.

Elle y passa tellement de temps qu'elle finit par piocher dans le sac en papier ciré et manger l'un des beignets. La crème pâtissière explosa dans sa bouche avec une telle déferlante de vanille qu'elle dut fermer les yeux et essayer de ne pas gémir à haute voix. Puis elle se remit au travail, avançant laborieusement à travers

1963, 1964, 1965... des années avant sa naissance, ses principales références étant Twiggy et les Beatles.

Jusqu'en 1967, toujours aucune mention de Desrosiers ou de Faure. Peut-être que la France ne garde pas de traces des mort-nés ? Mais d'après ce qu'elle pouvait constater, la France gardait des traces de tout. Elle continua ses recherches.

1968, 1969, 1970. Elle mangea un autre beignet. À la fin des années 70, Molly était certaine qu'il n'y avait pas d'acte de décès pour un bébé Desrosiers dans le classeur, ayant passé en revue chaque page de chaque dossier pour toutes les années où il aurait été physiquement possible pour Joséphine d'être enceinte. Elle se leva, ne sachant pas quoi faire ensuite.

Sortant son téléphone portable de son sac, elle appela Frances, mais tomba sur la messagerie vocale. Elle envoya un texto à Lawrence lui demandant s'il avait d'autres informations à lui communiquer, bien qu'elle se doutât que s'il en avait, il l'aurait déjà contactée. Puis elle se dit, *attends une minute. Si le bébé n'est pas mort, il n'y aura évidemment pas d'acte de décès, alors je devrais passer aux actes de naissance.*

Rangeant son sac, elle ouvrit le premier classeur contenant les actes de naissance, feuilletant les épais dossiers d'*Extrait du registre des naissances*. Comme les formulaires de décès, ils étaient dactylographiés, ce qui semblait merveilleusement désuet à Molly. Les lettres ne s'alignaient pas comme elles le font automatiquement sur un ordinateur, il y avait des taches d'encre et des lettres qui avaient laissé une impression sur le papier, mais pas beaucoup de marques autrement. Les professions des parents étaient indiquées : ouvrier d'usine, agriculteur, commerçant, employé.

Avec un soudain cri de joie, elle vit *ADÈLE* avec le nom de famille *FAURE*, et souriante, elle le sortit du dossier pour mieux le voir. Le papier était un peu plié et pas tout à fait propre. Adèle avait trente-neuf ans, un an de plus que Molly. Aucun père n'était mentionné. Molly regarda de plus près. Elle faillit ne pas le voir, mais juste au-dessus de l'espace réservé au nom du père, il y avait une ligne décolorée. Un des coins rebiquait à peine et avait accumulé de la poussière ou de la saleté, ce qui lui donnait une teinte légèrement brune. Une fine bande de papier avait été collée sur l'espace où le nom du père aurait dû être tapé.

Après avoir jeté un coup d'œil derrière elle pour s'assurer que la femme dans l'autre pièce était occupée, Molly gratta le bord avec son ongle.

Il fallut une minute pour le décoller. La colle était vieille et cassante, mais tenait bon. Molly commença à trembler, un sentiment de malaise envahissant son corps. Finalement, elle parvint à retirer complètement la bande, procédant très lentement, la détachant doucement.

Sur l'acte de naissance officiel, Albert Desrosiers était inscrit comme le père d'Adèle Faure.

Molly fixa le document, incapable de comprendre ce que cela signifiait.

Son oncle était son père? Cela voulait-il dire que Murielle avait eu une liaison avec le mari de Joséphine? Avec son beau-frère? Molly s'assit sur le sol, incapable de détacher ses yeux du morceau de papier. Adèle était-elle au courant de cela? Et qui avait falsifié le formulaire, essayant de le dissimuler?

Sans s'en rendre compte, Molly mangea le dernier beignet. Elle regarda le papier une fois de plus, l'examinant de haut en bas, le tenant à la lumière hivernale qui entrait par une fenêtre au-dessus d'elle. Elle vit qu'il y avait une autre bande, sur de la ligne pour la mère, sur laquelle était tapé *Murielle Faure*, mais elle était collée plus solidement et plus difficile à détecter. Elle n'avait pas non plus de bord rebiqué, mais Molly avait un ongle qui faisait l'affaire et elle continua à gratter le long de la bande tout en pliant le papier, espérant que son ongle s'accrocherait le long de la bande et la soulèverait juste assez pour commencer à la détacher du formulaire.

Un bruit dans l'autre pièce faillit lui donner une crise cardiaque, mais ce n'était que la porte qui claquait derrière quelqu'un qui demandait à la femme au bureau des renseignements sur des contraventions de stationnement. Molly tourna le dos à la porte pour que si quelqu'un entre, il ne voie pas qu'elle était occupée à falsifier des documents officiels. Elle était tenace, ça allait sans dire, et finalement le bord supérieur se sépara du formulaire juste assez pour qu'elle puisse glisser son petit ongle dessous, et la bande se détacha d'un coup.

Sous la bande indiquant le nom de la mère d'Adèle Faure... se trouvait *Josephine Desrosiers*.

&

— JE N'AI CESSÉ de dire que les familles sont folles, dit Frances, après que Molly lui eut raconté ce qu'elle avait trouvé à la mairie.

— Et qui mange quatre beignets, d'ailleurs ?

— Apparemment, moi, dit Molly, sans remords.

— Allez, Franny, aide-moi à résoudre cette énigme. Est-il possible que le formulaire soit passé d'incorrect à correct, que ces bandes aient été mises là par quelqu'un d'officiel, parce qu'une erreur avait été commise ?

— S'il s'agissait de quelque chose comme la date, alors peut-être. Mais qui met la mauvaise mère sur un formulaire comme ça ? Je ne pense pas.

— Donc Adèle est vraiment la fille de Josephine, pas celle de Murielle ? C'est *énorme*. Énorme ! D'une part, Michel ne peut plus être le principal suspect, car un enfant supplante tout le monde dans les lois françaises sur l'héritage. Adèle obtiendra la majeure partie de cette fortune, pas Michel.

— Cela signifie juste que les soupçons se portent sur elle, non ?

Molly s'assit lourdement sur le canapé.

— Oh la la, je n'y avais même pas pensé. J'étais tellement occupée à me réjouir pour Michel que je n'ai pas réalisé que cela pourrait mal tourner pour Adèle. Mais attends, elle devrait le savoir, non? Si elle ne sait pas qui est sa vraie mère, elle n'aurait aucune raison de la tuer.

— Mais si personne ne le sait, alors Michel aurait pu la tuer par ignorance, tu vois? Et qu'en est-il de la parenté de Michel? L'as-tu vu dans les dossiers?

— J'étais à mi-chemin dans la rue en rentrant chez moi quand j'y ai pensé. Je suis retournée en courant à la mairie et je suis entrée pour le chercher — je suis sure que la femme qui y travaille me prend pour une folle — bref, oui, je l'ai trouvé. Son formulaire semblait original et non falsifié, et ses parents étaient... je ne me souviens pas de leurs noms, mais j'ai pris une note sur mon téléphone... bref, personne dont j'ai déjà entendu parler. Il semble être adopté, comme il le dit.

Molly se leva pour vérifier si ses pinceaux et son rouleau étaient secs.

— Je ne comprends vraiment rien à tout ça. Je sais qu'autrefois, quand le monde était plus conservateur, parfois un couple marié ou une grand-mère pouvait accueillir un enfant né hors mariage et prétendre qu'il était le leur, mais c'est en quelque sorte l'inverse. Un couple marié donnant son enfant à une sœur célibataire. Explique-moi, s'il te plait.

— Peut-être que si j'avais un beignet, mon esprit serait plus clair, dit Frances.

— Tu es comme un chien avec un os.

— Et cet os n'est pas moelleux ni rempli de crème pâtissière.

Molly rit.

— D'accord, je vais aller voir comment Pierre s'en sort avec le pigeonnier, et ensuite essayer de finir ce travail de peinture. Je dois décider quoi faire de ces informations que j'ai obtenues, et, pour l'instant, je n'en ai aucune idée.

— Tu veux dire si tu dois en parler à Adèle? Ou à Ben?

Au nom de Ben, Molly rougit furieusement.

— Les deux. Alors, attends. J'ai été tellement abasourdie par cette nouvelle, que je ne t'ai pas demandé pour hier soir. Comment ça s'est passé avec Nico ?

Frances fit un petit bruit et sourit, évitant le contact visuel.

— C'est tout ? Juste *hmmm* ? Qu'avez-vous fait ?

— Bon, Molly, je vais travailler encore quelques heures et voir si je peux mettre ce jingle en assez bon état pour l'envoyer au client. Et puis peut-être que je vais me promener dans le village et voir si je peux trouver quelque chose à manger avant de mourir de faim.

Molly sourit d'un air narquois, reconnaissant les signes lorsque quelqu'un dressait un mur de briques. Au moins, le nuage noir habituel de drame de Frances semblait être resté de l'autre côté de l'océan.

Elle sortit sans mettre de manteau. Il faisait froid et l'air semblait humide. Toutes ses années à Boston lui avaient appris à reconnaitre quand la neige allait tomber, et elle devinait que ça arriverait bientôt. Elle marcha rapidement jusqu'au pigeonnier et appela Pierre Gault, qui était en haut d'une échelle appuyée contre le bâtiment à moitié terminé.

— Salut ! Comment ça se passe ?

— Mieux que prévu, dit Pierre en descendant. Toutes ces pierres qui étaient cachées dans les hautes herbes se sont avérées être en bon état, et même la partie du mur qui s'effondrait s'avère être plus facilement réparable que je ne le pensais au début. Je devrais avoir fini l'extérieur dans quelques jours, avant Noël en tout cas.

— Je suis contente que ça se passe bien au moins, dit-elle.

— D'autres choses ne se passent pas si bien ? demanda Pierre.

— Non. Enfin, peut-être. Je ne sais pas.

— Ah. Tout est clair, alors.

Molly le remercia pour son travail rapide et sortit dans la prairie. L'herbe était craquante sous ses pieds, gelée en épis, qui craquelaient sous ses baskets. Pendant un bref instant, elle oublia les

Faure et les Desrosiers, Ben, Nico et Frances, et pensa à la surprise qui l'attendait quand le printemps arriverait enfin. La Baraque avait de vieux jardins, et la prairie était également ancienne, alors elle s'attendait à voir toutes sortes de choses pousser que les anciens habitants avaient plantées avant de mourir ou de partir. Quelques pommiers tenaient bon, leur écorce scarifiée montrant des signes de mauvaise santé. Puis la forêt, sombre et impénétrable, du moins depuis le bord de la prairie. Molly n'était pas pressée d'aller trébucher là-bas, loin de la lumière du soleil.

Elle était sure que le secret de la parenté d'Adèle signifiait quelque chose. Mais quoi ? Et quelle était la bonne chose à faire dans cette situation ? Elle avait l'impression de se promener dans la prairie avec une grenade en poche. Sans savoir comment la faire exploser pour causer le moins de dégâts possible.

❧ 36 ❧

Le troisième empoisonnement au cyanure à Castillac eut lieu le lendemain, un mercredi remarquable pour ses chutes de neige inhabituelles. Castillac ne voyait généralement tomber qu'une ou deux légères couches chaque hiver, rarement plus, mais cette fois-ci, c'était de vraies chutes. Pas pour Molly, qui était habituée à environ un mètre par an à Boston, mais pour les habitants de Castillac, les douze centimètres représentaient une extrême urgence.

Mais aucune ambulance ne dérapa dans la tempête en direction de la maison de Mme LaGreffe cette nuit-là. Mme LaGreffe vivait seule dans une petite maison rue Saterne, et il n'y avait personne pour appeler à l'aide.

Ce matin-là, elle s'était levée tôt, comme toujours, incapable de dormir toute la nuit depuis qu'elle avait atteint la cinquantaine. Maintenant, elle avait presque quatre-vingts ans. *Au moins*, disait-elle à ses amis, *pour ces dernières années de ma vie, je serai éveillée presque tout le temps, donc je ne manquerai rien.*

Mme LaGreffe avait fait ses courses dès l'ouverture de l'épicerie et de la boucherie. Elle s'était offert le luxe d'un pack de Perrier et avait demandé au livreur de l'apporter plus tard dans la journée. Contrairement à beaucoup de personnes âgées, elle adorait la neige et était impatiente de s'assoir dans sa maison douillette pour regarder le village se couvrir de blanc. Lorsqu'elle rentra chez elle, son panier sous le bras, elle vit un petit sac en papier posé sur le pas de sa porte, collé contre celle-ci comme pour le protéger de la neige.

À l'intérieur, il n'y avait pas de mot, juste un pot de crème pour le visage — Chanel, rien que ça. Mme LaGreffe n'avait jamais utilisé quelque chose d'aussi luxueux et elle laissa échapper un petit rire quand elle le vit. Pas un instant elle ne se demanda d'où venait cette crème pour le visage ni s'il pouvait y avoir quoi que ce soit de louche ou de dangereux à son sujet. Le reste de la journée se déroula comme la plupart de ses journées : elle passa l'aspirateur à l'étage, déjeuna et lava la vaisselle du déjeuner, réfléchit au diner, tricota un peu en écoutant la radio. Elle était seule, mais si habituée à la solitude que cela ne lui causait aucune douleur, c'était plutôt comme une articulation avec une douleur qui ne disparaissait jamais vraiment, si constante qu'elle la remarquait à peine.

Dans un coin de sa tête, toute la journée, elle attendait avec impatience son bain, puis l'utilisation de cette couteuse crème pour le visage avant d'aller se coucher. Cela rendait le déjeuner plus excitant. Cela avait même rendu le lavage de ses sous-vêtements après le diner plus excitant. Elle pensait que même si elle avait soudainement hérité d'un million d'euros, elle ne se serait jamais acheté un pot de crème pour le visage aussi cher, ce n'était tout simplement pas dans sa nature de s'offrir ce genre de luxe. Mais quelle joie de pouvoir le faire sans avoir à faire le choix !

Mme LaGreffe s'attarda dans son bain, se lavant soigneusement et s'éclaboussant pendant un moment comme une petite fille, frappant l'eau et la laissant gicler contre le carrelage. Elle se sécha et enfila une chemise de nuit de flanelle qu'une amie lui avait rapportée d'Angleterre quinze ans plus tôt, puis, finalement, elle s'assit au bord de son lit et ouvrit le pot. Elle se pencha pour sentir le parfum, et pendant un instant elle ferma les yeux et se souvint de son adolescence, quand sa mère lui permettait d'utiliser une brève vaporisation de bon parfum avant de sortir pour un rendez-vous.

Puis elle trempa son doigt dans la crème et l'étala sur ses joues, son front, son menton. Soigneusement, elle revissa le bouchon du pot, glissa ses pieds sous les couvertures et s'endormit avec un sourire aux lèvres.

Elle se réveilla plus tard, mais au début elle ne réalisa pas que quelque chose n'allait pas, car elle était habituée à se réveiller au milieu de la nuit. Elle ne se leva pas pour aller à la fenêtre, regarder la neige tomber ; au lieu de cela, elle resta allongée, haletante, se sentant nauséeuse, et se demandant pourquoi diable elle se sentait soudainement si mal.

Elle ne soupçonna jamais la crème pour le visage. Elle souffrit, mais pas longtemps, et il n'y avait personne pour veiller sur elle ou l'aider, tandis que le village dormait à travers la tempête, et que tout Castillac devenait de plus en plus blanc.

Dufort était furieux. Un autre décès, seulement à quelques pâtés de maisons de chez les Desrosiers, et rien de ce que lui, et les autres gendarmes faisaient, ne semblait les rapprocher de l'arrestation du meurtrier.

— Comment LaGreffe n'était-elle pas au courant du danger? exigea-t-il de savoir. Perrault s'appuyait contre le mur, la tête baissée. Maron restait impassible.

— Nous avons placardé des avis dans tout le village, dit Perrault.

— Et fais beaucoup de bruit en ligne. Le problème, c'est que les personnes ciblées par le meurtrier, les femmes de plus de soixante-dix ans, n'ont souvent pas d'ordinateur. Nous devons trouver un meilleur moyen de les atteindre.

— Écoutez, on peut faire du porte-à-porte dans chaque maison pour prévenir les gens, mais la meurtrière changera simplement sa méthode de livraison, dit Maron.

— C'est de la crème pour le visage aujourd'hui, mais ça pourrait être, je ne sais pas, un jus de fruits demain.

— « La meurtrière »? dit Perrault d'un ton cinglant.

— Vous n'allez pas lâcher votre idée que tous les empoisonneurs sont des femmes, n'est-ce pas ?

Maron fixait droit devant lui, ne se laissant pas prendre à la provocation.

— Il est huit heures, dit Dufort.

— Je veux que vous alliez tous les deux sillonner ce quartier jusqu'à l'heure du déjeuner, ou jusqu'à plus tard si nécessaire. Premièrement, demandez à tous les voisins de cette rue s'ils ont vu quelqu'un rôder, quelqu'un qui ne vit pas dans ce quartier. Je veux une liste de noms. Et deuxièmement, tant que vous parlez aux gens, prévenez-les de ne rien ingérer dont ils ne connaissent pas la provenance. Ne rien mettre sur leur peau, dans leurs cheveux, dans leur bouche... nulle part sur leur corps. Et troisièmement, dites-leur d'essayer de faire de leur mieux pour s'occuper des personnes âgées de notre communauté. Il est évident que seules des femmes ont été ciblées jusqu'à présent, mais cela ne signifie pas que notre meurtrier ne va pas élargir son champ d'action.

— Oui, monsieur, dit Perrault en se dirigeant vers la porte.

— Maron, attends, j'aimerais vous dire un mot, dit Dufort.

Maron resta immobile et ne réagit pas.

— Je veux savoir si tu as d'autres raisons de penser que Claudette Mercier est impliquée dans cette affaire.

— Euh, je ne peux pas dire que j'ai vraiment du nouveau, mais j'aimerais vérifier s'il existe un lien entre Mercier et LaGreffe. Je sais que LaGreffe était plus âgée, pas une camarade de classe de Mercier, mais cela ne veut pas dire qu'il n'y a pas autre chose. Peut-être que Mercier est mécontente de vieillir, et qu'elle déplace toute cette peur et ce malheur sur ses victimes, comme si tuer pouvait, d'une certaine manière, ralentir son vieillissement, psychologiquement, je veux dire.

Dufort contourna son bureau et s'approcha de Maron.

— C'est probablement la théorie la plus idiote et la plus

invraisemblable que j'aie jamais entendue dans ce bureau. Laisse tomber, Maron, dit-il d'un ton ferme.

— Maintenant, sors et découvre qui était rue Saterne hier. Je veux un rapport de ta part, aussi minutieux et précis, que si nous avions des caméras de surveillance partout dans la rue. Tu me comprends?

— Oui, monsieur, dit Maron.

Ses sourcils noirs se froncèrent, lui donnant un air en colère. Il avait plus à dire, mais il eut le bon sens de savoir que ce n'était pas le moment. Il enfila son lourd manteau et suivit Perrault dans la rue enneigée.

CETTE FOIS, Molly apprit le dernier meurtre, non pas en tombant sur le corps ou par un SMS de Lawrence. Elle l'apprit à l'épicerie où elle était allée commander d'un pack de Perrier, tout comme Mme LaGreffe l'avait fait la veille. Plusieurs personnes dans l'épicerie parlaient de ce qui s'était passé, mais Molly ne s'arrêta pas pour connaitre les détails. Elle alla directement à la banque où travaillait Adèle, et, après avoir attendu à la réception, elle lui demanda si elle était libre pour déjeuner, car il y avait quelque chose d'important dont elle voulait lui parler.

Adèle regarda attentivement Molly, la tête penchée sur le côté. Elle aimait bien l'Américaine et appréciait sa compagnie, mais elle n'était pas sure de lui faire confiance. Une nouvelle amie n'avait pas encore fait ses preuves, rien à voir avec le genre d'amis avec lesquels on avait grandi, ou la famille. Elle semblait assez aimable, mais ce n'était pas absolument clair vers qui penchaient la loyauté de Molly; elle était amie avec Dufort, après tout. Adèle se décida à être un peu prudente, et de ne pas se laisser emporter par le bavardage énergique de Molly et de dire quelque chose qu'elle regretterait.

— Je peux vous retrouver pour déjeuner, dit Adèle en souriant.

— Saviez-vous qu'une petite boutique a ouvert à quelques pâtés de maisons d'ici? Peut-être pourrions-nous y faire un saut après manger, s'il nous reste du temps. J'espère que votre nouvelle... n'est pas mauvaise? Rien de trop grave?

Molly regarda Adèle d'un air perplexe. Elle n'avait aucune idée de ce que signifiait sa nouvelle, elle n'avait donc aucun moyen de répondre.

— Je vous verrai à 12 h 30, dit-elle maladroitement, et elle retourna dehors.

Elle avait une heure à attendre et elle la passa à errer dans les rues de Castillac, essayant d'apprécier la beauté du village sous sa fraiche couverture de neige. Mais elle ne pouvait pas bloquer sa nervosité, et même sa peur. Elle se disait qu'elle n'était pas dans la démographie visée par le tueur et qu'elle n'était pas en danger, mais la peur ne suit pas la logique. Il y avait un tueur à Castillac, son motif était inconnu, et Molly commençait à avoir de sérieux doutes sur ses nouveaux amis.

Elle voulait croire en Adèle et Michel. Mais sur quoi reposait cette amitié, après tout? Quelques rencontres éphémères au cours desquelles ils avaient ressenti une étincelle d'attirance et de convivialité? Ce n'était pas grand-chose. Ce n'était vraiment rien du tout, du moins, rien sur quoi elle pouvait compter. Elle n'avait pas vraiment idée du genre de personnes qu'ils étaient, au fond. Et elle savait que son passé était rempli d'exemples où elle s'était entichée de gens pour un petit trait de charme — une blague qu'ils avaient faite, ou une citation poétique appropriée — en ignorant les preuves de graves défauts de caractère.

La neige était mouillée et Molly sentait l'humidité pénétrer dans ses bottes, mais elle l'ignora. Sans y penser, elle se retrouva rue Simenon, en direction du manoir des Desrosiers. Elle regarda par-dessus le mur dans le jardin arrière vide. Pas d'empreintes dans la neige. La façade de la maison lui semblait un peu triste, comme si le bâtiment regrettait de ne plus avoir d'habitants. Un volet d'une fenêtre du rez-de-chaussée s'était détaché et pendait d'un côté. Les marches n'étaient pas déneigées. *C'est comme un beau tombeau*, pensa Molly en frissonnant.

Pourquoi diable Joséphine avait-elle abandonné Adèle ? Molly passa en revue toutes les raisons qu'elle pouvait imaginer pour qu'une mère choisisse d'abandonner son bébé, mais, d'après ce qu'elle pouvait constater, Joséphine ne correspondait à aucune d'entre elles. Elle resta un long moment à ressentir de la colère envers la défunte pour avoir abandonné ce que Molly désirait si profondément.

Tant de questions sans réponses.

L'heure était presque écoulée, et Molly retourna rapidement à la banque, regrettant de ne pas avoir pensé à une façon astucieuse de découvrir si Adèle savait qui était sa vraie mère.

— Joli sac, dit Molly, incapable de réprimer un sourire.

Le cuir était d'une teinte verte saturée et semblait doux comme les fesses d'un bébé.

Adèle haussa les épaules.

— Pas d'enfants, vous savez ? Je n'ai pas beaucoup de dépenses.

Molly prit une profonde inspiration. Elles ne démarraient pas du bon pied. Adèle était sur la défensive et cassante, et Molly devait déjà se retenir de lui poser une rafale de questions.

— Je meurs de faim, dit-elle.

— Et si on allait manger quelque chose avant d'aller voir cette boutique dont vous avez parlé ?

Adèle acquiesça. Elle avait mis des bottines imperméables, et les deux femmes sortirent.

— Il y a un petit endroit juste au coin de la rue où je suis allée plusieurs fois, dit Adèle.

— Une très bonne soupe, ça vous tente ?

— Parfait pour une journée enneigée, dit Molly, grimaçant intérieurement, de se retrouver, à nouveau, à parler de la météo.

Elles venaient à peine de s'assoir quand Molly éclata.

— Écoutez, je suis désolée si c'est gênant. Je ne... enfin, si, en fait... écoutez, Adèle. Je sais que je me suis probablement mêlée de ce qui ne me regarde pas. Mais je veux que vous sachiez que mes intentions étaient bonnes. Je veux dire, j'essayais de faire ce que je pouvais pour aider Michel, vous comprenez ?

— Non, dit Adèle, je ne comprends pas. Qu'essayez-vous de dire ?

Le serveur s'approcha puis recula en entendant l'intensité de la conversation.

— J'essaie d'expliquer que j'ai fait quelques recherches, dit Molly, en baissant la voix.

— J'ai entendu dire que votre tante avait eu un enfant mort-né, et cela m'a fait réfléchir... si la pire chose contre votre frère est qu'il est censé hériter de l'argent de votre tante, alors si quelqu'un d'autre devait hériter, ne serait-il pas libre de tout soupçon ? Donc, encore une fois, je sais que ce ne sont pas mes affaires, mais j'ai vérifié les registres à la mairie.

Molly espérait qu'Adèle l'interromprait pour lui dire que rien de tout cela n'était nouveau pour elle, mais Adèle ne dit rien. Son visage était impénétrable.

— Ce que j'ai trouvé, Adèle... il est indiqué sur votre acte de naissance que Joséphine Desrosiers est votre mère.

La paupière d'Adèle tressaillit, mais, à part cela, elle ne bougea pas ; elle ne parla pas.

— Je sais que c'était une terrible violation de la vie privée, dit Molly.

— Je pensais juste... si Michel n'héritait pas, alors la seule preuve que Dufort a contre lui s'évaporerait, vous voyez ? Je... je n'aurais jamais imaginé... Je n'avais pas l'intention de... Je suis désolée si cela vous cause de la peine. J'ai été choquée de voir les noms de Joséphine et Albert sur votre acte de naissance. Et je vois bien que cela complique les choses plutôt que de les résoudre.

Adèle ne bougeait pas et ne parlait pas, son regard dirigé vers la fenêtre.

— Adèle ? Parlez-moi !

Adèle murmura :

— Je ne pense pas pouvoir trouver les mots. Ses yeux se remplirent de larmes.

— Ce que vous me dites, c'est que toute ma vie a été basée sur... un mensonge...

— Eh bien, je ne sais pas si toute votre vie se résume à qui sont vos parents.

Molly posa sa main sur l'épaule de son amie, puis la retira.

— Mais oui, il semble certainement qu'il y ait eu quelques mensonges. Je ne comprends pas, et je suppose que j'espérais que vous seriez capable d'expliquer pourquoi votre famille a fait ce qu'elle a fait.

Adèle secoua la tête. Elle utilisa une serviette pour essuyer les larmes de ses deux yeux et prit une profonde inspiration.

— Ma mère a été une mère merveilleuse pour moi, dit-elle.

— Et je suppose que je devrais remercier Dieu de ne pas avoir eu à grandir en vivant avec l'horrible tante Joséphine.

Elle prit une profonde inspiration saccadée.

— Et maintenant que je suis censée hériter, je suppose que je serai la prochaine cible de l'enquête.

Molly fit signe au serveur, incapable d'attendre plus longtemps pour le déjeuner.

— Si vous n'aviez aucune idée de tout cela, je ne vois pas comment Dufort pourrait commencer à vous considérer comme suspecte pour son meurtre. Je ne pense pas que vous ayez à vous inquiéter de cela, bien que Molly s'inquiétait elle-même.

S'inquiétant que son ingérence n'ait fait qu'empirer les choses pour les personnes qu'elle essayait d'aider.

— Vous devriez hériter d'assez d'argent pour acheter n'importe quel sac à main au monde, dit Molly, essayant de voir le bon côté des choses.

— Je ne veux pas de l'argent de cette sorcière, murmura Adèle en se reculant de la table.

— Et si vous voulez bien m'excuser, je ne peux rien manger. Je dois trouver Michel.

— Adèle, je suis tellement désolée... dit Molly, mais Adèle s'était levée rapidement, sa serviette tombant sur le sol, et était déjà à mi-chemin de la porte.

❦ 38 ❦

Perrault dévalait la rue, glissant dans la neige. Pour une fois, elle avait accompli quelque chose de tangible ! Qui aurait pu deviner que la vieille Mme Tessier se révèlerait être la meilleure amie d'un gendarme ?

— Commandant ! cria-t-elle, un peu trop fort, en faisant irruption dans le bureau de Dufort.

— Je viens de parler à Madame Tessier, et je crois qu'on tient Michel Faure !

— Du calme, Thérèse, dit Dufort.

Sa voix était douce, mais son regard intense.

— Maintenant, dis-moi ce que Madame Tessier a raconté.

— Eh bien, vous savez qu'elle est la plus grande commère de tout Castillac. Elle s'assied sur son perron quand il fait chaud, et épie par sa fenêtre quand il fait froid.

— Oui, je sais tout ça, je l'ai vue et lui ai parlé assez souvent.

— Elle a vu Michel mercredi, marchant dans la rue Saterne. Il portait un sac en papier. Qu'il a déposé sur le perron de Madame LaGreffe !

Perrault s'était penchée de plus en plus en avant, mais, en

livrant la dernière phrase, elle se rejeta en arrière, triomphante, et frappa des paumes sur le bureau de Dufort.

Dufort passa la main sur sa coupe en brosse et réfléchit.

— Elle était sure que c'était Michel ?

— Aucun doute possible.

— Quel genre de sac ?

— En papier brun. Pas aussi grand qu'un sac de courses.

— Et elle l'a vu monter les marches de chez LaGreffe et y déposer le sac ? A-t-il sonné ?

— Non, elle ne pense pas.

Dufort se gratta l'oreille. Cela semblait accablant. Alors pourquoi ne se sentait-il pas satisfait ?

— Bon travail, Perrault. Allons lui parler.

— Il semblerait qu'un homme de trente-quatre ans devrait avoir quelqu'un d'autre à appeler que sa mère, dit Michel, après avoir été amené au poste par Perrault.

— Mais c'est comme ça, murmura-t-il pour lui-même en s'affalant sur une chaise.

— Je vais vous le dire d'emblée, vous allez penser que ma version des faits semble ridicule. Et honnêtement, ma vie en ce moment... *est* plutôt ridicule. Je suis au chômage depuis presque un an, je n'ai pas deux *centimes* à me mettre sous la dent, et pour une raison qui m'échappe, je n'arrive pas à me débarrasser de l'ombre du soupçon. Vous savez, j'avais un bon boulot à Paris, pendant un court moment, dans la publicité. Mais parfois, les choses... ne se passent pas comme on le voudrait, je pense qu'on peut tous en convenir ?

Perrault et Dufort le laissèrent parler, puisqu'il se sentait si volubile. C'était inhabituel pour les suspects, mais toujours bienvenu, car, invariablement, ils disaient des choses qu'ils regrettaient plus tard.

— J'ai l'impression d'avoir la pire des malchances, dit-il en haussant les épaules.

— Mercredi, juste avant la neige, j'étais rue Saterne. Et j'ai bien porté un sac et l'ai laissé sur le perron de Madame LaGreffe, tout ça est vrai. Mais le reste de l'histoire, c'est que je suis au chômage, comme je l'ai dit. J'ai beaucoup de temps libre, vous comprenez, alors je me promène beaucoup dans le village, et parfois plus loin. Comme ma tante vivait rue Saterne, j'ai marché dans cette rue des centaines de fois, et j'ai remarqué que Madame LaGreffe se fait livrer du lait tous les mercredis.

Peut-être que si mon allocation chômage était plus généreuse, je n'y aurais pas prêté attention. Mais le montant de l'aide est basé, comme vous le savez sans doute tous les deux, sur ce qu'on cotise au système au cours de sa vie active. Mais mon travail a été, eh bien... vous pensez que je pourrais avoir un verre d'eau?

Perrault se leva d'un bond pour lui en chercher un. Dufort resta décontracté, se penchant en arrière dans sa chaise avec une expression affable, comme s'ils se détendaient tous les deux dans son salon avant de regarder un match de foot à la télé. Quand Perrault revint avec l'eau, il garda le silence.

— Alors, où en étais-je? Ah oui. C'est embarrassant pour moi alors je vais être direct. Le fait est que j'avais faim. Je savais pour le lait de Madame LaGreffe le mercredi. Et de temps en temps, je m'arrangeais pour passer rue Saterne juste après la livraison pour le voler. Je ne savais même pas que les gens se faisaient encore livrer du lait, mais celui-ci est tellement frais et délicieux, c'est indescriptible. Je n'ai jamais bu de verres de lait de ma vie jusqu'à ce que je commence à prendre celui de Madame LaGreffe, mais vous comprenez, quand on a faim, on essaie de nouvelles choses. Le lait était particulièrement bon quand il faisait très froid, comme mercredi.

— Donc oui, je l'admets pleinement et honteusement, j'ai pris le lait. Me voilà, trente-quatre ans, en train de voler le lait d'une vieille dame! Je suis bien conscient, Commandant Dufort, que c'est un comportement répréhensible. Je ne le volais pas toutes les semaines, loin de là. Et j'essayais, à chaque fois que je le volais, de lui laisser quelque chose en compensation. Cette dernière fois, je lui ai apporté un sac de pommes de pin que j'avais ramassées. Je sais, ce n'est guère précieux, mais on peut les utiliser pour allumer des feux ou elles font une jolie décoration rustique pour la table. Michel haussa à nouveau les épaules.

Comment j'ai réussi à choisir le même jour où la pauvre Madame LaGreffe a été empoisonnée...

Il secoua la tête avec un demi-sourire ironique.

Tous les trois se retournèrent pour voir Murielle Faure entrer dans la pièce.

— Qu'est-ce que c'est que ces sottises? demanda-t-elle à Dufort.

Ses cheveux grisonnants étaient tirés en une queue de cheval serrée et elle portait une jupe en velours côtelé qui lui descendait jusqu'aux mollets. Perrault, qui n'était pas particulièrement portée sur la mode, grimaça à la vue de cette jupe, se demandant comment diable Adèle et Murielle pouvaient être de la même famille, vu leur approche diamétralement opposée en matière de vêtements.

— Bonjour, Madame Faure, dit Dufort.

— Nous discutons avec Michel, car on l'a vu déposer un sac sur le pas de la porte de Madame LaGreffe le jour où elle a été empoisonnée au cyanure. Le même poison qui a tué votre sœur.

— Eh bien, je ne sais rien à propos de poison ou d'une quelconque Madame LaGreffe, mais je peux vous affirmer que Michel, plus que quiconque, n'a absolument rien à voir avec quoi que ce soit d'illégal!

— Pouvez-vous nous dire comment vous pouvez en être si sure? demanda Perrault.

— Michel est mon fils. Je le connais au plus profond de lui-même, comme les mères connaissent leurs enfants. Michel est un garçon au grand cœur, il l'a toujours été. C'est la dernière personne sur terre qui ferait du mal à qui que ce soit.

Dufort pencha la tête sur le côté et attendit de voir si Murielle allait continuer à parler.

— Maman, autant te le dire, puisque je viens de l'avouer au Commandant : il m'arrivait de voler le lait de Madame LaGreffe. Je sais, c'est très embarrassant. Mortifiant, même. Ç'aurait été tellement mieux si j'avais trouvé une façon plus glamour d'enfreindre la loi, quelque chose qui ferait au moins une meilleure histoire.

— Oh, Michel, dit Murielle en allant l'embrasser sur la tête.

— Tu ne sais donc pas que tu peux toujours rentrer à la maison pour un repas si les choses deviennent difficiles ? Toujours.

Murielle se tourna vers Dufort.

— Vous voyez ? Bien sûr, s'il doit payer une amende ou quoi que ce soit, je suis plus que disposée à m'en occuper. Mais son crime est un petit larcin, pas un meurtre.

Dufort hocha la tête.

— Et Madame Faure, puisque vous êtes là, peut-être puis-je vous demander : qui pensez-vous qui a assassiné votre sœur, si ce n'est pas Michel, qui est le principal bénéficiaire de son testament ?

Murielle eut un hoquet de surprise.

— J'ignorais que Joséphine avait fait une disposition en sa faveur.

Elle embrassa à nouveau Michel sur la tête.

— C'est adorable de sa part d'avoir fait cela, d'autant plus que nous n'étions pas très proches, elle et moi. Mais je sais qu'elle aimait beaucoup Michel et je suis si heureuse qu'elle ait montré son affection de cette manière.

— Mais vous voyez le problème, Madame Faure ? Cet héritage donne à votre fils le seul mobile pour la tuer que nous ayons pu trouver ?

— Commandant Dufort ! Michel…, il n'est pas capable de faire quoi que ce soit !

— Peut-être que j'ai fait quelque chose. Pour une fois, marmonna Michel, presque inaudiblement, mais Perrault l'entendit.

— L'arrêtez-vous ? Parce que, sinon, j'aimerais ramener mon garçon à la maison et lui préparer un bon diner. Pour autant que je sache, c'est la solution à tout crime commis par Michel. Il n'y a rien qu'un bon repas ne puisse résoudre.

— Non, nous ne le retenons pas, dit Dufort à contrecœur.

— Il est libre de partir. Mais Michel, j'écouterais votre mère si j'étais vous. Si vous n'avez pas assez à manger, acceptez son offre et laissez les habitants de Castillac tranquilles, *vous comprenez* ?

Les Faure partirent bras dessus bras dessous, bien que Michel n'eût pas l'air disculpé. Il jeta un regard en arrière à Perrault et elle lui sourit.

— Alors, qu'en penses-tu ? lui demanda Dufort.

— Elle le traite comme un enfant.

— Oui. Un mélange d'adoration et de mépris, n'est-ce pas ?

Perrault acquiesça. Puis, elle raconta à Dufort qu'elle avait entendu Michel marmonner quelque chose à propos d'avoir « fait quelque chose, pour une fois ». Les deux gendarmes s'interrogèrent à ce sujet, mais le sens restait obscur.

❦   39   ❦

Vendredi matin, Molly et Frances prirent leurs tasses de café pour se réchauffer les mains et firent le tour du jardin givré. La neige avait à moitié fondu, mais elle persistait encore là où le soleil n'avait pas frappé, et Molly pouvait facilement voir l'ombre de chaque chose, bon à savoir pour planifier ce qu'elle allait planter, bien que, ce matin-là, elle était trop distraite pour y prêter beaucoup d'attention.

— J'ai décidé de le dire à Ben, dit-elle en s'arrêtant près d'un chêne qui n'avait pas encore lâché ses feuilles brunes.

— Je ne sais pas, dit Frances.

— Ne devrait-il pas découvrir ce genre de choses par lui-même ? Pourquoi devrais-tu faire tout le travail ?

— Tu dis ça comme si c'était une corvée. *J'aime* découvrir des choses. Et puis, je veux que celui qui a tué ces deux femmes soit mis en justice autant que n'importe qui ! Pas toi ?

— Eh bien, tu ne vas pas me faire prendre le parti du meurtrier, rit Frances.

— Je suppose que je ne comprends pas vraiment en quoi savoir qui est ou n'est pas la mère d'Adèle changerait quoi que ce soit à l'affaire.

— Je ne sais pas non plus, dit Molly.

— Étant donné que c'est un si grand secret que même Adèle et Michel ne le savent pas.

— Peut-être que tu cherches juste une excuse pour consulter le beau policier, dit Frances.

Molly se pencha et posa sa tasse de café par terre, puis ramassa une poignée de neige mouillée et la lança sur elle, la frappant juste à l'arrière du cou de sorte que la neige dégoulina dans sa chemise.

— Tu vas me le payer, Molly Sutton ! cria Frances en courant vers un bon tas de neige.

Molly poussa un cri et rentra à l'intérieur. Elle et Frances adoraient parfois se comporter comme des gamines de huit ans. Elle remplit à nouveau sa tasse de café et alla s'habiller. C'était un peu vrai ; elle aimait voir Ben et travailler avec lui sur des affaires. Mais il était également vrai que cette histoire de mensonge sur la filiation des bébés méritait une enquête plus approfondie, et plus elle y pensait, moins elle doutait que Ben devait être au courant.

C'était peut-être une trahison envers son amie. Mais la vérité était la vérité, et Adèle allait devoir l'accepter d'une manière ou d'une autre. Le fait que Molly continue à garder le secret n'allait pas la protéger de cela.

— Molly ! Bonjour, dit Dufort en se levant de son bureau.

— Bonjour, Ben. Je me demandais si tu avais un moment ?

— Bien sûr. Dufort la fit entrer dans son bureau et alla fermer la porte.

— Qu'est-ce qui te préoccupe ?

— Probablement rien. Mais j'ai découvert quelque chose que je pensais que tu devrais savoir.

Elle s'assit.

Dufort s'approcha de Molly et s'assit à moitié sur le bord du bureau. Il admirait la façon dont ses cheveux roux s'échappaient de son chapeau en une masse ébouriffée par le vent.

— Oui ?

— Eh bien, j'ai entendu dire que Joséphine Desrosiers avait eu un bébé, un bébé mort-né. Tu étais au courant ?

Dufort secoua la tête.

— Ça se serait passé... dans les années soixante ou soixante-dix ?

Molly hocha la tête.

— C'était en 1966, pour être exacte. Alors je me suis dit, eh bien, j'ai entendu parler de la différence entre les lois sur l'héritage en France et aux États-Unis. Tu vois, les Américains peuvent léguer n'importe quoi à n'importe qui, ou pas. Ils peuvent léguer une fortune à leur chat désagréable et laisser les enfants sur la paille, s'ils le veulent.

— Pas en France. Les enfants sont protégés par la loi.

— C'est ce que j'avais compris. Alors je me suis dit : et si le bébé de Joséphine *n'était pas* mort-né ? S'il ou elle était vivant, alors la plus grande part de l'argent des Desrosiers irait à cet enfant, quoi que Joséphine ait pu vouloir, n'est-ce pas ?

— Je pense que oui, dit Dufort en regardant attentivement Molly.

— Est-ce que c'est pour essayer de disculper Michel Faure ?

— Non. Enfin, oui, en quelque sorte. J'ai commencé à suivre cette piste en pensant que s'il n'héritait pas, son mobile disparaissait. Mais ensuite, j'ai réalisé que tant que Michel croyait être le bénéficiaire, la vérité sur l'enfant de Desrosiers n'avait pas vraiment d'importance. Du point de vue du mobile, je veux dire. J'ai quand même suivi la piste, parce que j'étais curieuse.

— Et qu'as-tu trouvé, Molly ?

Elle lui raconta.

Une fois de plus, Benjamin Dufort se trouvait totalement déconcerté par les actes des gens. Lui et Molly passèrent plusieurs minutes à convenir que cela n'avait aucun sens. Ils se demandèrent si les bandes de papier sur les noms corrigeaient en fait une erreur. Et finalement, ils conclurent qu'il y avait eu une raison pour laquelle les Desrosiers avaient donné leur bébé à la sœur de Joséphine, puis l'avaient dissimulé, mais ils n'en avaient strictement aucune idée.

— Je te le dis, je ne suis pas moins enclin à penser que Michel est impliqué dans le meurtre. Peut-être que lui et sa sœur l'ont planifié ensemble ? Nous l'avons fait venir pour une conversation ce matin, et il a admis avoir laissé un sac sur le pas de la porte de LaGreffe le jour de sa mort. Il a été vu en train de le faire par Madame Tessier qui habite deux portes plus loin, rue Saterne, donc il n'y avait pas grand intérêt à le nier. Il avait une histoire ridicule à propos de pommes de pin qu'il lui aurait laissées.

Dufort secoua la tête.

— Je sais que Joséphine Desrosiers n'était pas une femme très appréciée. Mais dans un cas comme celui-ci, c'est dans la famille qu'il faut chercher le meurtrier, Molly. C'est dans la famille que les émotions sont les plus profondes, et la douleur parfois insupportable.

— Je ne savais pas que tu avais une vision si rose de la vie de famille, dit Molly.

— Heh. Eh bien, laisse-moi mal citer Tolstoï : *les familles heureuses, c'est bien beau, mais, quand les familles deviennent malheureuses, c'est là que les gendarmes pourraient intervenir.*

Molly éclata de rire, puis elle reprit son sérieux.

— Mais Ben, il y a d'autres possibilités. As-tu vraiment pu t'assurer que ce n'était absolument pas Sabrina, par exemple ? J'ai entendu dire que Desrosiers la traitait horriblement. Et que dire du petit ami de Sabrina, ce type politique bouillant ? Il aurait pu la tuer pour des raisons idéologiques tout simplement, sans parler de la façon dont elle traitait sa petite amie.

Dufort haussa les épaules.

— Es-*tu* convaincue que l'un d'eux l'ait fait ? demanda-t-il doucement.

Elle marqua une pause avant de poursuivre.

— Mais Michel et Adèle..., je ne *veux* tout simplement pas qu'ils aient fait ça! Et vous dites qu'ils ont aussi tué Madame LaGreffe, pour couvrir le premier meurtre? C'est tellement pire, n'est-ce pas? Quand est-ce que ça va s'arrêter?

— Quand j'aurai les preuves pour les arrêter, dit Dufort.

Ils baissèrent tous deux les yeux vers le sol, se demandant comment, et quand, et si cela allait se produire.

~ 40 ~

Adèle était si bouleversée par la révélation de Molly qu'elle
ne retourna pas à la banque. Après être restée dehors dans
le froid, essayant de se calmer et de réfléchir à ce qu'elle allait
faire ensuite, elle marcha jusqu'à la maison de sa mère. La
meilleure chose à faire aurait probablement été d'attendre, de
réfléchir, peut-être d'aller elle-même à la mairie pour consulter les
registres. Mais parfois, la meilleure chose à faire n'est pas la plus
urgente, et ce qu'Adèle devait faire le plus rapidement possible,
c'était regarder sa mère dans les yeux et lui demander si c'était
vrai.

Sa vraie mère avait-elle été Joséphine? Et si oui, pourquoi
Joséphine l'avait-elle abandonnée? Et pourquoi diable sa sœur
était-elle celle qui l'avait prise?

Cela n'avait aucun sens. Peu importe sous quel angle Adèle
essayait de l'aborder, cela n'avait aucun sens. Elle voulait courir
vers Michel, mais que pouvait-il faire? La seule chose à faire était
de confronter sa mère et de voir sa réaction, puis d'espérer qu'elle
soit disposée à tout expliquer.

En attendant, Adèle avait l'impression que son monde avait
dangereusement basculé, comme si elle avait perdu l'équilibre et

qu'elle glissait d'un côté, se raccrochant à peine, pour basculer de l'autre ; ses pensées s'entrechoquaient dans sa tête, incohérentes, et son cœur battait la chamade.

Elle voulait rentrer chez elle pour parler à sa mère, et aussi pour retrouver l'environnement familier de son enfance. La maison était toujours la maison, presque inchangée ; les odeurs et les sons étaient les mêmes, le motif du papier peint et les appareils électroménagers, l'endroit grinçant dans l'escalier... tout était pareil. Elle avait d'innombrables souvenirs heureux de leur trio, sa mère, Michel et elle, riant du dernier désastre culinaire de sa mère, ou fabriquant des fourmilières, ou, moins joyeusement, travaillant dans le jardin sous la stricte supervision de sa mère.

Adèle aimait Castillac et n'avait jamais eu envie de vivre ailleurs, mais en même temps, elle s'était sentie à l'écart du village, aussi loin qu'elle s'en souvenait. À l'école, elle était la fille qui boitait. Mais à la maison, avec Maman et Michel, elle était juste Adèle, et leur proximité rendait toujours ses difficultés plus faciles à supporter.

Quand elle arriva à la maison, elle la regarda d'un œil différent. Elle semblait délabrée et terne. Les fenêtres étaient sales, et un tas de cartons encombrait le petit porche d'entrée. Adèle fit le tour par l'arrière où elle pêcha une clé sous une pierre, et entra par la porte de derrière, dans la cuisine.

— Maman ! appela-t-elle, bien qu'elle sût qu'il était trop tôt pour que sa mère soit rentrée du lycée.

Néanmoins, le silence semblait triste, pas paisible.

— Michel ! cria-t-elle, sachant qu'il n'était pas là ; il ne venait jamais chez Maman à moins qu'Adèle n'y soit aussi.

Comme elle l'avait fait tant de fois auparavant, Adèle erra dans la maison, effleurant du bout des doigts des objets familiers : des piles de livres, un vieux vase, un bol en poterie bancal qu'elle avait fait pour sa mère quand elle était en primaire, une pile de torchons imprimés avec des poires. Le seul bruit était celui de ses pas sur le plancher en bois. C'était si calme qu'elle prit conscience de sa propre respiration, un peu bruyante à cause d'un petit rhume, et jamais elle n'avait autant souhaité avoir un chien dans cette maison, quelque chose qu'elle avait supplié d'avoir, mais sans jamais réussir à convaincre sa mère.

Elle dériva dans la chambre de sa mère. Elle semblait dépouillée : un lit simple avec un cadre en fer, une armoire bon marché avec un miroir terni sur l'une de ses portes. Adèle se regarda. Elle porta une main à son visage et toucha les rides qui commençaient tout juste à apparaitre aux coins de ses yeux et de sa bouche. Elle vit qu'elle avait l'air fatiguée et plus âgée qu'elle ne s'y attendait, et que son maquillage n'avait pas tenu toute l'après-midi.

Qui suis-je maintenant ?

Elle ne pouvait s'empêcher de s'interroger sur la chambre de Joséphine, et ressentit un désir vif et soudain d'aller au manoir de la rue Simenon pour voir par elle-même.

Adèle s'assit sur le lit de sa mère, ou de sa tante, elle n'était pas tout à fait sure, et pleura. Elle mit son visage dans ses mains et se laissa submerger par sa tristesse et sa confusion, son corps tremblant, son souffle haletant. Et puis la rafale passa, et elle se leva pour chercher un mouchoir ou un tissu pour s'essuyer le visage.

Elle n'aurait su dire pourquoi elle fut au bureau de sa mère pour chercher, car, si elle y avait réfléchi, ce n'était pas l'endroit où trouver des mouchoirs. Mais, reniflant, elle s'assit au bureau de sa mère, où Murielle avait fait ses plans de cours pendant toutes les années de l'enfance d'Adèle. Cela lui semblait un peu étrange de s'assoir à la place de Maman, et elle s'attendait à moitié à ce qu'elle entre et lui demande ce qu'elle faisait là. Adèle réalisa que le bureau avait été en quelque sorte ensorcelé, une frontière tacite qu'elle et Michel ne devaient pas franchir.

Adèle ouvrit le tiroir du haut et y trouva quelques tubes à essai et des marqueurs à pointe-feutre. Il n'y avait qu'un seul autre tiroir. Il était bourré de papiers de toutes sortes ; Adèle les feuilleta et vit des relevés bancaires, des factures de services publics, et ainsi de suite, tous classés par date. Sous les papiers administratifs se trouvait une pile de lettres, et Adèle n'hésita qu'un instant avant de sortir la première de son enveloppe et de la lire.

Ma belle, commençait-elle. Les yeux d'Adèle s'écarquillèrent. Sa mère avait-elle eu un amant, un petit ami? Si c'était le cas, elle n'en avait jamais entendu parler.

Ma belle,

Je sais qu'aucun mot n'est assez puissant pour exprimer mon regret, et qu'aucun mot n'est assez magique pour effacer la douleur que j'ai causée. Ou peut-être qu'il y en a et je suis trop maladroit pour les trouver. Sache que tu m'es la plus chère et le resteras pour toujours.

La lettre n'était pas signée. Adèle lut les autres, et elles disaient plus ou moins la même chose, implorant le pardon pour un acte non mentionné. La dernière lettre était dans une enveloppe vierge, et, en la dépliant, elle reconnut l'écriture de sa mère.

Albert,

Tu m'appelles par de beaux noms, tu dis « ma belle », mais tes actes ne sont pas beaux du tout. J'aurais dit que ma sœur ne te méritait pas, mais, maintenant que je perçois clairement ton caractère, je pense que je me suis surement trompée.

Je ne souhaite pas paraitre obstinée, mais, tout ce que je peux dire, c'est que tu as fait le choix que tu as fait, et c'est à toi que revient le fardeau d'y faire face, désormais. Je serais triste, mais je crains que ta conduite n'ait changé mon cœur en pierre.

M.

Adèle resta assise longtemps avec la lettre sur ses genoux. La maison était froide et elle frissonnait. Elle avait l'impression d'avoir soulevé un couvercle et, que toutes sortes d'horreurs s'en étaient échappées, une véritable boite de Pandore — elle ne les voyait toujours pas clairement, ne comprenait pas vraiment — mais elle savait avec certitude que tout avait changé maintenant, et ce n'était pas un changement pour le mieux.

IL FAISAIT sombre et Maman n'était pas rentrée. Parfois, un évènement ou une réunion à l'école la retenait. Parfois, elle était dehors dans les fossés et les bois à collecter des choses pour ses cours de sciences. Le désir de la confronter s'était estompé comme un feu qui s'éteint, et Adèle se tenait à la fenêtre à l'attendre, figée, sans savoir quoi faire ensuite.

Donc elle ne pouvait pas avoir Albert, pensa Adèle. *Et alors? Les gens ont le cœur brisé tout le temps.*

Peut-être pas par leurs sœurs.

Adèle soupira profondément, essayant de calmer son esprit agité. Et Michel? L'a-t-elle tellement gâté qu'il fait maintenant tout ce qu'elle lui demande? Même jusqu'au meurtre?

Non. Non, Maman m'a gâtée aussi, se rappela Adèle. *Elle m'a généreusement fait devenir la fille la mieux habillée de tout le village. Et toutes ces soirées à m'aider en chimie, les piqueniques dans les bois qu'elle nous faisait faire, les parties d'échecs...*

Mais quand même. Elle avait cette horrible inquiétude lancinante que Michel... que Maman et Michel... auraient-ils pu...

Adèle alla dans l'entrée où elle avait laissé son sac et sortit son téléphone portable. Elle hésita, ne sachant pas qui appeler.

Elle choisit Molly.

— Salut. Je suis désolée de vous déranger, dit-elle quand Molly répondit.

— Quelquc chose... Je suis à la maison, chez Maman. J'ai trouvé des lettres. On dirait qu'il y a eu quelque chose entre Oncle Albert et ma mère, je ne comprends pas tout à fait ce qui s'est passé. Mais Molly...

Molly attendit, tous ses sens en alerte. Doucement, elle suggéra :

— Vous voulez m'en lire un peu?

Adèle hocha la tête et retourna au bureau de sa mère, mais

évita de s'assoir sur sa chaise. Elle sortit le paquet et lut à Molly celle qui était de l'écriture de sa mère.

— Quand je suis arrivée à la ligne « *mon cœur s'est changé en pierre* », je... je... un frisson glacé m'a envahi la poitrine. J'ai peur, Molly. C'est comme si un abime s'était ouvert juste devant moi et...

—Je comprends. Vous avez une voiture ?

— Non, non, je marche partout. Même pas Maman...

— D'accord, écoutez-moi, dit Molly.

—Je veux que vous suiviez mes instructions, d'accord ? Je veux que vous quittiez la maison, tout de suite, pendant que je vous parle.

— Mais Molly...

— Adèle, ce n'est pas sûr là-bas. Pas maintenant. Je veux que vous preniez ces lettres et que vous quittiez la maison, et que vous marchiez vers le nord dans cette même rue. Il n'y a pas un café à quelques pâtés de maisons ?

— Oui, mais...

— Retrouvez-moi là-bas. Je pars maintenant. S'il vous plait, Adèle.

&.

FRANCES ÉTAIT dans le cottage et Molly décida de lui laisser un mot plutôt que de prendre le temps d'expliquer. Elle enfila rapidement un manteau et un chapeau et partit pour le village. C'était une assez longue marche jusqu'à la maison de Murielle, et Molly regretta d'avoir repoussé l'achat d'une voiture.

Elle avait peur pour son amie. Elle ne comprenait pas mieux qu'Adèle ce qui s'était passé entre les Faure et Albert Desrosiers, mais elle était certaine que quoi que ce soit, cela avait tout à voir avec le meurtre de Joséphine. D'après ce que Molly avait vu, Murielle semblait être une mère dévouée et une enseignante dédiée, et elle *l'était*, ce qui était déroutant.

Mais quand Adèle avait lu la lettre, Molly avait aussi ressenti ce coup de poignard glacé dans la poitrine. Et elle pensait, étant donné le nombre limité de suspects possibles dans l'affaire, que tous les signes pointaient désormais directement vers Murielle Faure.

La nuit était particulièrement froide, dans un mois qui avait été bien plus froid que n'importe quel décembre dans les souvenirs de tous. Molly remonta son écharpe jusqu'à son nez et enfonça ses mains dans ses poches, marchant aussi vite qu'elle le pouvait. Quelques personnes étaient dehors, dans les rues, mais la plupart des habitants de Castillac étaient à l'intérieur, se préparant à diner. Molly capta quelques odeurs délicieuses en passant devant certaines maisons, un mélange de viande rôtie et de buches de pin qui brulaient.

Devait-elle appeler Dufort? Elle sortit son téléphone, mais décida que non. Elle n'avait encore aucune preuve, aucune évidence que Murielle avait fait quoi que ce soit à part, peut-être, avoir eu le cœur brisé. Mais en même temps, quand Adèle lui avait lu ce que Murielle avait écrit, Molly avait pensé : *elle a tué sa sœur.* Et puis c'est tout. La rage froide dans la lettre était apparue avec une clarté absolue, et Molly ne pensait pas une seconde que Murielle avait pu surmonter l'injustice dont elle écrivait à Albert.

Molly était contente que les rues ne soient pas vides. Dans un moment de si grand stress, elle voulait être entourée d'autres personnes, de gens riants et normaux, vaquant à leurs occupations ordinaires. Leur présence était comme un baume pour ses nerfs. Car si Murielle avait tué Mme LaGreffe pour dissimuler le premier meurtre, qu'est-ce qui l'empêcherait de tuer à nouveau, pour la même raison? Toute personne liée aux Faure était potentiellement en danger.

Et c'était sa principale pensée alors qu'elle marchait aussi vite que possible vers la maison de Murielle Faure.

❧ 41 ❧

Le café situé à quelques pâtés de maisons de chez Murielle était ouvert, mais il n'y avait aucun signe d'Adèle. Molly sentit un coup dans le creux de son estomac, même si elle ne s'attendait pas vraiment à ce qu'Adèle suive ses instructions. Elle se rendit à la maison des Faure, apercevant une lumière allumée à un pâté de maisons. Le trottoir était glacé et elle n'osait pas courir.

Enfin, Molly atteignit la maison et monta les marches du perron. Sa main était levée, s'apprêtant à saisir le heurtoir, quand elle se ravisa et la laissa retomber. Elle redescendit sur le trottoir et essaya plutôt de regarder par la fenêtre du salon, voulant savoir si Murielle était à l'intérieur avant de faire irruption.

Elle ne vit personne. Mais elle entendit des voix qui s'élevaient, elle entendit des pleurs, elle entendit Adèle ; elle ne pouvait pas distinguer ses mots, mais le ton de sa voix était comme une corde d'acier tendue à l'extrême, sur le point de se rompre.

Molly se faufila sur le côté de la maison, priant pour qu'aucun voisin ne la regarde. Une lumière était allumée dans la cuisine, et la fenêtre était en hauteur, ce qui permit à Molly de s'accroupir pour ne pas être vue, et de s'approcher le plus possible. Les murs de la petite maison n'étaient pas épais et, après avoir repris son souffle, elle commença à pouvoir comprendre une partie de ce que la mère et la fille se disaient.

— Tu dois comprendre. Je n'avais pas le choix. Je ne pouvais pas la laisser me l'enlever aussi.

— Pas le choix? Tu plaisantes? Personne ne t'a forcée à tuer qui que ce soit, Maman!

Molly sortit son téléphone et appela Ben.

DUFORT ARRIVA EN VOITURE, sans sirène, au moment où Maron se garait avec le scouteur. Molly les vit arriver et courut vers eux.

— C'est Murielle, c'est elle la meurtrière, dit-elle à bout de souffle, dans un murmure.

—Je l'ai entendue plus ou moins l'avouer à Adèle. Cuisine, dit-elle en montrant l'arrière de la maison.

— Couvrez l'arrière, dit Dufort à Maron.

Puis il sourit sombrement à Molly.

— Et si tu allais attendre au café?

Molly le regarda d'un air incrédule. À moins qu'une fusillade n'éclate, il n'y avait aucune chance qu'elle parte, sauf s'il l'y forçait physiquement.

—Je peux peut-être aider, dit-elle.

— Tu sais qu'Adèle et moi sommes amies. Son monde entier vient d'être bouleversé. Laisse-la au moins avoir une alliée.

Dufort réfléchit une fraction de seconde, puis hocha la tête et monta les marches du perron de la petite maison.

— Reste silencieuse, lui dit-il avant de soulever le heurtoir et de frapper fort.

Pas de réponse. Molly crut entendre des voix, mais elle n'était pas sure. Dufort essaya la poignée et la porte était déverrouillée.

— Pas un mot, prévint-il à nouveau Molly en entrant.

La lumière était faible et tout semblait encore plus misérable à cause de cela. Dufort se déplaça silencieusement dans le couloir en direction des voix, Molly le suivait. Il s'arrêta pour écouter.

— Eh, elle était vieille! Peut-être regrettable, mais comme je l'ai dit, je n'avais pas le choix, disait Murielle à Adèle.

— Non, Maman, dit Adèle, d'une voix faible, non.

Dufort entra dans la cuisine, Molly sur ses talons. Murielle serrait Adèle dans ses bras, mais les bras d'Adèle pendaient le long de son corps.

— Bonsoir, Madame Faure, dit Dufort, d'une voix calme et amicale.

— Adèle, ajouta-t-il en lui faisant un signe de tête.

— Si cela ne vous dérange pas trop, j'aimerais avoir un mot. Avec vous deux en fait.

Molly s'émerveilla de la voix de Ben, dont le ton était si doux qu'il la berçait presque. Il avait l'air si peu menaçant, si gentil et serviable, comme s'il parlait à un animal craintif.

— J'ai dit tout ce que j'avais à dire plus tôt aujourd'hui, dit Murielle, lâchant Adèle et se redressant.

Son visage semblait gris et tiré, trahissant peut-être moins d'aisance d'esprit qu'elle ne voulait le montrer.

— Michel a peut-être fait quelques erreurs, mais il n'a certainement pas fait ces choses dont vous l'accusez. Maintenant, je m'apprête à préparer un souper tardif pour ma fille et moi. S'il y a autre chose, je suis certaine que cela peut attendre jusqu'au matin.

— J'ai bien peur que non, dit Ben, sa voix toujours apaisante.

— Je ne suis pas ici pour Michel. Ce qui m'intéresse, c'est votre version de l'histoire, Murielle. Dans le village, tout le monde connait l'histoire d'Albert Desrosiers et de son invention. Tout le monde sait comment votre sœur l'a épousé avant qu'il ne soit riche, et a fini par vivre dans la plus belle maison de Castillac. Un manoir, en fait, n'est-ce pas? Mais peut-être que la maison n'a aucune importance dans l'histoire. Ce qui compte, c'est vous, Murielle Faure, dont l'histoire n'a pas été racontée.

Molly retint son souffle.

Adèle regarda sa mère, s'attendant à ce qu'elle coupe Dufort dans son élan.

Mais Murielle ne le fit pas. Des larmes brillaient aux coins de ses yeux.

— Je ne pouvais pas la raconter, pendant toutes ces années, dit-elle d'une voix basse et brisée.

— J'essayais de protéger Adèle.

Adèle la regarda d'un air vif.

— Moi ? En quoi garder tous ces secrets était-il censé être bon pour moi ?

— Tout ce que je voulais, c'était que tu aies une bonne vie, une vie décente, murmura Murielle.

Les autres attendirent qu'elle continue, mais elle baissa la tête et ne parla pas.

— Ma mère a tué Joséphine, dit Adèle à Dufort, d'une voix ferme.

— D'après ce que je peux comprendre, elle a un tas de raisons et d'excuses pour ce qu'elle a fait, mais elle m'a avoué qu'elle l'avait fait. Oh, et attendez, au cas où vous ne l'auriez pas entendu, Murielle n'est pas ma mère.

Alors, pour résumer la situation correctement, la femme qui a prétendu être ma mère a tué ma vraie mère. Je sais, tu devrais peut-être prendre des notes, ça devient très compliqué !

Adèle rit durement, un son que Molly ne l'avait jamais entendue faire.

Dufort tendit la main et toucha Murielle sur le bras.

— Je le pensais vraiment. Je veux entendre votre version de l'histoire, Murielle. Pourriez-vous nous en dire un peu plus ?

Elle leva les yeux vers Dufort avec gratitude, comme s'il lui offrait de l'eau après qu'elle ait rampé à travers un désert.

Adèle s'assit sur une chaise et croisa les bras.

— Oui, allons-y, Maman. Raconte-nous tout sur la pauvre, pauvre toi et comment tu n'avais pas d'autre choix que de partir dans une frénésie meurtrière! Parce que, n'oublions pas, ce n'est pas seulement ta sœur que tu as décidé de tuer, il y a aussi Madame LaGreffe que tu ne connaissais même pas. Et Madame Arbogast — pas très malin de choisir la mère d'une infirmière, n'est-ce pas?

— Molly, pourriez-vous emmener Adèle dans le salon un moment? demanda Dufort.

Molly acquiesça, craignant dire un seul mot. Elle posa ses doigts sur le coude d'Adèle et le tira doucement, lui lançant un regard encourageant. Adèle dit « D'accord », ce qui signifiait que ce n'était pas du tout *d'accord*, et descendit le couloir avec Molly.

Dufort regarda Murielle dans les yeux, voyant sa douleur.

— Ce que vous devez comprendre, dit-elle doucement, c'est que je l'aimais. Je n'ai jamais cessé de l'aimer, même après...

Dufort hocha la tête, devinant qu'elle parlait d'Albert, mais sans en être tout à fait sûr.

— Nous venions de commencer une relation, poursuivit Murielle.

— C'était dans les années 60, vous comprenez, une autre époque. Une période de bouleversements, comme vous êtes trop jeune pour vous en souvenir. Personne ne savait pour Albert et moi. Nous étions timides. C'était notre propre plaisir privé, tomber amoureux, et le garder secret pour que personne ne se moque de nous. Nous n'étions pas des enfants, vous savez. J'enseignais déjà au lycée, et Albert travaillait comme électricien. Il avait trente-trois ans et n'avait jamais été marié. Je ne crois pas qu'il ait eu de petites amies, pas avant moi.

— C'est la science qui nous a réunis, voyez-vous. Il faisait toujours des inventions, apprenait par lui-même l'ingénierie élec-trique — si ambitieux, Albert! Et je faisais la même chose dans mon jardin, en élevant des roses et en faisant d'autres expériences botaniques... nous avions beaucoup en commun, donc ce n'est pas surprenant que nous nous entendions si bien. Mais (et Murielle regarda intensément Dufort et son visage se durcit) il y avait aussi beaucoup de passion en plus des intérêts partagés. Je l'aimais sans réserve.

Dufort lui accorda toute son attention.

— Oui, dit-il très doucement.

— Mais ensuite Joséphine... Joséphine l'a découvert. Si elle s'était simplement moquée, ça aurait été une chose. Mais non. Joséphine ne pouvait pas supporter l'idée que je trouve le bonheur. Elle... elle l'a *séduit*, cracha Murielle.

— Et bien pire, elle est tombée enceinte de son enfant. Réfléchissez un instant, Commandant Dufort! Je sais que vous n'avez pas d'épouse, pas d'enfants, peut-être que vous n'en voulez pas, peut-être que ce genre de chose vous semble seulement sordide et sans intérêt. Mais pouvez-vous essayer d'imaginer, ce que ça fait, d'avoir ma sœur, ma sœur détestée entre toutes, enceinte de l'homme que j'aimais? L'homme qui m'avait juré son amour?

Murielle fit une pause.

— *Juré*, dit-elle avec sarcasme.

Comme si ses mots avaient la moindre importance.

Et puis, si vite qu'elle était presque floue, Murielle bondit vers la porte de derrière et se glissa dehors. Dufort ne l'avait pas vu venir et sa réaction fut trop lente.

— Maron! cria-t-il.

Molly et Adèle accoururent depuis l'avant de la maison; en fait, depuis le couloir où elles faisaient de leur mieux pour écouter aux portes.

Elles trouvèrent la porte de derrière ouverte et la cuisine vide, et les deux gendarmes qui criaient l'un sur l'autre dans le froid obscur du jardin enneigé.

Dufort et Maron se séparèrent pour fouiller le quartier à pied. Dufort ordonna à Molly de ramener Adèle chez elle, et il parla avec une telle autorité que Molly ne discuta pas.

Elles parlèrent à peine en marchant vers La Baraque. Il faisait froid, mais elles le remarquaient à peine. Après environ quinze minutes, le boitement d'Adèle s'était visiblement aggravé ; Molly eut envie de la soulever et de la porter le reste du chemin, mais elle savait qu'elle n'était pas assez forte pour le faire, même si Adèle l'auvait laissée faire, ce dont elle doutait fortement.

À mi-chemin, Molly envoya un message à Frances pour l'informer qu'elles arrivaient, mais elle ne mentionna pas Murielle. Elle était en état d'hypervigilance, sursautant au moindre bruit soudain, craignant que Murielle ne surgisse de l'ombre à tout moment, même si elle savait que c'était peu probable. Mais son corps ne semblait pas s'intéresser aux probabilités, son cœur battait la chamade et ses mains étaient moites. D'après ce qu'elle avait pu entendre dans le couloir, Murielle avait complètement perdu la tête, et qui sait de quoi elle pourrait être capable ? Si elle avait pu assassiner l'innocente Mme LaGreffe, pourquoi ne pas tuer Molly et Adèle, qui avaient été témoins de sa confession ?

Molly avait un million de questions à poser à Adèle, mais, comme celle-ci ne parlait pas, elle garda le silence. Lorsqu'elles atteignirent le cimetière de la rue des Chênes, les deux femmes étaient épuisées.

— Molly, dit enfin Adèle.

— Est-ce encore loin chez vous ? Et écoutez, je suis désolée que vous vous soyez retrouvée mêlée à tout ça.

— Non, pas loin. Juste après ce virage, il y a une ligne droite, et nous serons arrivées. Et s'il vous plait, ne vous excusez pas. Nous sommes amies, n'est-ce pas ?

Adèle hocha la tête, mais ne sourit pas.

Lorsqu'elles s'engagèrent dans l'allée de La Baraque, elles entendirent des aboiements.

— Qu'est-ce que c'est que ça ? murmura Molly, alors qu'un gros chien tacheté surgit à toute vitesse du côté de la maison et lui fonça dans la jambe avec la force d'un train de marchandises.

— Hé ! s'exclama-t-elle en trébuchant.

Frances sortit du cottage, serrant un pull autour d'elle.

— Venez au cottage ! cria-t-elle.

— Il fait bien chaud à l'intérieur. Et vous pourrez faire la connaissance de Dingleberry !

— On s'est déjà rencontrés, dit Molly.

— Et elle ne s'appelle pas Dingleberry.

— Entrez donc au chaud. J'ai fait du vin chaud, vous en voulez ?

Molly et Adèle entrèrent avec reconnaissance et s'affalèrent sur le petit canapé. Molly commença à parler, mais ne savait pas par où commencer.

— Ma mère est une meurtrière, dit Adèle, et Molly pensa que c'était une aussi bonne entrée en matière qu'une autre.

MOLLY FUT RÉVEILLÉE TÔT le lendemain matin par un bruit étrange qu'elle finit par identifier comme son téléphone portable.

— Bonjour, Molly, c'est Ben. Tu es réveillée ?

— Oui, mentit-elle.

— Adèle est avec toi, n'est-ce pas ? Pourrais-tu l'amener dès que possible ? J'aimerais voir les lettres. Et j'espère qu'elle pourra nous aider à retrouver Murielle.

— Elle est toujours en fuite ?

Molly se réveilla d'un coup.

— J'en ai bien peur. C'est difficile à croire, mais il faisait très sombre hier soir. Et bien sûr, elle connait le quartier comme sa poche ; elle vit dans cette maison depuis plus de trente ans. Nous la retrouverons, Molly. Et en attendant, nous voulons clarifier certains détails de l'affaire, et Adèle nous sera utile pour ça.

— Donne-nous une demi-heure. Non, plutôt quarante-cinq minutes, ajouta-t-elle en passant ses mains dans ses cheveux et en souhaitant avoir le temps de prendre une douche rapide.

Ils se dirent au revoir, et Molly envoya un message à Frances et Adèle, qui étaient restées dans le cottage la nuit dernière, ne voulant pas marcher les quelques pas jusqu'à la maison de Molly après avoir bu quelques verres du vin chaud spécial de Frances.

Molly resta allongée dans son lit, repensant à la journée de la veille. Le chien tacheté posa ses grosses pattes sur son lit et lui donna un coup de museau.

— Eh bien, bonjour à toi, dit Molly.

— Je te préviens cependant, je n'ai pas de nourriture pour chien. D'où viens-tu, d'ailleurs ?

Elle trouva quelques restes à donner au chien, et, en moins de vingt minutes, Adèle et Molly étaient en route pour le poste. Pour Molly, c'était gênant de ne pas bavarder, mais encore plus gênant de parler de ce qui leur occupait l'esprit si Adèle n'abordait pas le sujet en premier. Alors, une fois de plus, elles marchèrent en silence.

— Au moins, ce n'était pas Michel, lâcha Molly, une fois arrivées au village.

— Oui, au moins ça, répondit Adèle, en laissant échapper ce rire dur que Molly avait entendu, pour la première fois, la veille au soir dans la cuisine de Murielle.

Perrault se leva d'un bond quand elles entrèrent dans le poste et les conduisit dans le bureau de Dufort.

— Je peux vous apporter quelque chose, un café peut-être ? demanda-t-elle.

— Oui, dit Molly avec gratitude.

— Bonjour, Molly. Bonjour, Adèle, dit Dufort.

Il embrassa Molly et appela dans l'autre pièce :

— Maron ! Viens ici et apporte la lettre !

— Une autre lettre ? dit Adèle, l'air de ne pas être sure de pouvoir supporter d'autres surprises.

— Pouvez-vous me donner celles que vous avez trouvées hier soir ? lui demanda Dufort.

— Je pense que le cœur de cette affaire se révèle être ce que les principaux acteurs ont écrit. Jetons-y un coup d'œil.

— Et Murielle ? demanda Adèle.

— Maron est sur le point de reprendre les recherches, dit Dufort.

— Bien que je pense qu'elle ne représente plus un danger pour personne à ce stade. Maintenant qu'elle a déjà avoué, il n'y a plus d'intérêt à tenter de dissimuler le crime original.

— Peut-être qu'elle n'agira pas de façon logique, cependant, dit doucement Molly.

— Oh, si, elle le fera, dit Dufort.

— C'est une logique émotionnelle, certes, mais toutes ses actions, jusqu'à présent, ont eu une certaine cohérence, et je suis convaincu qu'elles continueront à en avoir. Madame Faure essaie pour l'instant d'échapper aux conséquences de ses meurtres en se cachant, mais je ne pense pas qu'elle ait les moyens d'aller bien loin.

— Vous êtes d'accord, Adèle ?

Adèle ne répondit pas. Elle semblait de plus en plus déconnectée du moment présent et avait l'air physiquement dégonflée, comme si elle se ratatinait sur elle-même.

Dufort relut les lettres qu'Adèle avait apportées, eut un mot en privé avec Maron avant qu'il ne parte, puis sortit les quatre lettres de leurs enveloppes et les étala sur son bureau, prenant son temps, lissant les pages froissées.

— Voici l'histoire, écrite noir sur blanc, dit-il.

— D'abord, nous avons une lettre trouvée dans le bureau de Joséphine Desrosiers. Une lettre d'amour. Nous pensions qu'elle avait été écrite par Albert à Joséphine, puisqu'elle était dans son bureau et soigneusement attachée avec un ruban de satin comme si c'était quelque chose de précieux. Mais remarquez qu'elle commence par « Ma belle », pas par le nom de Joséphine. Et puis, ici, Dufort pointa du doigt la lettre qu'Adèle avait apportée.

— Vous êtes absolument sure que c'est l'écriture de votre mère ?

— Oui, dit Adèle, sans regarder les lettres.

— Voyez, elle accuse Albert de l'appeler « ma belle », et dit, essentiellement, que ses paroles ne correspondent pas à ses actes. La première lettre n'était pas une lettre d'amour écrite à Joséphine, mais à Murielle. Probablement d'avant que Joséphine ne séduisît Albert, à en juger par le ton.

— Peut-être que Joséphine a trouvé cette lettre, et c'est comme ça qu'elle a su qu'Albert et Murielle étaient amoureux ? dit Perrault, revenant avec deux cafés.

— Et elle a dû s'interposer pour tout gâcher, dit Molly.

— Je suppose que ça pourrait expliquer pourquoi Murielle l'a empoisonnée, même après tout ce temps. Mais qu'en est-il d'Adèle ? Ça ne fait toujours aucun sens que Murielle ait élevé leur bébé comme le sien, ou est-ce que je rate quelque chose ?

Molly et les deux gendarmes regardèrent Adèle, mais elle se contenta de hausser les épaules.

Dufort continua :

— Ensuite, nous avons la deuxième lettre, qui a été trouvée chez Claudette Mercier. Elle n'est pas signée, mais, comme Maron l'a souligné, n'importe qui ayant la moindre connaissance en analyse graphologique, peut voir qu'elle a été écrite par Joséphine, puisque nous avons son testament signé et d'autres documents pour comparer. Nous le définirions de « courrier haineux », l'ancien terme était « lettre anonyme ». Je pense qu'elle a un rapport avec l'affaire, car elle démontre la méchanceté de Joséphine. Ça n'a pas dû être facile d'être sa sœur.

Molly jeta un coup d'œil à Adèle, mais elle ne semblait pas avoir entendu.

— La troisième lettre, merci de nous l'avoir apportée, Adèle, a été écrite par Murielle à Albert. Il semble qu'elle n'ait jamais été envoyée. Elle est froide et furieuse, des émotions compréhensibles, étant donné la profondeur de la trahison.

— C'est bizarre que ces lettres, à l'exception de celle de Mercier, aient toutes plus de quarante ans. Passez à autre chose, les gens ! dit Perrault.

Dufort et Molly échangèrent un rapide regard amusé.

— C'est un peu triste que Joséphine ait gardé des lettres d'amour que son mari a écrites à une autre femme, dit Molly.

— Les trois destinataires ont gardé des lettres qui ont dû être extrêmement douloureuses, dit Dufort.

— On se demande pourquoi elles ne les ont pas simplement jetées à la poubelle.

— Mais si elles l'avaient fait, dit Adèle en se levant de sa chaise, nous n'aurions peut-être jamais découvert qui avait fait ça. Et Murielle aurait peut-être continué à tuer, qui sait ? Peut-être qu'elle a commencé à y prendre gout. Je ne prétends pas savoir. Tout ce que je croyais savoir s'est avéré être un mensonge.

— Adèle, avez-vous une idée d'où nous devrions chercher Murielle ? Des endroits qu'elle aimait particulièrement, quelque chose comme ça ? Nous avons bloqué son compte bancaire et sa maison est surveillée, donc, à moins qu'elle ait, par hasard, beaucoup d'argent liquide sur elle, elle n'ira pas loin. À moins que vous ne connaissiez d'autres ressources dont nous ne sommes pas au courant?

— Murielle est obsédée par les plantes, dit Adèle en se dirigeant vers la porte.

— Je vais chercher Michel, si vous n'avez plus besoin de moi. Je garderais les plantes à l'esprit, si j'étais vous.

— Elle a dû fabriquer le cyanure elle-même, réfléchit Dufort.

— A-t-elle des arbres fruitiers dans son jardin?

— Abricotier, pommier et pêcher.

— Ah oui, dit Dufort.

— Bien sûr. Ça ferait parfaitement l'affaire.

❧ 43 ❧

Lorsque Murielle frappa à la porte de Michel le matin, il s'extirpa du lit en hâte et enfila un peignoir. Il n'était pas habitué aux visites, préférant rencontrer ses amis dans des endroits plus esthétiques, où ils pourraient également lui offrir le déjeuner.

— Maman! À quoi dois-je ce plaisir? Je ne suis pas sûr que tu sois déjà venue dans mon appartement!

Murielle passa devant son fils et regarda autour d'elle.

— Je vois que tu ne l'entretiens pas bien, comme je te l'ai appris.

— Bien sûr, rit-il.

— Ton enseignement en matière de dépoussiérage et d'aspiration était assez exhaustif. Je peux t'offrir quelque chose à boire?

— Oui, en fait, quelque chose à boire serait exactement ce qu'il me faut.

Elle tâta sa poche pour s'assurer que le petit paquet était en sécurité, puis se percha sur le bord du canapé bon marché.

— Il y a quelque chose dont je dois te parler, dit-elle, et elle sentit ses yeux se remplir de larmes, tout comme la veille avec ce maudit Dufort.

C'était à la fois difficile et étrangement merveilleux de commencer enfin à parler des choses qu'elle avait gardées pour elle pendant tant d'années. Exaltant, mais troublant.

— Assieds-toi, lui ordonna-t-elle, et Michel lui tendit un verre d'eau avant de se laisser tomber dans un fauteuil défraichi et d'avaler une partie d'un Coca-Cola. Puis il regarda plus attentivement sa mère.

— Maman ? Tu as l'air... tu as des feuilles dans les cheveux, dit-il d'un ton étonné.

— Ce n'est pas surprenant, dit-elle en prenant une gorgée d'eau.

— J'ai dormi sous mes arbres la nuit dernière.

— Tu as quoi ?

— Sous le pommier dans le jardin de derrière. Mais peu importe, ce n'est pas quelque chose que tu comprendrais. Michel, je veux que tu saches tout, enfin, lui dit-elle, et elle fut satisfaite quand il parut surpris et intéressé.

— Tu penses être adopté, et que ta sœur est ma fille biologique, n'est-ce pas ?

Michel acquiesça.

— C'est inexact. Enfin, tu as bien été adopté, ça, c'est vrai. Mais ne t'es-tu jamais demandé où avait disparu le père d'Adèle ? J'ai toujours trouvé étrange que toi et Adèle soyez si peu curieux. Je ne crois pas que vous ayez déjà demandé, une seule fois, où était son père, ou qui il était, donc je n'ai jamais eu l'occasion de mentir.

— Maman, de quoi parles-tu ? Nous te l'avons demandé de nombreuses fois ! Mais tu prenais cet air impassible et refusais de répondre. Nous avons décidé que c'était très romantique et que ton cœur avait été brisé au point que tu ne pouvais pas en parler.

— Je n'ai absolument aucun souvenir de questions. Mais en l'occurrence, vous aviez raison. Mon cœur *était* brisé. J'aimais ton oncle, Albert Desrosiers. Je l'aimais désespérément. Et il m'aimait en retour, jusqu'à ce que ma sœur gâche tout.

Joséphine l'a séduit. Juste une fois, elle l'a isolé et l'a tenté, l'a *ensorcelé*, Michel. Et cette unique fois a suffi pour qu'elle tombe enceinte. Albert était un homme décent et sa famille était religieuse. Il a senti qu'il devait l'épouser même s'il ne l'aimait pas et ne voulait pas être son mari. À cause de l'enfant. Il a épousé une femme qu'il n'aimait pas, pour Adèle.

Bien sûr, personne ne faisait quoi que ce soit pour *moi*, dit-elle, la voix basse et rocailleuse.

— Tu veux dire qu'Adèle...

— Tais-toi un instant, Michel. Laisse-moi raconter mon histoire. S'il te plait. Dès que j'ai entendu parler de Joséphine et Albert, je suis allée séjourner chez des cousins, en Franche-Comté. Je n'aurais jamais dû revenir, surtout une fois que j'ai appris qu'elle était enceinte. Je savais que Joséphine paraderait dans le village comme si elle allait donner naissance à la royauté, tu sais très bien comment elle était. J'aurais dû rester loin pour de bon. Mais je n'ai pas pu m'en empêcher.

Albert me manquait. Même si j'étais alors sa belle-sœur, et qu'il n'était, bien sûr, pas question d'une liaison ou quoi que ce soit de ce genre, je n'étais pas ce genre de personne, comme tu le sais, je pense. Mais quand même, je voulais vivre là où je pourrais le croiser de temps en temps. Même si je ne me permettrais pas de lui parler.

— Et puis la chose vraiment épouvantable est arrivée. Joséphine a donné naissance à Adèle, à la maison. Ils vivaient dans une petite maison à l'époque, à la limite du village, j'ai oublié le nom de la rue. Adèle est née avec un pied bot. Et quand Joséphine a vu ce pied, elle a repoussé le bébé et a dit qu'elle refusait de l'élever. Qu'elle n'aurait pas une fille difforme. Et c'était fini. Je ne crois même pas qu'Albert ait beaucoup argumenté avec elle, car il avait déjà appris que discuter avec Joséphine était inutile. Elle obtenait toujours ce qu'elle voulait. La femme la plus chanceuse sur terre, c'est ce qu'elle disait d'elle-même, mais ce n'était pas de la chance. C'était de la domination.

Quoi qu'il en soit, la sagefemme m'a contactée, m'a dit que Joséphine avait rejeté son propre bébé. Elle a dit qu'elle n'avait jamais rien vu de tel. Eh bien, qu'allais-je faire, laisser ma nièce être donnée à l'adoption et ne plus jamais la revoir ? La fille de l'homme que j'aimais plus que tout au monde ?

— Tu l'as prise.

Michel était assis, écoutant attentivement sa mère.

— Je l'ai prise. Bien sûr que je l'ai fait. Joséphine n'était pas d'accord. Mais au moins cette fois-là, Albert avait insisté et obtenu gain de cause. Ils ont dû soudoyer la sagefemme d'une manière ou d'une autre, et ils ont tous raconté une histoire comme quoi le bébé était mort-né.

Michel resta les yeux écarquillés. Il but un peu de son Coca.

— Tante Joséphine est la mère d'Adèle ?

— Oui, Michel, c'est précisément ce que je viens de dire.

— Mais cela signifie... sans vouloir sauter immédiatement sur l'aspect vénal... cela signifie qu'Adèle hérite de la majeure partie de la fortune de tante Joséphine.

— En effet, c'est le cas. Comme il se doit, et pas une minute trop tôt.

— Que veux-tu dire par « pas une minute trop tôt » ?

— Après ce que ses parents lui ont fait, la renier comme ça à cause d'une petite imperfection, Adèle mérite cet argent. Elle aurait dû l'avoir depuis le début.

Michel eut un moment de regret pour toutes les soirées gâchées en compagnie de sa tante infâme, mais il n'était pas du genre à s'apitoyer sur ses erreurs.

— Alors tu as simplement perdu patience, c'est ça ? demanda-t-il.

— Et tu ne voulais pas t'éloigner d'elle, dit Murielle en secouant lentement la tête.

— J'ai essayé de te suggérer une voie différente, je t'ai donné cet argent pour t'installer à Paris, loin de ses griffes. Pourquoi ne m'as-tu pas écoutée, Michel, mon cher garçon ?

— Oh, Maman. Il ne put s'empêcher de ressentir un élan de sympathie pour elle. Tu sais bien que je détestais Joséphine.

Murielle lança un regard dur et rapide à Michel, puis plongea la main dans sa poche et en sortit le paquet.

— J'ai déjà entendu ça, dit-elle.

— Tu dis que tu la détestais, mais tu ne pouvais pas t'éloigner d'elle. Elle était comme une araignée t'enveloppant de sa soie, se nourrissant de toi jusqu'à ce que tu finisses par n'être plus qu'une coquille vide, plus un homme, mais une enveloppe creuse.

Les yeux de Michel s'écarquillèrent encore plus et il remarqua une sensation de nervosité dans ses jambes qu'il reconnut comme étant de la peur.

— Donne-moi ton soda, dit-elle.

— Je ne comprendrai jamais comment tu peux boire ce liquide dégoutant.

Michel tendit la canette.

— Oui, je sais, aucune valeur nutritive. Ne le jette pas, Maman.

Elle inclina le paquet vers l'ouverture de la canette et le tapota pour faire tomber un peu de poudre à l'intérieur. Puis elle fit de même avec son verre d'eau.

— Qu'est-ce que c'est, une nouvelle vitamine? rit Michel, essayant de croire qu'elle plaisantait.

— Et continue ton histoire. Je n'arrive pas à décider si tu te moques de moi ou non.

— Ce n'est pas une vitamine, non, dit Murielle.

— Mais ça nous fera nous sentir mieux, je crois. Ça fera enfin disparaitre la douleur.

Michel ressentit soudain une vague de froid parcourir son corps, et il posa sa main sur son cœur comme pour s'assurer qu'il battait encore. À ce moment-là, il ne comprenait que très peu de l'histoire alambiquée que sa mère lui racontait, mais il saisissait très bien qu'elle était profondément, profondément perturbée.

Et que, quoi qu'elle eût mis dans sa boisson, il valait mieux l'éviter à tout prix.

❧ 44 ❧

— Comment as-tu réussi à t'échapper ? demandait Adèle à Michel, alors qu'ils étaient assis avec Molly et Frances Chez Papa le lendemain après-midi.

— Vous n'allez pas le croire, dit Michel en riant et en prenant une gorgée de sa bière.

— Je lui ai dit que je revenais vite, que je devais sortir acheter un paquet de cigarettes, que je mourais d'envie de fumer. Et elle a commencé à me faire la morale sur les méfaits du tabac et à quel point je devais être stupide pour prendre une habitude aussi dégoutante à mon âge. Là, elle essayait de me tuer et elle me sermonnait sur les dangers de la cigarette.

Molly et Frances étaient sans voix.

— Je suppose que ça résume à quel point elle était perdue, dit tristement Adèle.

— Je ris, mais il n'y a rien de drôle là-dedans, dit Michel.

— Et donc elle vous a laissé partir ? demanda Molly.

— Oh, elle a protesté. Mon appartement n'a qu'une pièce, et j'ai dû m'habiller devant elle, ce qui était gênant. Je tremblais comme une feuille. Vous ne pouvez pas imaginer... Une minute, elle me racontait cette histoire folle et confuse, et, la minute suivante, j'ai ressenti cette sensation froide et poignante dans ma poitrine. Cette *peur*. Elle avait cette expression sur son visage, je n'ai jamais rien vu de tel. C'était une expression d'assurance écrasante, qu'elle faisait la bonne chose, alors que c'était clairement insensé. Littéralement... fou.

— Elle t'a parlé du meurtre de tante Joséphine?

— Pas directement. De fortes allusions. J'avais déjà des soupçons à son égard, tu sais. Je te soupçonnais aussi, Adèle, pour être honnête. Au début, j'ai pensé que c'était peut-être Sabrina, parce que sans doute tante Joséphine lui menait la vie dure. Mais ça avait du sens que ce soit quelqu'un de notre famille, et évidemment, je savais que ce n'était pas moi.

Il haussa les épaules.

— Alors quand je suis sorti dans la rue, j'ai appelé les gendarmes et ils sont arrivés tout de suite. Mais c'était trop tard pour Maman.

— Michel plissa les yeux, regardant à travers la vitrine, vers la rue.

— Ça peut sembler un peu bizarre, mais tu sais quoi? J'étais triste qu'elle soit morte toute seule comme ça. Je suis resté dehors, à me geler le cul sans manteau, pas question que je retourne là-dedans avec elle et son petit paquet de cyanure. Mais, malgré tout..., je suis désolé qu'elle ait été seule.

— Michel, elle a essayé de vous *tuer*, dit Molly.

— Je sais, dit Michel.

— Mais le truc, c'est que, et Adèle pourra le confirmer, elle a fait de son mieux pour nous. Notre enfance a été bien meilleure qu'elle ne l'aurait été sans elle.

— Je confirme, acquiesça Adèle.

— Alors c'est tout? Deux meurtres et un suicide, et dans trois jours c'est Noël, et tout reviendra à la normale? demanda Frances.

— Plus de « normale » pour Adèle, elle va être riche! dit Michel, levant son verre pour trinquer avec elle.

Adèle sourit d'un air émerveillé.

— Ce n'est pas encore réel pour moi, dit-elle.

— Huit-millions d'euros, c'est ce que Perrault m'a dit hier quand nous étions au poste.

— C'est beaucoup de sacs à main, dit Molly en souriant.

— Vous allez emménager dans le manoir ? Je parie que Lapin est impatient de mettre la main sur cet endroit !

— Pas de projets pour l'instant, Molly. Ça va me prendre du temps avant de m'habituer à tant de changements.

Molly hocha la tête et passa son bras autour d'elle pour lui faire un câlin.

Tous les quatre finirent leurs boissons et se dirigèrent ensuite vers La Baraque, Molly ayant invité les Faure pour un diner improvisé. Molly et Michel prirent de l'avance sur les deux autres, le pied d'Adèle souffrait encore des effets de la longue marche de l'autre soir et elle avançait lentement, et Molly demanda à voix basse :

— Alors, Michel, ta mère a-t-elle dit quelque chose sur les raisons pour lesquelles Joséphine a abandonné Adèle ? C'est la partie de toute cette histoire que je n'arrive pas à comprendre. J'y pense sans cesse et j'essaie de comprendre, mais je n'y arrive pas. T'a-t-elle donné une explication à ce sujet ?

Michel secoua la tête.

— Pas un mot, dit-il, haussant les épaules pour se protéger du froid au cou.

— Maintenant, dis-moi quelles merveilles tu vas nous préparer pour le diner. Frances dit que tu es une vraie magicienne en cuisine, et je suis français, au cas où tu ne l'aurais pas remarqué !

— Je ne m'étais pas trompé en disant que l'empoisonneuse était une femme, dit Maron à Perrault, qui leva les yeux au ciel.

— Je n'ai jamais dit que tu ne pouvais pas faire des suppositions sur le type de personne qu'est un empoisonneur, dit Perrault.

— Évidemment, c'est quelqu'un qui aime planifier. Quelqu'un qui ne veut pas se salir les mains. Qui ne craint pas de faire souffrir. Mais tu ne peux pas présumer du genre, Gilles, c'est tout ce que je dis. Et je m'y tiens mordicus. Hé, Commandant, je suis passée chez Madame LaGreffe ce matin, et j'ai croisé sa fille à la maison. Devine ce que j'ai trouvé posé sur la table de la cuisine ?

Dufort secoua la tête.

— Un sac de pommes de pin !

— Tiens, dit Dufort.

— Je ne m'y attendais pas.

— Cette histoire sans suite me tracassait, dit Perrault.

— Lèche-bottes, murmura Maron, mais il gratifia Perrault d'un rare, et discret, sourire.

— Bon, vous deux. Vous avez fait du bon travail. Je veux que vous passiez le reste de la journée dans les rues, que vous profitiez, que vous parliez aux gens, que vous voyiez s'il y a quelque chose qui nécessite notre attention. Faites particulièrement attention aux personnes âgées qui pourraient avoir besoin d'un coup de main supplémentaire pendant ce rude hiver.

Perrault et Maron se bousculèrent en plaisantant en sortant, et Dufort s'affaissa dans son fauteuil, à son bureau, et se frotta le visage avec ses deux paumes.

J'ai eu tort, pensait-il. *Tort sur ce que je devrais faire de ma vie. Il y a eu trop d'erreurs, trop de morts, et il est temps que j'écoute ce que ces erreurs me disent.*

Il secoua sa souris pour réveiller son ordinateur, ouvrit un nouveau document et commença à taper une lettre de démission. Dufort n'avait aucune idée de ce qu'il allait faire ensuite, mais quoi que ce soit, il n'accepterait pas la nouvelle affectation de la gendarmerie qu'il s'attendait à recevoir en janvier.

Il resterait ici même, à Castillac.

La lettre était brève et allait droit au but. Il l'enregistra, l'imprima, puis sans perdre de temps, sortit son portable et appela Molly Sutton.

45

Le lendemain était *la veille de la veille de Noël*, comme Molly l'appelait quand elle était enfant, et elle laissa Frances dormir alors qu'elle partit au village finir ses courses. Il y avait l'oie à récupérer chez le boucher, et la buche de Noël à la Pâtisserie Bujold, et elle essayait de se convaincre de se faire plaisir avec du foie gras bio. Constance avait promis de passer l'après-midi pour un grand nettoyage qui serait suivi d'un cocktail de fête. Et elle devait se souvenir d'acheter de la nourriture pour chien. Mais toutes ces choses, qui normalement lui auraient fait plaisir, semblaient un peu ternes.

Quand une période d'excitation est terminée, il y a toujours un contrecoup, pensa-t-elle en marchant le long de la rue des Chênes. Molly estimait qu'elle devait être heureuse que Murielle ne puisse plus faire de mal à personne, et que son amie ait hérité d'une énorme somme d'argent. Mais d'une certaine façon, cela ne suffisait pas à chasser ce sentiment de vide. Une partie de cela était encore due à l'incompréhension face à une mère rejetant son bébé pour un défaut corrigible. Et une autre partie, si elle était honnête, c'était qu'elle savourait la stimulation d'avoir un problème à résoudre — un bon mystère bien juteux — et, quand c'était fini, et qu'elle n'avait plus rien à l'ordre du jour à part préparer le diner, elle finissait par avoir besoin de temps pour se réadapter à la vie quotidienne ordinaire.

Molly passa chez le boucher, acheta le foie gras, et sortait tout juste de la Pâtisserie Bujold avec un grand sac, quand son téléphone portable vibra dans sa poche.

— Allo ? dit-elle en se plaçant au milieu de la rue où la réception était meilleure.

— Salut, Molly, c'est Ben.

Molly sourit. Elle et Ben parlèrent de l'affaire, essayant de clarifier quelques petits détails, puis ils discutèrent de choses sans rapport avec le meurtre, le poison ou la trahison. Il la fit rire, et finalement, après qu'elle eut passé quinze minutes debout au milieu de la rue, il l'invita à diner.

— Probablement pas à La Métairie, dit-il.

Ce qui convenait parfaitement à Molly.

FIN

REMERCIEMENTS

Édition par l'incomparable Tommy Glass. Édition et relecture supplémentaires par Nellie Baumer. Lecture bêta par Nancy Kelley. Un grand merci à vous tous et je vous porte un toast avec un grand verre de Médoc !

À PROPOS DE L'AUTEURE

Nell a travaillé comme journaliste radio, tutrice pour les SAT, chef cuisinière spécialisée en omelettes, et comme boulangère.

Elle a grandi à Richmond, en Virginie, et a vécu en Nouvelle-Angleterre, à New York et en France. Elle est diplômée du Dartmouth College et de l'Université Columbia.

www.ingramcontent.com/pod-product-compliance
Lightning Source LLC
Chambersburg PA
CBHW061646190726
48289CB00006B/1758